Sipom et Joseph
L'aube et l'aurore suite aux profondes ténèbres

Introduction
Ma douce Ambroisie

C'était une de ces journées de la fin du printemps, l'une de ces journées où l'on profite et où l'on se délecte une dernière fois du doux parfum des fleurs, de la fraîcheur confortable de la saison. Tandis que la chaleur de l'été commence à doucement se faire sentir et que la nature revêt son manteau vert et luxuriant de la saison arrivante.

Nous étions sur la route avec ma femme, confortablement installés dans une voiture tirée par deux grands chevaux. Nous nous échangions régulièrement de petits regards. Ah… ses yeux vulpins, ils me faisaient toujours fondre, de même que sa crinière blonde aux reflets cuivrés, sa délicate peau d'albâtre et son sourire si doux et agréable.

Nous étions en route pour arriver dans une petite ville de campagne de l'empire de Rahmortia. Le village où nous allons est connu pour avoir appartenu il y a peu au territoire de Fouistal. Offrant ainsi une fenêtre sur le comté de Norg'strydi, un pays du sud connu et craint pour le Malkasar qui le protège. Nous y allions pour emménager dans un petit manoir, dans les hauteurs du village. Il était déjà meublé et nous n'avions plus qu'à nous y installer. Nous languissions tellement de pouvoir enfin quitter les murs et remparts étouffant de notre métropole natal, la ville forteresse d'Aploin. Notre hâte et notre enthousiasme pouvaient aisément se lire dans les regards que l'on s'échangeait tendrement tout le long du trajet.

Que c'était agréable de voir les paysages naturels défiler sous nos yeux émerveillés. Nous nous disions fous d'avoir, comme beaucoup, vécu si longtemps dans la ville prison surpeuplée d'Aploin, tous empilés les un sur les autres sans jamais pouvoir s'isoler complètement. Même l'air et l'atmosphère avaient quelque chose de lourd là-bas. Ici, avec les fenêtres ouvertes, nous respirions véritablement pour la première fois.

Nous en arrivions à penser que même au sein de Rahmortia, nous pourrions réussir à nous extraire de la lourdeur ambiante, et écouler des jours paisibles loin de ce que la civilisation a de plus avancée.

Je regardais rapidement la montre à gousset que mon grand-père m'avait légué, quatorze heures trente. J'ouvrais la portière du véhicule, descendais et tendais la main à ma moitié. Elle glissa en descendant et fut bien parti pour choir en beauté, si je ne l'avais point retenu. D'humeur taquine, je lui fis alors une révérence exagérément prononcée, en lui certifiant qu'aucune autre femme n'étaient capables de trébucher avec tant de grâce. Elle se mit a rire et me renvoya ma révérence pour mon sauvetage in extremis, accompli avec hâte et tout en douceur.

Nous nous avancions ensuite de quelques pas, pour observer, du haut d'une colline empourprée de coquelicots, le petit village rural, entouré de bocages fertiles et verdoyants fécondés par le doux printemps. Le vent léger transportait la fragrance délicate de la saison jusqu'à nos sensibles narines.

Peu habitués aux subtiles odeurs florales. Nous prîmes le temps de humer le parfum de l'auguste nature.

Notre manoir nous attendait de l'autre côté de la bourgade. Nous consentions à d'abord visiter la ville, et seulement ensuite, gagner notre nouvelle demeure.

Seize heures trente, nous avons mangé dans un charmant petit restaurant. Maintenant nous marchions dans les rues larges et agréablement espacés. Elles étaient loin d'être bondées du trop plein d'âmes des grandes villes, et n'avaient rien à voir avec les petites et sombres ruelles labyrinthique de notre ville d'origine.

Mes oreilles soudainement stimulées par le son des notes de musique, nous dirigions alors nos pas vers celles-ci. Nous tombions face à l'un de ces saltimbanques jouant de la musique dans les rues. Malheureusement, le bougre n'était animé d'aucune passion, ce n'était qu'un croque-note, plus proche d'un clown de rue que d'un véritable musicien, nous tournions les talons, déçus.

Nous passâmes ensuite beaucoup de temps à marcher au hasard, à discuter avec les paysans de passage, les commerçants et autres gens peuplant les lieux. Nous nous enquérions de ce qu'il fallait savoir, notant toute adresses qu'il est utile de connaître lorsque l'on emménage dans un nouvel endroit.

Dix-huit heures vingt-trois, il nous restait un endroit à visiter, le premier endroit sur lequel nos yeux ce sont posés en arrivant. Une magnifique église dont la simplicité faisait le charme, dont le clocher dominait le reste du village. Nous entrions dans l'édifice et contemplions l'intérieur. Nous fûmes abasourdis devant l'incroyable beauté des peintures murales, véritables fresques mélancoliques desquelles il était impossible d'extirper son regard. L'émotion me saisissait, et chose qui ne m'était plus arrivé depuis longtemps, une larme s'extirpa de mon œil. Elle passa l'un de ses doigts sur ma joue pour en récolter la perle qui s'y était déposée. Elle me regarda et me dit sur un ton amusé : « Voilà un spectacle précieux ». Elle essuya son doigt dans un petit mouchoir de soie et me le tendit. Puis toujours d'un ton amusé : « Une perle aussi rare doit avoir beaucoup de valeur, il te faut la conserver avec soin. » Je lui renvoyais un sourire amusé. Grâce à l'intervention de ma charmante moitié, ou « Ma douce ambroisie », comme j'aime l'appeler, mon regard pu quitter la fresque murale et était maintenant à la recherche d'un ecclésiastique. Je trouvais mon homme en la personne de ce prêtre au col rouge qui sembla surgir de nulle part lorsqu'il posa sa main sur mon épaule : « Que voulez-vous savoir mon bon monsieur ? Votre curiosité s'exhale de vous, de manière flagrante hohoho. » M'avait-il demandé directement. Sa présence me fit sentir un léger malaise que je ne m'expliquais pas, puis je lui fis part de ma curiosité à propos de l'origine de cette fresque envoûtante se tenant devant moi.

Il sembla réfléchir un instant, puis me compta une bien jolie histoire sur l'artiste ayant selon lui peint cette merveille.

Quelques badauds s'étaient réunis autour pour écouter. L'un d'eux s'écria que c'était la quatrième version de l'histoire qu'il entendait cette semaine, mais que c'était aussi la meilleure.

Cela semblait habituel. Nous passâmes un agréable moment tout de même, bien que j'eus envie de connaître la véritable origine de cette fresque.

Après cette visite nous sortîmes. En regardant le ciel, l'érubescence de l'ouest nous indiqua qu'il était grand temps de gagner notre nouvelle demeure. Pour ce faire, nous devions passer devant le sinistre asile d'aliénés. Le bâtiment austère et maussade était silencieux lorsque nous passions devant. L'un des employés se tenait derrière le portail, avec de grandes poches sous les yeux et le regard exténué, il fumait la pipe et nous salua d'un hochement de tête quand nos regards se croisèrent. Quinze minute plus tard, nous nous tenions enfin devant notre manoir. Une petite merveille d'architecture, une superbe cour remplie de grands arbres et d'arbustes fruitiers, un jardin ayant besoin d'un peu d'entretien, mais dont les fleurs toutes teintées de bleu y fleurissant nous ravissaient déjà. Enfin, le manoir en lui-même, était d'un style Fouistalien des plus classiques. Ce n'était pas techniquement époustouflant, mais là où l'architecture Fouistalienne fait des merveilles, c'est dans le jonglage entre les différentes couleurs, chaudes de manière générale. Les bâtiments anciens comme notre manoir ont toujours cet aspect irréel, difficile à retranscrire. Je pourrais parler de la pierre utilisée, une pierre issue des *carrières du Famsif* à la couleur entre le violet et l'orange qu'on ne retrouve nulle part ailleurs à l'état naturel[1]. Mais je crains qu'il soit vain de décrire correctement ce que je ressentais en faisant face à notre nouvelle demeure.

Nous passions la porte massive en bois, ornée de myriades de gravures, un véritable travail d'orfèvre. Ha, j'aimais déjà la sensation éprouvée en poussant ce mastodonte gardien de notre demeure.

Nous prenions ensuite nos aises, parcourant les pièces et autres grandes salles du manoir, chacun de notre côté. Nous nous retrouvions plus tard dans la salle à manger, pour

---

1   La rareté de cette pierre en fait un atout économique de poids, pour le royaume Fouistalien.

5

partager la dernière pause prandial de la journée. Prit d'une faim étonnante, je dévorais mon repas avec gloutonnerie et le fini bien avant ma compagne. Je me levais alors de ma chaise, pour aller jouer un petit air improvisé sur le piano se trouvant dans un coin de la pièce.

Une fois certains du bon accordage de l'instrument, je posais mon céans sur le petit tabouret rembourré, et laissais glisser mes doigts sur les touches. Les yeux fermés je laissais l'inspiration venir à moi, une petite mélodie commença à prendre forme, à voleter dans les airs avec légèreté. C'était un air quelque peu nostalgique, mais point dépourvu d'une certaine joie. Nous tournions une page de notre vie.

Alors que mes sens semblaient se détacher les uns des autres, j'écoutais la mélodie que jouaient mes doigts. Je me remémorais la journée que je venais de passer. La route pour arriver, pleine d'attente et d'excitation, pleine d'une euphorie rafraîchissante. L'arrivée, avec le dépaysement procuré par le contraste entre la prison de pierre morne d'où l'ont venaient et la bourgade enveloppée d'une foisonnante nature, ceinturée de ses bocages ravissants. Où les odeurs, paysages et échos ravissaient les sens.

Venait ensuite nos premiers pas sur la large avenue qu'était l'entrée de notre nouveau nid. Puis le déjeuner, les discussions avec les locaux, leurs accents et les quelques termes de leurs patois que nous apprenions. La visite de cette superbe église, la peinture murale et sa beauté sui generis ; la charmante histoire inventée par ce curieux et quelque peu dérangeant prêtre au col rouge. Enfin, le sinistre et lugubre asile. Silencieux comme s'il avait été laissé à l'abandon, alors pourtant que nous avions vu l'un des employés, avec le regard lourd et le visage marqué de fatigue. Petit à petit mon imagination s'emballait, me faisant songer

6

à la possibilité d'un asile véritablement abandonné pour les hommes, mais servant toujours pour d'autres choses plus silencieuse, capable d'exténuer des employés ayant pourtant l'air en bonne santé. Détail me revenant subitement, à la suite de cette courte escapade dans l'imaginaire, un badaud nous avait confié que l'édifice n'avait jamais été aussi peuplé dans son histoire qu'aujourd'hui.

La journée passée en revue, il ne restait plus que le présent, et l'avenir. J'écoutais toujours avec attention la mélodie du piano. Mes mains continuant de jouer seuls, simplement guidés par l'inspiration dont je me laissais volontairement envahir.

Je commençais à songer aux prochains jours, que je m'imaginais déjà plein de grâce et de félicité. Un frisson me parcourut, tandis que je me projetais l'image des futurs jours heureux aux côtés de ma femme. Je nous visualisais passer un moment complice dans le salon, je me figurais le tableau qui y était accroché, d'ordinaire le portrait d'un ancien propriétaire. Dans mon esprit ce tableau n'occupait qu'un petit coin de la scène que je me faisais. Or, maintenant il n'était plus un simple portrait, il devenait une tache noire où bientôt mon attention se focalisait, pour finalement m'y perdre en m'engouffrant dans sa noirceur. Les notes de musique devinrent en un cours laps de temps plus aiguës, plus resserrées, un rien lancinantes voir même oppressantes, puis directement suraigu, très rapide, inharmonieuse, incontrôlable. J'étais comme piégé dans cette atroce envolée.

Je me fis violence pour reprendre mes esprits et arracher de force mes mains des touches du piano. Je soulevais péniblement mes paupières jusqu'à présent scellées. Je découvrais les yeux inquiets de ma douce ambroisie, tout près de moi. Je la rassurais en lui disant que tout allait bien et qu'il me fallait juste un peu de repos. Nous partions donc dans la chambre à coucher, en quête d'un repos réparateur.

Nous étions étendus dans le lit, un peu sur le côté, l'un en face de l'autre. Notre lit faisait face à la grande fenêtre de la chambre, volets ouverts. Le bel astre, au pinacle de sa forme, caressait de ses doux rayons nos deux visages. Nous nous regardions dans les yeux, chacun plongé dans le regard de l'autre. Ha, ses yeux vulpins me faisaient fondre. Je me rapprochais d'elle et l'enlaçais. Je me rapprochais ensuite de son oreille pour y souffler d'un murmure : « Ma douce ambroisie. » Ensuite, mettant ma tête de nouveau face à la sienne, je la voyais arborer son sourire melliflu, juste avant que l'on s'embrasse avec tendresse. C'était notre façon de nous dire « Je t'aime ».

Au milieu de la nuit je me réveillais en sursaut, pris de sueurs froides et avec l'étrange sensation que quelque chose n'allait pas. Un sentiment angoissant et implacable m'accablait avec force. Je sentais comme un poids sur ma poitrine, m'empêchant de respirer correctement, mes membres étaient paralysés. *C'est là que je rencontrais mon pire cauchemar.*

Je discernais, alors même que la lune venait de disparaître derrière d'épais nuages, une forme dans la noirceur de la nuit ; une forme ? Non, quelqu'un, assis sur ma poitrine, me fixant avec insistance. J'étais capable de voir ce quelqu'un comme en plein jour, mais seulement lui.

L'obscurité alentour demeurait impénétrable, mais lui, je le, je la reconnaissais. C'était elle, sa peau d'albâtre, ses yeux vulpins, sa chevelure d'or cuivré. Mais son visage ! Il était orné d'un sourire macabre et glaçant. Un grand sourire partant des oreilles, dépourvu de dents, de langue, de gencives ; un véritable abîme de néant, distordant horriblement le visage de ma douce ambroisie.

Tandis que cette chose se contentait de me fixer, je déployais toutes mes forces pour tourner la tête en dépit de ma paralysie musculaire. Je voulais m'assurer que ma chère et tendre était toujours là, endormie à mes côtés. Également pour m'assurer que cette chose n'était rien d'autre qu'une hallucination dut à ma fatigue, ou que sais-je encore.

Finalement, au prix d'un effort surhumain, je parvins à tourner la tête. Elle était là, blotti contre moi, son visage intact, belle comme elle l'est.

Comme sorti d'un affreux cauchemar, le sourire macabre posé sur ma poitrine avait disparu. J'étais de nouveau maître de mes mouvements. Ce n'est qu'en serrant fort dans mes bras ma douce, que je pus gagner le véritable sommeil, et ainsi accéder au royaume des songes sans m'égarer sur un sentier perdu.

Encore un peu déboussolé, les muscles endoloris dû au mauvais sommeil, mal crâne et courbatures m'accompagnaient à la levée du lit. Sans attendre, je me levais tout de même, faisais ma toilette, puis descendais pour préparer le petit déjeuner. Entendant des bruits de pas à l'étage, je m'asseyais à table et patientais le temps que ma femme me rejoigne.

Alors qu'elle descendait l'escalier situé face à moi, je fus une fraction de seconde tétanisé d'angoisse. Le temps d'un battement de cil, encore hanté par le cauchemar de la veille, je crus revoir l'hallucination. Heureusement ce ne fut qu'une rémanence fugace du mauvais songe. Je pus l'accueillir avec ce que j'avais préparé, rien de bien spécial, un petit déjeuner frugal accompagné de deux ou trois viennoiseries acheté la veille, et quelques jus de fruits frais.

Une fois repus, nous nous séparions pour aller vaquer à nos occupations. Elle, allait dans le jardin pour commencer à exercer son métier de fleuriste. Moi, j'aillais du côté de mon piano. Je donnais une représentation deux semaines plus tard dans une plus grande ville à quelques dizaines de kilomètres d'ici.

Comme hier j'étais d'humeur à improviser. Je laissais alors mon instinct et mes automatismes guider la mélodie, de façon à ce que machinalement la musique se cale sur mes diverses réflexions.

Je ne comprenais pas, la veille alors que je jouais, pourquoi avais-je laissé échapper cette musique si sinistre ? Pourquoi avoir fait le cauchemar de ma douce ambroisie défiguré par ce sourire macabre, pourquoi ? Je suis un homme heureux, follement amoureux de sa dulcinée. Mes talents de pianiste m'assurent une confortable sécurité financière. Tout ceci m'annonce un avenir fécond, tout sauf morose.

Aucune source d'angoisse ne s'écoule en mon giron pour y distiller son poison. Pas un seul traumatisme pouvant refaire surface ne vient alimenter l'une de ces sources qui corrodent et infectent l'âme. J'ai mené jusqu'à présent une vie sans grands malheurs, la guerre ayant jusqu'à présent épargné l'ensemble de mes proches. Je crois bien être heureux, alors pourquoi ? Je n'ai absolument aucun doute sur mon heureux état, les flammes de l'amour, de la passion, de la vie, sont toujours flamboyantes chez moi, rien n'est présent en mon sein pour les éteindre.

Est-ce vraiment et seulement de la fatigue ? J'écoute, et cette angoisse, cette peur illogique et dénuée de sens se ressent dans l'air que je joue. Qu'elle est cette tache sombre tapis au fond de mon cœur ? Ce point noir défiant toute logique, cette unique et minuscule goutte d'encre noir présente dans les eaux cristallines du cœur. Quel est ce sentiment de faire face à des ténèbres qui me sont familier, tandis que je les vois pour la première fois ?

Je ne comprends vraiment rien. Peut-être que je me pose trop de questions, peut être que je vois comme une montagne une simple bosse. Peut-être est-ce un simple coup de mou, le genre de chose qui arrive à tout le monde.

Les battements de mon cœur ralentissent, mon esprit s'apaise, et la musique avec.

La porte d'entrée s'ouvre, j'entends des bruits de pas. Ma douce ambroisie a peut-être entendu l'air que je jouais et viens s'enquérir de mon état, à moins qu'elle ne vienne l'écouter de plus près. Parfait ! La voir me redonnera sûrement du cœur à l'ouvrage.

Une ombre apparaît sur le seuil de la salle à manger, suivit par ma douce. Sachant qu'il ne m'est pas habituel de jouer dans les registres inquiétants ou angoissants, elle me demanda gentiment si tout allait bien. Je lui répondais la vérité, que j'étais simplement perturbé par mon étrange cauchemar de la nuit passée et par quelques vaines réflexions.

Elle voulut me répondre, peut être pour s'instruire des détails du terrible songe que j'évoquais. Mais je ne l'entendais pas, aucun bruit ne sortit de sa bouche. Mon visage se crispa et se figea dans l'expression d'un épouvantable effroi. Mes doigts recommencèrent à jouer de cette mélodie douteuse qu'ils avaient joués la veille, tandis que mon regard restait braqué sur son visage en train de se déformer.

Un noir néant apparut dans sa bouche, alors grande ouverte. Cette même bouche qui s'ouvrait de plus en plus, très lentement. Je pouvais entendre sa mâchoire se disloquer, voir le sourire prendre une forme inhumaine, montant jusqu'aux oreilles. Je perdais le contrôle, comme en pleine chute dans cet abîme me faisant face. La peur s'emparait de moi, mes mains ne m'appartenaient plus. Il m'était impossible de m'échapper de cette vision.

Hélas, je n'étais pas en train de rêver, bien que je l'eus cru. Il était en face de moi, alors que le soleil brillait dehors. Mon visage crispé et tordu par la terreur me faisait mal. Mon esprit se trouvait endolori par sa simple vue, la mélodie crispante mettait à mal mes oreilles, une odeur répugnante envahissait mes naseaux, les touches du piano me paressaient glacée, ma salive, d'un coup, devenait acide. Je crus rester comme ceci pendant une éternité, jusqu'à ce que, prit de secousses, je sois brutalement tiré hors de ce cauchemar éveillé.

Je reprenais mes esprits, je regardais autour de moi, avais-je halluciné ? Non c'était trop réel pour être une simple hallucination. Je regardais à côté, ma douce ambroisie, elle était là, quel soulagement. C'est elle qui m'a extirpé de ce mauvais pas en me secouant.
« Que se passe-t-il, j'ai eu peur, tu t'es mis à jouer comme un dément et, tu me fixais avec les yeux d'un fou », me disait-elle sur un ton sincèrement inquiet. Je lui répondis que j'avais mal dormi cette nuit et que le manque de sommeil me faisait faire des choses étranges. Je ne suis pas rentré dans les détails, pour éviter de l'inquiéter plus qu'elle ne l'était déjà. Puis je repartais dans la chambre pour dormir, en priant pour ne jamais revoir ce sourire macabre. Qu'il soit hallucination ou non, je ne voulais plus du tout y penser.

Je ne pense pas qu'elle m'ait cru pour le manque de sommeil, la fatigue ne provoque pas de tel comportement. J'aurai pu trouver mieux.

Néanmoins, j'étais réellement accablé de fatigue après ces terrifiants événements. Je m'endormis rapidement, d'un sommeil de plomb.

Je me réveillais en milieu d'après midi et descendais dans la pièce à vivre. Elle était là, me tournant le dos, assise dans un fauteuil, en train de bouquiner.

Plein d'appréhension, j'avançais à tâtons, les poings serrés, toujours hanté par ces images de sourire effroyable qui avaient marqué mon esprit au fer rouge.

Je fais un pas, puis un autre, sans faire de bruit. Encore un pas, dites moi que tout ceci est fini. Un autre pas, ce n'était qu'une hallucination. Un cinquième pas, ces choses-là ne sont pas réelles, elles ne sont que pur produit de l'imagination. Aller encore un pas, ma douce ambroisie m'a extirpé du cauchemar éveillé de ce matin, je suis loin du royaume des cauchemars.

Je me rapproche, je ne rêve pas cette fois. Je suis maître de mon être. Je marche et je contrôle tout mes faits et gestes. Je suis tout proche d'elle, vraiment ? Je me pince le dessus de la main, ça fait mal. Je respire en inspirant et expirant comme un être humain le fait en dehors de ses songes, je suis bien réveillé, je suis bel et bien sorti de mon lit. Je ferme les yeux, je les rouvre, non je ne dors pas, je suis formellement réveillé.

Je pose ma main sur son épaule. Mes doigts s'enfoncent mollement dans sa peau, le textile de son vêtement se frotte à ma main, doux et pelucheux. Je m'accroupis, toujours la main sur son épaule, « Je suis là ma douce ambroisie ».

Je m'étais trompé, lorsqu'elle tourna la tête, ce n'était pas elle, c'était lui. Sans un mot je repartais. Puis je parcourais toute la maison et la cour à la recherche de ma véritable femme.

Je ne l'ai point trouvé. Je retournais dans la pièce à vivre, il était toujours là, avec sa face effrayante. Je tournais les talons et partais m'enfermer dans la salle de bain. Je remplissais mes mains d'eau et m'aspergeais le visage, puis me regardais dans le miroir, constatant avec froideur ma figure moribonde, mes yeux fatigués, mes cernes profondes et mes cheveux ébouriffés.

D'un ton las, exténué et désespéré : « Je ne dors pas », dis-je à haute voix, en fixant dans le miroir mes yeux rougis par l'émotion, accablés d'un mal auquel je ne comprenais rien.

Je restais enfermé jusqu'au soir. Puis sans trop savoir pourquoi, peut être, car je me disais que rester enfermé ne servirait à rien, je me décidais à sortir pour aller dans la chambre à coucher. Au fond, j'espérais seulement revoir dans ma chambre celle que j'aimais, et non pas le sournois intrus. Sur le seuil de la porte, je tournais la poignée, ouvrais la porte, le voyais lui, refermais la porte et disais à haute voix : « Je vais faire un tour dehors, ne m'attend pas ».

Ainsi, je passais une partie de la nuit à marcher au clair de lune, dans la cour, avant de m'assoupir au pied d'un arbre.

Le lendemain en me levant, alors que la course du soleil s'approchait du zénith, je découvrais un mot laissé à ma vue et à mon attention : « Je ne serais pas là de la journée, repose toi-bien, à ce soir ».

« La belle affaire, ce soir je te revois toi, ou le monstre ! », que je me disais. Non, il fallait que cela cesse, je devais consulter quelqu'un de compétant. Qui contacter ? La médecine actuelle, au mieux, sera incapable de m'aider, au pire me croira fou et m'enverra dans le lugubre asile. Car tout cela dépasse clairement le cadre d'une hallucination, ou d'une quelconque maladie. J'en suis sûr, car cette nuit, quelques voix malveillantes m'ont parlés dans mon sommeil. Certaines choses m'ont été montrés et m'ont conférés l'intime conviction, la certitude, que je ne suis ni fou, ni malade, bien au contraire. Je ruminais ainsi en murmure plusieurs minutes.

Lors de notre arrivée, alors que nous discutions avec les nantis, d'eux d'entre elles, Rosaline et Muriel, m'avaient parlés d'un homme bien singulier résidant en ville qui capta mon attention. Elles disaient de cet homme qu'il possédait de véritables dons, qu'il avait soigné grand nombres de personnes et que depuis longtemps sa réputation n'était plus à faire. Le bonhomme était décrit comme un excentrique possédant de véritable pouvoir. En Rahmortia, tout ce que nos médecins et chercheurs ne peuvent prouver via leurs protocoles, est considéré comme délirant et risible, ce qui est le cas des gens ayant prétendument des pouvoirs. Tout le monde était d'accord avec ça dans ma ville natale.

Parait-il pourtant qu'il n'y a qu'en Rahmortia que les choses sont ainsi. Que dans les autres pays, il serait admis comme banal ce qu'ici nous considérons comme loufoque et absurde. Pour ma part, avec ce que je vis actuellement, je suis prêt à miser sur cet homme à qui on prête tant de crédit.

C'est fait, je suis allé sur place et mon rendez-vous aura lieu dans trois jours. En ville tout semblait normal, les autres ne s'étaient pas fait remplacer comme ma compagne. L'intrus est peut être donc bien seul et ne s'en est pris qu'à ma femme, l'infâme !

Mais j'y pense ! S'il passe vraiment la journée en ville, les gens l'auraient vu, et j'en aurais forcément entendu parler en prenant mon rendez-vous ce tantôt. Peut-être est-il parti dans la nuit, peut être que ma douce ambroisie sera enfin de retour.

Cette pensée aurait dû me réchauffer le cœur, mais je n'avais plus la force d'espérer. Ma joie, coupée à la racine par le dépit, fut bien éphémère. Quoi qu'il en soit, je passais le reste de la journée dans la bibliothèque du manoir, à étudier toute sortes d'ouvrages. Sans pour autant y trouver quoi que se soit m'éclairant sur ma situation.

Néanmoins, j'eus l'occasion de relire certains passages d'un livre de mon enfance. Un livre relatant de vielles légendes et traitant du folklore Rahmortien, encore bien vivant dans les campagnes les plus reculées. L'un des seuls reste du savoir de nos ancêtres. Il s'agissait de légendes à propos de monstre divers ayant vécu dans des temps oubliés.

Petit, mon histoire préférée parlait d'énormes mastodontes à l'intelligence prodigieuse, se terrant dans de vastes galeries souterraines. On nomme ces galeries Gaparidès. L'on dit qu'au fin fond de certaines grottes, ou de certaines mines abandonnées, il existe des passages scellés menant dans ces sous-sols, aperçus par quelques curieux en ayant témoigné.

Bien sûr, dans le livre, il y a tout un annexe pour expliquer qu'il ne s'agit là que de légendes sans fondement. Tout ce qui se trouve dans ce livre est traité comme simple folklore par la Zanétaque, un organe gouvernemental chargé de décider de ce qui est vrai ou faux, via l'application de protocoles confectionnés au sein même de leur organisation. Il est d'ailleurs assez drôle de voir que tout les zanéticiens ont de sales tronches. Ils ont tous l'air profondément mauvais.

Enfin, relire tout ça m'aura fait passer le temps, et aura su rallumer les bougies de mes vielles obsessions d'enfance pour les créatures et monstres de légende.

Les rideaux s'empourpraient des rayons mourants du soleil. Il se faisait tard et elle, je l'espérais tout de même, ne devais plus tarder. Je vais profiter encore un peu de la brise de fin de journée, et prier de revoir ma femme dès ce soir.

Cela faisait longtemps que je n'avais plus prié, des années même. Petit je le faisais souvent, car on me disait de le faire en allant à l'église, bien qu'on ne su jamais m'expliquer l'utilité de la chose. Néanmoins cela faisait du bien de tout stopper quelques minutes. Je comptais me remettre à le faire plus fréquemment.

Plus tard la porte s'ouvrait, c'était elle qui rentrait, enfin. Je me rendais vite compte que non. Ce n'était pas tout à fait elle, c'était toujours cet infâme monstre, terrible geôlier de ma douce ambroisie. Si je ne trouve pas rapidement de solution, je promets d'avoir ta peau. Ordure !

En attendant, je l'évitais le plus possible et ne lui parlais pas. Je finissais de préparer le repas, puis nous mangions tous les deux. L'un en face de l'autre, séparés d'un mètre de bois, une tension palpable imprégnait l'atmosphère.

J'avais les yeux rivés sur mon assiette, faisant tous les efforts du monde pour ne pas parler et surtout, ne pas regarder cette chose dont la simple vue me terrifiais.

Intérieurement je pensais : « Pourquoi tu restes là ? À ne rien faire. Pourquoi te contente tu de me regarder ? Sans jamais te montrer hostile envers moi. Pourquoi tu lui a fait ça ? Pourquoi elle ? Ton but est-il simplement de me rendre fou ? Me priver de bonheur et m'accabler de tourments ? Réponds ! Ou fait quelque chose bon sang ! » Mais au-delà de mes pensées, je demeurais mutique, incapable d'user de la parole. Je me sentais lâche en cet instant. Je finissais mon assiette en premier, puis, la tête baissée, je disais à haute voix, comme en me parlant à moi-même, que je partais faire un tour dehors. Et comme la veille, je partais me réfugier à l'extérieur.

Cette nuit je m'endormais sous le même arbre, et le lendemain je passais la journée en ville, tout en me gardant de parler de mon problème aux locaux. Je n'en parlerais pas avant d'avoir consulté cet homme, le docteur Von Gradeucouille Ventousator Aja Herm Quieus Roupastèredon.

Le soir, après avoir mangé en ville, je rentrais. Il m'attendait devant l'entrée du manoir, les bras croisés. Je disais à haute voix sans le regarder : « Je passerais encore la nuit dehors, il n'y a que là que j'arrive à dormir en ce moment. » Je m'en allais aussitôt.

Il voulut s'approcher, tendant le bras vers moi. Je le repoussais d'un réflexe de panique, avant de m'enfuir suffisamment loin.

Le lendemain se déroula de la même façon, à l'exception que je fus réveillé directement par cette chose. Je dus faire face à son visage distordu dès mon réveil. En ouvrant les yeux le constat fut simple, plus je voyais cette chose et plus elle me glaçait le sang. Chaque regard était pire que le précédent. Si rien ne changeait, je serrais alors bientôt contraint de me crever les yeux, tant sa vue me sera insupportable d'ici quelque temps.

Le reste de la journée se déroula sans accroc. Ce soir-là, je n'eus pas à supporter sa vue, il me laissa tranquille et je pus dormir sur mes deux oreilles.

C'est le grand jour, mon rendez-vous est dans une heure. Sans m'en rendre compte, je m'étais retrouvé à placer tous mes espoirs dans cet homme, qui était devenu ma planche de salut.

Le cabinet se situait sur le boulevard de l'aiguillette panée[1]. C'était comme un grand mur de pierre bordant le boulevard, creusé par endroit pour en faire des habitations collées les unes aux autres. Certaines se distinguaient par leurs gravures, leurs gargouilles, leurs inscriptions poétiques et autres ornements. Ce qui distinguait le cabinet du docteur du reste, c'était la grande plaque ornant son fronton. Une grande plaque dorée où figurait le nom complet du docteur.

C'était quelque chose comme ceci :

Cabinet du docteur Von Gradeucouille

-----

[1] Nommée ainsi en hommage à l'un des plats phares de la région. Du poulet marinée avec les épices locales, puis enrobé de panure, celle-ci est de composé avec ceci : De l'œuf, de la farine, du vieux pain, beaucoup d'huile, et du poivron noir. Le poivron noir est un poivron Fouistalien, à la chair ferme et au goût fort. Il reste croquant même après cuisson et a un arrière-goût citronné.

Ventousator Aja Herm Quieus Roupastèredon
Cibra Maximat Pulpu Inius Patatoes
Crume Oeute Dissé De Pulcorp

J'avais une heure d'avance. J'entrais tout de même. Le docteur était déjà occupé avec un patient, je tombais sur la secrétaire, la femme du docteur, qui m'indiquais de m'asseoir. J'étais seul à attendre. C'était une femme se situant dans la trentaine, l'air négligée, tabac à chiqué dans la bouche, dents noirs, et de temps en temps réalisant la prouesse de faire de grosses bulles noirâtres, comme avec de la pâte à mâcher. Encore assez jolie, elle remplissait divers papiers, l'air las, puis leva les yeux vers moi et m'interpella de sa voix de crécelle. « Hep vous là, z'êtes ici pour quelle raison ? J'ai oublié de le demander quand z'êtes passé prendre rendez-vous la dernière fois. »

Je lui expliquais brièvement mon problème, me contentant de dire que j'étais depuis peu tourmenté par une entité ayant pris possession de ma femme.

— Z'avez pensé à aller voir un cureton avant d'venir ici.

— Oui, je suis allé voir le grand prêtre hier.

— Le vieux Gaspard ? Pas le mec bizarre avec son col rouge ?

— Oui c'était bien le père Gaspard que j'ai vu.

— Donc il est de retour, il est revenu quand ?

— Il y a deux jours apparemment.

— Y vas bien ? Je suis pas encore allé le saluer.

— Oui il va bien.

— Je vois. Disait-elle avec un air de médecin élaborant un diagnostic. Et alors Gaspard y vous a dit quoi ?

— Il n'a rien compris.

— Ha ouais, normal, mon mari m'a parlé de ça ce matin. L'église a perdu beaucoup depuis la grande amnésie du savoir. Mais vous inquiétez pas, dans sa tête et celle de quelques autres, y'a des bribes d'anciens savoirs qui ont survécu je sais pas comment. Elle se redressa l'air toute fier. Vous savez, j'ai lu un truc dans le journal de la zanétaque l'aut jour, ça pourrait vous aider. Mais pas un mot à mon mari sur mes lectures hein. Je lis ça en douce de temps en temps, car moi je suis une cérébrale et j'ai l'esprit scientifique, le vrai.

Elle se tut un bref moment, le temps de se plonger dans une intense réflexion et de se remémorer le torchon qu'elle avait en tête. Elle m'avait sorti tout un lacis noueux de termes scientifiques voulant dire une chose et son contraire. Concluant qu'il fallait absolument tester un quelconque traitement expérimental.

Tout à coup je sentais un picotement sur ma main, et je découvrais une poule perchée sur le siège voisin, me picorant le pouce. Je la regardais attentivement, même pour une poule elle n'avait pas l'air finaude.

— Vous z'inquiétez pas, c'est le paiement d'un client d'hier. Elle refuse de rester dans le poulailler et sème la pagaille si on l'y met de force, du coup je la laisse ici avec moi, pour m'tenir compagnie.

— Hum je vois, vous lui avez donné un nom ?

— Elle s'appelle Suzanne. Et vous, si on règle vôt problème, z'allez nous payer comment si c'est pas indiscret. Parce que mon mari je l'aime beaucoup, mais il a beau dire qu'on ne monnaye pas un don comme le sien, moi je préfère les clients qui payent. Sans moi ont seraient à la rue depuis longtemps, je vous le dis.

— Je prévois de vous payer une belle somme, du moins si vous êtes efficace.

— Et ce sera pratique pour vous de mentir et ne rien payer une fois le problème réglé. Mais je vais vous dire, allongez la moitié de la somme maintenant et le reste une fois que vous serez satisfait. Z'avez vu comme je suis arrangeante hein, c'est plutôt un bon marché, et comme vous avez l'air friqué ça ne devrait pas poser de problème.

J'accédais à sa demande. Face au montant de mon paiement, ses yeux roulèrent en même temps qu'un râle de plaisir éructait de son gosier. Elle changea subitement d'attitude, devenant tout à coup charmeuse, prenant une voix bien plus douce. Elle me demandait de la tutoyer et de l'appeler par son prénom, Estelle. Elle me fit une agréable conversation jusqu'à l'arrivée du docteur. Les articles de zanétaque c'était pour ceux qui ne payent pas, m'avait-elle avoué.

Quand le mari arriva dans la salle d'attente, Estelle souffla dans un cor puis clama haut et fort le nom complet de son mari. Qui s'avéra encore plus long que celui inscrit sur la plaque à l'extérieur. Elle clama également toutes les prouesses et faits d'armes qu'il aurait réalisé. On en eut pour dix bonnes minutes.

C'était un homme d'âge mûr, aux traits tirés et fatigués. Il était petit et solidement charpenté, couvert de vilaines cicatrices, lui donnant un air intimidant. Vêtu d'un simple peignoir en en soie mêlant bleu rose et formes géométriques étranges, le haut de son crâne était dégarni, presque totalement chauve, avec à l'arrière le reste de la chevelure fine et lisse, lui descendant jusque derrière les genoux. Il fallait le dire, c'était le genre d'homme qui n'avait pas peur du ridicule et le revêtait avec un certain panache.

Il me conduisit dans son cabinet, m'indiqua d'un geste de m'asseoir puis pris place à son bureau. Il me demanda rapidement l'objet de ma visite. Je lui dis tout ce qui m'était arrivé sans rien cacher, ce qui déjà, me fit un peu de bien.

— Je vois, il va falloir que je vous examine en profondeur pour bien déterminer la nature du problème.

Il s'approcha de moi, je restais assis. Il prit ma tête entre ses mains et me regarda dans le blanc des yeux. Les siens devinrent vitreux, son expression se figea, puis rapidement, alors qu'il parlait en continu, le son de sa voix s'éloigna peu à peu. Mes yeux se fermèrent lentement, un profond sommeil m'assomma.

Je rouvris les yeux et vis la mine interrogative du docteur. Quoi qu'interrogative ne fut que le premier mot me venant à l'esprit, car à y mieux regarder, il semblait désorienté, enclin à un profond désarroi.

— En l'état je ne peux rien pour vous. J'en suis sincèrement navré.

— Qu… ? Comment ? Balbutiais-je à peine.

— Vous êtes victime d'une sorte de malédiction, d'une force encore jamais constatée. De tout le savoir que mon maître m'a transmis et son maître avant lui, rien ne correspond à votre mal. Ce sont des forces qui me dépassent complètement.

— Mais, alors, qu'avez-vous vu, de quelle nature…

J'étais à ce moment aux abois, tout espoir me semblait perdu.

— J'ai pu percevoir la chose que vous-même voyez lorsque votre regard se pose sur votre femme. Mais en dépit de tout effort, je n'ai même pas pus comprendre si cette chose était réelle ou illusoire, ou de comprendre si votre femme est possédée par quelque chose ou non. Impossible de déterminer si vous êtes rendu fou ou encore sain d'esprit. Ce qui est certains, c'est que vous voyez cette chose et qu'elle vous ronge de l'intérieur.

Les muscles de mon corps se relâchaient un à un, je m'enfonçais dans mon siège comme dans un sable mouvant.

— Je dois aussi vous informer qu'en dépit de toutes mes précautions, il est possible que mon intrusion ait pu causer quelques dommages. Il se pourrait bien que par ma faute, la malédiction s'attaque plus durement à votre personne à partir de maintenant. C'est une chose exceptionnellement terrifiante que vous avez là, elle agit comme un poison qui ferait grossir tout ce qu'il y a de mauvais en vous. Elle s'en nourrit, grandi, et finira peut-être par dévorer votre âme.

Chaque mot qu'il prononçait me semblait une pression supplémentaire, m'enfonçant toujours un peu plus dans le bourbier piégeux où je me trouvais.

— Cependant, et ce sera la dernière chose que je vous dirais, vous devez lutter de toutes vos forces. Un mince espoir subsiste, gardez espérance je vous prie. Car il y a une piste, en la remontant je pourrais bien trouver la source de votre mal.

— Et si votre piste ne mène à rien ?

— N'y pensez même pas, contentez-vous de garder espoir. Je vous le dis sans détour, il y a fort à parier que même la mort ne puisse être une délivrance, ce pourrait même être le contraire. Puis il marmonna. Si seulement je pouvais passer les frontières de ce foutu pays, alors peut être nous trouverions quelqu'un de plus compétant. Il reparla à haute voix.

Ne bougez pas d'ici jusqu'à mon retour, la maison est à l'étage, restez-y et faites comme chez vous.

Il partit ensuite en toute hâte, me laissant seul. Je me fichais éperdument de ses avertissements, j'avais besoin de sortir, de prendre l'air.

Des gouttes me tombaient sur le museau, il pleuvait, le ciel s'était assombri, annonciateur d'un orage. Je traînais alors mon pesant regard sur les environs. Il s'arrêtait sur l'église, je partais m'y abriter.

Quand j'y rentrais, trois personnes étaient assises et priaient tandis que les hommes d'Église s'affairaient à leurs différentes tâches. Ça sentait l'encens, une fumée d'or serpentait entre les bancs, répandant son odeur au passage. Voyant mon air désespéré, le prêtre au col rouge qui nous avait raconté l'histoire de la fresque murale, s'approcha de moi. Il avait encore surgi de je ne sais où. D'une voix réconfortante, comme une soupe bien chaude le soir glacial d'un rude hiver, il me demanda : « Que se passe-t-il mon enfant, voulez-vous me dire ce qu'il ne va pas ? »

Je me mis à lui énoncer mon problème, mes tourments, et la détresse dans laquelle je me trouvais. Il prêta oreille attentive à mes mots, il me demanda plus de précisions sur la chose qui avait pris la place de ma femme. Lorsque que je lui décris son apparence, il me fixa pendant une longue minute, et afficha un grand sourire montrant toutes ses dents, celles du bas serrées contre celles du haut.

Au début j'aurais juré qu'il avait plus de dents qu'il ne devrait, peut être une soixantaine, lui conférant un sourire horrible. Le temps d'un battement de cil cette illusion éphémère s'évanouit.

Troublé par ce sourire forcé ; par cette expression faciale terrifiante, me donnant presque autant de sueur froide que le monstre ayant remplacé ma femme, je fus pris d'une peur implacable et je repartais aussi vite que j'étais venu.

Et j'étais là, sous la pluie orageuse, à deux doigts de faire une crise de panique. Pour comble, sans même m'en rendre compte, j'avançais vers mon manoir. La fatigue devant guider mes pas instinctivement vers mon domicile.

Je fus soudainement surpris par la violence d'un éclair percutant le sol avec fracas, tout près de moi ! Mon cœur battait la chamade, très vite le tonnerre déchira le ciel de son grondement assourdissant, manquant de peu de faire exploser mon cœur déjà affolé. Me faisant tomber à la renverse, les fesses dans une flaque d'eau.

Affalé sur le sol et trempé jusqu'aux os, je commençais à croire que même le ciel voulait ma mort, et alors j'entendis les cris, les cris des déments venant de l'asile. J'étais juste en face, leurs hurlements résonnaient à l'intérieur même de ma tête. J'allais bientôt craquer, j'en étais bientôt à hurler de concert avec les fous.

Mais je me relevais, puisant au fond de moi suffisamment de salubrité pour ne pas ouvrir la dangereuse porte menant à la perte de ma psyché. Bien au contraire, cet effort me galvanisait, je le clamais haut et fort : « Cette monstruosité ayant élu domicile dans ma demeure, va devoir s'en aller et me rendre ma femme. Je vais rentrer et lui imposer de partir, je traiterais directement avec cette chose s'il le faut, je ne peux me permettre d'attendre plus longtemps ».

Alors plein du faux courage né du véritable désespoir, je m'élançais en direction du manoir.

Je poussais le portail et parcourais la grande cour. L'orage avait assombri le ciel, à tel point que j'avais du mal à discerner la battisse. Je m'arrêtais et plissais les yeux pour bien voir la demeure. Soudain un éclair embrasa le terrible nuage orageux et illumina cruellement le manoir. Il était là, son sourire macabre et sa face tordu collé contre la vitre du séjour. C'en était trop, mon cœur enchevêtré dans les bras de l'angoisse n'en pouvait plus, de même que ma psyché, et je m'évanouissais tel la créature débile en proie à des forces la dépassant largement, que j'étais.

L'instant d'après je me réveillais, dans un lit médical, comme tiré d'un lourd sommeil. Est-ce que je me réveillais enfin de ce calvaire de cauchemar ? J'en doute, mais je l'espérais de tout cœur. Ce dernier voyait son rythme s'emballer à cette pensée. Je transpirais un peu et me prenais au jeu de l'anxiété et de l'angoisse, dans l'attente de réponse.

Plus tard un docteur me faisait face. Je lui demandais alors où j'étais, et pourquoi ? Il fut prompt à me répondre. « Vous êtes à la clinique Saint-Joseph, votre femme nous a contactés hier en urgence. Elle vous a vu vous évanouir dans votre cour. Rassurez-vous, après examen tout semble bien aller, vous manquez simplement de repos et avez dû être sujet à beaucoup de stress ces derniers temps ». Et il continua à parler ainsi, disant que ce stress pouvait être dû à mon récent déménagement, moi qui avais toujours vécu dans ma ville natale, qu'une batterie d'examens plus poussés allaient devoir être fait, etc.

Ce que je retenais de tout ceci, c'est que le cauchemar n'était pas fini, que les événements d'hier et des jours précédents avaient bel et bien eu lieu.

Misère, qu'allais-je faire. « Votre femme est dans la pièce d'à côté, je vais lui faire signe d'entrer, maintenant que vous êtes réveillé ».

Ma tête s'arqua brusquement du côté de la porte vitrée, et il était là, parmi toutes ces personnes qui ne semblait pas le voir. Avec sa gueule en vrac, figée comme celle d'un cadavre, désespérante à souhait.

Je fermais les yeux et je soupirais : « Ma douce ambroisie, j'aimerais tant te revoir, juste une dernière fois. » Alors que l'intérieur de mes paupières commençait à me brûler, je fus contraint de rouvrir les yeux.

Le docteur l'avait laissé entrer, et elle était là, tout près de moi. Un soulagement immense envahi mon corps jusque-là exténué. Elle était là, mon ultime souhait venait d'être exaucé. Belle comme au premier jour, radieuse, me réconfortant de son sourire qui seul, a toujours su m'apaiser. Lentement, les membres engourdis, les larmes de joie aux yeux, je me mettais péniblement en position assise, toujours dans le lit. « C'est vraiment toi », soupirais-je. Elle s'approchait encore un peu plus, je la pris alors dans mes bras et l'enlaça aussi fort que je le pouvais. J'approchais ma bouche de son oreille et répétait, « C'est vraiment toi ». Elle me répondait en renvoyant son beau et paisible sourire, avant de m'embrasser tendrement. Je continuais de la serrer aussi fort que possible dans mes bras, avant qu'elle n'échappe à mon étreinte et aille se placer aux côtés du docteur.

De profil par rapport à moi, elle tourna la tête dans ma direction. Je vis à nouveau l'atroce défiguration du sourire macabre sur son doux visage.

Il était revenu. Je le fixais d'un regard fou, mes yeux presque sortis de leur orbite, et je hurlais : « Qui es-tu monstre ! Je ne te connais pas, cesse de me tourmenter. Rends-moi ma femme, ma véritable femme. Je le vois bien que tu n'es qu'un imposteur au visage difforme, un monstre du royaume de la peur, une horrible créature des ténèbres, si ton but est de me tuer, alors fait ton office, tout de suite !

Fait cesser ce tourment à rendre fou le plus sain d'esprit des hommes ! ».

Suite à ses véhémentes paroles, le sourire macabre disparu. Je revoyais ma femme, horrifiée et attristée, ne pouvant s'empêcher de verser de douloureux sanglots. Elle sortit de la pièce, les mains sur le visage. Le docteur me dévisagea d'un air condescendant, avant de partir à son tour. Me laissant seul dans la pièce. Il me méprisait autant qu'il me croyait fou, je le savais.

La vision du visage triste et effrayé de ma douce ambroisie était la seule chose qui me restait en tête. Mon cœur se serrait dans ma poitrine, il me faisait mal. D'innombrables frissons m'engourdissaient le corps.

La douleur me fit me recroqueviller dans mon lit, j'avais mal, terriblement mal, et je pleurais à chaudes larmes. Je n'étais plus qu'un être pathétique et pitoyable, chouinant comme un chiard, accablé de chagrin.

Au bout d'une heure de lamentation, reflet de mon impuissance face à la situation, je tombais de fatigue. Quelques heures après je me réveillais, quand une infirmière rentrait en claquant la porte. Je la regardais et l'examinais, elle avait apporté des sangles. « Que faites-vous ? Vous ne comptez pas m'attacher tout de même ? » Elle répondait froidement : « D'après votre comportement ces derniers jours, et de ce que votre femme nous a décrit, on vous juge atteint de démence… » Je la coupais, abasourdi de ce que je venais d'entendre : « Ces derniers jours ?! Je ne suis entré ici qu'hier. » Elle eut l'air surprise de ma réaction.

« Attendez, vous ne vous souvenez plus de rien ? Cela fait une semaine que vous alternez entre de longs repos et de courtes crises, où vous hurlez comme un damné, où vous devenez violent. Ça fait toute une semaine que vous me malmenez et vous en avez aucun souvenir !

« Votre comportement a été jugé trop dangereux, votre mal incurable. Donc moi je vous attache et cet après-midi vous emménagez avec les résidents de l'asile. Puis hé ! ce n'est pas si grave, vous pouvez toujours sourire. »

Le visage austère de l'infirmière se défigura, laissant place à ce sourire macabre, que désormais, je ne connaissais que trop bien.

À cet instant, le bas de mon visage se crispa et je fis le plus grand sourire possible. Montrant toutes mes dents, celles du bas, serrées contre celles du haut. Haletant, je saisissais une paire de ciseaux qui était à portée de main. Je voulus l'enfoncer dans la gorge du sourire macabre. Puis d'un coup, je lâchais les ciseaux, poussais mon ennemi sans la blesser, et m'enfuyais de l'hôpital.

Tout ce dont je me souviens, c'est d'être parti en direction du manoir, en proie à un désespoir comme jamais je n'en ai connu. À ce moment, je repensais à ma femme, une envie de violence noire se saisissait presque entièrement de mon être.

Mes derniers souvenirs de cette nuit sont bien sombres. Pourtant, je conserve la sensation d'une sorte de chaleur salvatrice, présente dans ce tout petit coin encore intact de mon cœur assombri par un mal profond.

Aubade pour une jolie fleur

Jolie fleur venue me voir tandis que je dors.
Tu éclos et ton délicieux parfum me réveille.
De ma torpeur sortit, je cherche mais ne te vois.

Puis je t'aperçois, toi qui à ton tour t'endors.
Je te vois close, tombée à côté de toi un pétale vermeil.
À mon tour de te réveiller, de venir à toi.

« Jolie fleur, ouvre-toi à moi qui ne sus te voir de
suite »
Tu éclos à nouveau, à mes yeux te révèle.
Ton joli sourire ta douceur et ta gentillesse, je m'en dé-
lecte.

Puis tu te refermes, mais ton souvenir subsiste.
Je le chérirais, lui qui parmi les autres, sera éternel.
Après une longue nuit, je t'ai vu, avec l'arrivée du
rayon premier, et rien je ne regrette.

Jolie fleur, je ne sais ce que le jour nouveau me ré-
serve.
Bien que jamais plus tu ne puisses éclore, à jamais tu
auras marqué ma vie.

Chapitre 1

Nous voilà désormais dans une pièce, éclairée seulement de la clarté lunaire. Dans un lit nous retrouvons cet homme dont nous avons suivi les malheurs précédemment. Il est allongé et inconscient pour le moment. Prenons le temps de l'observer.

Proche de la trentaine, il est grand, son corps est massif, du gras et des muscles dans des proportions égales. Sa peau est légèrement mate, ses bras et jambes sont assez velus, sur son torse sa pilosité prend la forme d'un croissant de lune. Ses mains sont larges et calleuses, ses doigts sont longs larges et flexibles. De visage, il a la mâchoire carrée, des pommettes saillantes, de fines lèvres sur une face glabre, sous ses sourcils épais l'on découvre deux beaux yeux verts à l'éclat d'émeraude. Enfin, il porte sur son sommet une toison de cheveux bouclées et châtain, couvrant jusqu'à ses oreilles et dont quelques mèches tombent sur son front. Il porte de gentilles chaussures en cuir, un bermuda ample et une chemise à manche courte largement ouverte sur le torse. Le tout dans de douces teintes crèmes et brunes. À son annulaire il porte son alliance.

Maintenant observons alentours, car il s'y trouve quelque chose que l'on ne peut louper. Dans la pénombre, sur le seuil de la porte, alors que notre homme est toujours inconscient, se tient une autre personne. Il observe en silence et semble attendre. Il est pauvrement vêtu, pied nu. De taille moyenne, il possède une robuste charpente, on le devine aisément être tout en muscles, puissant et souple. Du reste, c'est son visage qui attire le plus l'œil, à commencer par son teint de peau que l'on pourrait croire dorée, sans pour autant que se soit véritablement le cas. Vient ensuite sa barbe claire, épaisse et fournie, ses sourcils broussailleux et sa chevelure léonine, blonde et ébouriffée, qui lui donne l'allure du roi des animaux. Il n'y a pas que cela, ses yeux marron, son regard perçant, toute sa physionomie, sa stature alors qu'il se tient sur le seuil, ont quelque chose d'un puissant félin. Si derrière ses lèvres roses et closes se cachaient des crocs, personne n'en serait surpris.

L'homme allongé dans le lit se réveille, il est en sueur, son regard tremble autant que ses mains, l'esprit embrumé il croit se souvenir avoir commis l'irréparable mais ne peut en être sûr, en être sûr le rendrait fou, il le sait bien.

Les yeux de celui étant dans le lit parcourent la chambre à vives allure, et s'arrêtent sur l'homme se tenant sur le seuil. Il n'est pas surpris, il l'a vu juste avant de s'évanouir, il le sait ne pas être hostile. Du reste ses souvenirs sont embrumés. Tout ce qu'il sait, c'est qu'aujourd'hui il va mieux. Dans l'instant, il se lève. Il remercie celui sur le seuil d'avoir veillé sur lui, et part du manoir après avoir rempli un grand sac à dos.

Une heure plus tard il était dans l'église en train de prier. L'autre homme l'avait suivi et faisait de même. À la fin, il lui tendit la main en lui disant son nom « Sipom », c'est là qu'il comprenait le mutisme du mystérieux bonhomme.

Sipom fini par partir, d'abord en quête de réponses quant à sa situation actuelle. Une chose en amenant une autre, il finit par proposer à cet autre homme de l'accompagner au cours de son futur périple. Cet homme étrange à la stature de félin, Sipom l'appellera Joseph. D'instinct, c'est le nom que lui donnaient tous ceux l'ayant rencontré, jamais personne ne l'a appelé autrement que Joseph.

La première partie de leur pérégrination dura douze années. Croyez-moi, il leur en est arrivés des choses qui sortent de l'ordinaire durant ce laps de temps. Souvent ils s'embarquèrent, malgré eux, dans de périlleuses situations et de folles aventures dont l'ampleur et les conséquences finissaient parfois par les dépasser. Mais je conterais ceci en temps et en heure.

Les deux bougres formaient par ailleurs un bon duo. Très rapidement ils s'étaient créés un langage composé de signes qui leur étaient propre. Une forte alchimie se produisait entre les deux hommes. Les nombreuses péripéties auxquels ils firent face créèrent un fort lien, faisant qu'une grande amitié naquit entre eux aux cours de ces douze années.

Maintenant, voulez-vous, parlons du monde dans lequel Sipom et Joseph ont évolués. Leur monde, on l'appelle aujourd'hui Fulguranis. Au moment de leur rencontre, il est divisé en cinq pays qui ce partage le continent unique qui l'occupe. Il y a l'empire de Rahmortia au nord et à l'est, pays de naissance de Sipom. Tout au sud se trouve le comté de Norg'strydi (le plus grand en superficie des cinq pays). L'Archipel Vulcotrop à l'ouest. La grande île de Squas au centre d'une mer intérieure, elle-même au centre du territoire de Rahmortia. Et enfin, traversant le continent d'ouest en est, marquant la frontière entre Norg'strydi et Rahmortia, le royaume équatorial de Fouistal.

Douze ans plus tard, il ne reste plus que le comté de Norg'strydi et l'empire Rahmortien.

Avant la grande conquête de Rahmortia, l'équilibre entre les cinq puissances était stable. Alternant entre période de guerre et de paix, chacune d'elles pouvait voir ses territoires légèrement varier d'une décennie à l'autre. Les forces étant équivalentes, il n'y avait jamais réellement de grand chamboulement. Avec le temps, c'en était même devenu tout à fait naturel, les gens n'y accordaient plus tellement d'importance à ces « petites guerres », comme ils disaient.

Puis l'empereur de Rahmortia, Vulcain II, se faisant appeler l'Éternel, chamboula du jour au lendemain cet équilibre semblant pourtant inébranlable.

Vivant en Rahmortia et ayant vécu leurs aventures au sein de cet immense territoire (l'équivalent de deux tiers du comté de Norg'strydi, après conquête), Sipom et Joseph furent les témoins des changements aussi rapides que brutaux, opérés à l'époque.

L'empereur de Rahmortia Vulcain II était un homme auréolé de mystère. Sipom et Joseph s'étaient rencontrés lors de la 237e année de règne de l'Éternel. Tandis que l'espérance de vie moyenne était d'un peu plus de 120 ans.

L'Éternel n'était pas son seul surnom. On l'appelait parfois l'empereur malade, l'empereur sans visage, ou encore l'empereur inhumain, pour ceux qui lui étaient hostile.

C'est trois surnoms étaient liés à l'allure, à la physionomie de Vulcain II. Grand et filiforme, à un point tel qu'aucun homme n'eut jamais de morphologie aussi bizarre, outre les cas de maladie orpheline.

Ces dernières étaient d'ailleurs souvent misent en avant pour expliquer la longévité et l'étrangeté physique de l'empereur. Elles justifiaient aussi son accoutrement qu'il ne quittait jamais. Il portait une combinaison opaque recouverte de tubes et d'inscriptions éthérées, ainsi qu'un casque lui aussi affublé de tubes, dont le hublot crasseux dissimule en permanence son visage. Cet empereur soi-disant accablé de plusieurs maladies orphelines à la fois est un sujet de conversation récurent chez les Rahmortiens, depuis longtemps. Certains, régulièrement, avançaient l'hypothèse selon laquelle il y aurait déjà eu plusieurs Vulcain II, qui auraient simplement portés la même tenue pour entretenir le mythe de l'empereur immortel. Avançant qu'à l'intérieur de la combinaison, qui ne serait qu'un apparat, il n'y ait jamais eu qu'un type tout à fait banal. Hypothèse que Vulcain II s'amuse à soutenir à demi-mot, créant ainsi encore plus de doute à son sujet.

Il est considéré comme un grand législateur, le plus grand de l'histoire encore jeune de Rahmortia. Car au-delà de ses bizarreries, les Rahmortiens ont bien vécu sous son règne, dans une paix relative, à l'exception des frontières, et un confort des plus agréables. Dans la globalité, une grande majorité du peuple aime son empereur et ne se pose pas tellement de questions.

Quand on parle de confort, il y eut un moment marquant à ce sujet qui bouleversa l'empire, une véritable révolution qui changea radicalement la façon de vivre des citoyens. Je vous parle de confort, mais il n'y eut pas que cela. De grandes révolutions culturels, scientifiques, militaires, énergétiques et administratives se succédèrent, voir se chevauchèrent. Tous ces évènements survinrent entre deux et quatre ans après la rencontre de Sipom et Joseph.

La première grande avancée fut apportée par un ingénieur bien connu du peuple, Rascal Coudredon. Rascal et son équipe mirent au point un nouveau moyen de transport nommé « E-gin », et eu pour but de remplacer les chevaux. L'E-gin est une sorte de cabine cubique montée sur roue. L'utilisateur y monte et colle des sortes de ventouses sur son front, une mince aiguille vient perforer le crâne de manière indolore, pour qu'un liquide ambré puisse s'écouler directement dans la tête.

Le liquide ambré lie l'utilisateur à son véhicule. Le conducteur peut alors le conduire en usant de ses pensées. Un système de sécurité efficace bloque les actions potentiellement dangereuses, en cas d'accident le véhicule privilégie toujours la vie de l'utilisateur. Ce qui amène à se demander si le conducteur contrôle vraiment le véhicule. Puisque ce dernier, ayant accès aux pensées de l'utilisateur, les traites et prend une décision en fonctions de leurs natures. Hélas, trop peu se sont interrogés à ce sujet.

Chaque citoyen, dès l'âge de dix ans, reçu son propre E-gin gratuitement. En cas de casse, un nouveau E-gin est envoyé le lendemain au propriétaire de l'ancien véhicule, grâce à une garantie gratuite et valable à vie. Il y eut bien entendu des réfractaires au début, mais cela ne dura que peu de temps, car au bout d'un certain moment, presque tous dans les grandes villes l'avaient au moins essayé. Dans le cas de l'E-gin, systématiquement, l'essayer c'est l'adopter.

Bientôt le paysage des villes et villages changea, avec le rachat puis la destruction méthodique de centaines, puis de milliers de maison à travers tout le pays. Furent construites alors de grandes tours aux lignes bien droite, montant à plus de soixante mètres de hauteur. Les citoyens ayant perdu leur maison, furent invités à loger gratuitement dans les tours s'ils le désiraient. Et finalement, comme pour les E-gin, tous ceux le désirant purent y loger gratuitement, avec la mise en place de période d'essais pour les indécis.

Vivre dans une tour donnait nombres d'avantages. L'accès aux soins, la nourriture et l'eau devenaient gratuites. On avait même accès à une gazette hebdomadaire, journal exclusif aux tours, comprenant dans ses lignes des discours de l'empereur écrit de sa main, exclusivement pour les résidents des tours.

De même pour le travail, chaque résident se voyait attribuer un poste dans la tour au bout d'un mois d'occupation. Les tours étaient de véritable vivier. Une fois résident, il n'y avait plus aucun intérêt à sortir dehors. Absolument tout le nécessaire pour vivre y était. Sur simple demande les résidents avait accès à la sexualité par l'intermédiaire de prostitués et de gigolos. Toujours aux frais de l'empire bien entendu. Pour ceux le voulant, ont leurs attribués même mari femme et enfants. Enfin, tous les jours, des activités ludiques divers et variés étaient organisés dans les tours pour leurs résidents. Il y avait aussi des salles de sports misent à disposition en dehors des heures de travail[1], et bien d'autres services.

Dernière chose dont jouissaient les résidents des tours, l'ambrocine, une toute nouvelle sorte de nourriture, se trouvant sous forme liquide et sous forme de gelée. De couleur ambrée, l'ambrocine à elle seul apportait au corps humain tout ce dont il avait besoin en termes d'eau, de nutriments, de vitamines, de protéines, etc. En plus d'être particulièrement appétissante et délicieuse.

---

1   Qui n'excédait pas deux par jours.

En plus des tours, un autre genre de bâtiment fut construit, que l'on nomma « cube » tout simplement. Un cube fut construit dans chaque grande ville et petit village, à l'instar des tours. Le cube, grand bâtiment gris et carré dépourvu de fenêtre, est un complexe de formation militaire. « Vous souhaitez devenir soldat et contribuer à la grandeur de l'empire ? Entrez dans le cube de votre ville et embrassez votre destin ». Bientôt, seul deux voies s'offraient aux citoyens Rahmortiens, devenir résident ou soldat. Bien que la majorité choisirent les tours, un peu moins d'un tiers des habitants de l'empire choisirent le cube. Tous ceux qui y entrèrent n'en ressortirent pas, jusqu'à ce que l'empereur Vulcain II déclare une guerre de conquête envers le pays voisin de Fouistal, trois ans plus tard.

Tandis que les résidents des tours suivirent cette guerre depuis leurs logements de manière passive, dehors, les portes des cubes s'étaient enfin ouvertes et vomissaient tout ce peuple qu'elles avaient ingurgité plus tôt.

Les volontaires ressortaient changés en soldats zélés, chacun affublés d'un uniforme, d'un grade, et d'une division à rejoindre.

Les troupes de base, servant de première ligne, pouvaient être affectés n'importe où si besoin. Polyvalent et sans véritable spécialisation, ils portent un uniforme servant à la fois d'arme, d'armure et de moyen de locomotion. Une tenue que l'on pourrait comparer à une camisole chromée, montée sur quatre petites roues et truffé de canons, dont certains répandent une toxine mortelle, ou d'autre, tir un rayon électrifiant. Il existe d'autres type d'uniforme, mais ne sont utilisés que dans certaines divisions ayant des missions bien spécifiques, comme l'espionnage, le sabotage, la récupération de ressources stratégique ou d'individu important, etc.

Tous les uniformes fonctionnaient comme les E-gin. Un tuyau à s'insérer dans le crâne, puis l'absorption du liquide ambré permettant de contrôler le tout par la pensée.

La guerre de conquête contre l'empire de Fouistal, qui pourtant s'étend de l'extrême orient à l'extrême occident du continent sur une mince ligne de terre, ne dura que six mois.

L'écart de technologie fut tel, que les Fouistaliens se firent écraser. L'armée Rahmortienne put se roder sur le terrain et s'habituer à ses nouvelles tactiques et nouveaux équipements. Une fois la terre de Fouistal conquise, le plan ourdi par l'empereur Vulcain II put passer à l'étape suivante.

La suite du plan concerne l'ambrocine, cette substance nourrissante donnée aux résidents des tours.

Avant de parler de son utilisation dans le royaume conquis de Fouistal, il va nous falloir tout d'abord revenir sur son origine, et l'utilisation qui en est fait jusqu'à présent.

Il existe une race animale appelée féliot, ne vivant que dans la toundra glaciale du nord de Rahmortia. Il s'agit d'une sorte de petit bovin poilu, de la taille d'un cochon de lait, dont le comportement rappelle celui de certains insectes.

Les féliots s'organisent en colonie. Dans chaque colonie se trouve une reine, qui elle fait la taille d'un gros ours. La reine, qui elle seul est carnivore, se fait nourrir par les autres féliots, qui ne vivent que pour nourrir la reine. En échange, la reine sécrète une substance nommée gelée royale ambrée (proche de l'ambrocine), qui nourrit toute la colonie. Pendant longtemps, les Rahmortiens n'en avaient pas grand-chose à faire de ce curieux animal, mais l'empereur Vulcain II eu une sorte d'intuition, et voulu l'étudier.

C'est alors que ses équipes de chercheurs découvrirent que la substance sécrétée par la reine avait de puissante propriété addictives. On découvrit que ça allait même plus loin, grâce à toute une batterie d'expérience.

On retira de leurs colonies des féliots tout juste nés, et l'on établit une colonie dépourvue de reine. C'est alors que les féliots, ordinairement très agressifs, devinrent les plus paisibles des animaux. Devenant de petits herbivores logeant dans des terriers, comme des lapins, vivant en famille et non pas en colonie. Tout aussi surprenant, les féliots se mirent à montrer des signes d'intelligence jamais observés auparavant, une intelligence similaire à celle du corbeau.

Il fut testé d'introduire une reine dans des groupes de différents animaux. À chaque fois, la reine se fabriquait un cocon, et comme pour la métamorphose du papillon elle en ressortait transformée. Elle adoptait les attributs de l'espèce visée, que se soit lapins, sangliers, cerfs, cela fonctionnait même avec les loups ou les renards. Il était cependant nécessaire dans tous les cas que l'espèce visée soit de taille inférieure à la reine.

Dans le cas des carnivores, la reine se faisait dévorer dans les jours suivant la métamorphose. Pour les gros herbivores, les cerfs ou les sangliers par exemple, ils reprenaient leurs habitudes naturelles au bout de quelques semaines, puis se contentaient d'ignorer la reine, qui finissait par périr.

Pour les lapins, les rats et les oiseaux, la reine finissait par mourir de faim. Car ces derniers n'avaient pas les attributs nécessaires à la prédation d'autres espèces. Ils étaient incapables de lui amener suffisamment de nourriture (dans le cas des rapaces, ces derniers tuaient la reine).

De là, l'hypothèse fut émise que les reines étaient des animaux parasite, représentant une espèce à part entière et dont la survie reposaient exclusivement sur le contrôle qu'elles exercent sur les féliots, seul espèce suffisamment forte et contrôlable pour les nourrir. De même, il fut observé que, sans leur agressivité conférée par la reine, les féliots devenaient des proies de choix pour les prédateurs. Il s'agit là d'une symbiose.

Suite à l'étude de ces animaux, une flopée de laboratoires souterrains furent construits. On y transporta des colonies entières de féliot. Puis la grande récolte de gelée royale ambrée fut misent en branle. Sous la direction de l'empereur en personne et grâce à un savoir dont la source fut inconnue de tous. Vulcain II mit au point l'ambrocine, une gelée royale ambrée de synthèse dont l'effet de dépendance est renforcé. L'effet produit sur les cobayes est une dépendance formidable au produit, et une obéissance sans borne à l'empereur, qui avait le rôle de la reine féliot aux yeux des cobayes.

C'est en se basant sur la capacité des reines à dominer les autres espèces, qu'on put développer les capacités de contrôle par la pensée via l'ambrocine.

De cette invention en découla dans un premier temps la construction des premiers E-gin, afin de tester à grande échelle les effets de l'ambrocine transfusé directement dans le crâne, étant donné ses effets prodigieux sur l'homme. C'est un outil d'asservissement aussi bien qu'un outil ouvrant la porte vers une évolution des capacités humaines révolutionnaire. Notons le terrible prix à payer en échange de cette soi-disant évolution, qui ne fait que renforcer le corps en échange d'une privation du libre arbitre.

Tout ceci nous mène à la phase deux du plan de Vulcain II, la prise du royaume de Fouistal et son absorption par l'empire.

Les habitants de l'ancien royaume furent épargnés, mais très vite ils apprirent qu'ils avaient l'interdiction d'aller en Rahmortia. Les anciennes frontières se firent encore plus redoutables qu'au temps de la guerre, personne ne devait passer. Ensuite, tout l'ancien royaume fut désarmé. Une fois fait, des bataillons entiers incendièrent les champs, les récoltes et les réserves. Une grande et terrible famine fut orchestré. Puis, après quelque temps, alors que le nombre de morts augmentait dangereusement, des entrepôts furent construits un peu partout. Une soi-disant organisation altruiste et anti impérial y distribuait de l'ambrocine gratuitement et en quantité pharaonique.

Ils se disaient être des résistants dans l'empire et avoir volés au despote Vulcain II toutes les denrées distribuées.

Le temps passant, l'ambrocine distribuée aux Fouistaliens fut de plus en plus concentrée, et ses effets allant de même. Les capacités surhumaines conférées par ce surdosage finirent par rendre fou la plupart des consommateurs. Puis d'autres entrepôts virent le jour, bâti comme des temples religieux. Ces nouveaux lieux de distributions permettaient d'atténuer les souffrances dues à l'excès d'ambrocine dans le sang, via des modifications génétiques ou cybernétiques.

Encore plus tard, après que suffisamment d'individu aient subi des transformations, une troisième option vit le jour. L'arrivée de distributeurs d'une nouvelle sorte d'ambrocine, dont la conception permet de supporter les mauvais effets de l'ambrocine concentrée sans devoir mutiler son corps.

Ainsi l'ancien peuple Fouistalien fut divisé en trois. En premier les mutants génétiquement modifiés, pour lesquels les modifications ont drastiquement diminuées l'intellect et ont développées chez eux une sorte de frénésie meurtrière, une furie libidineuse. Les rendant ainsi abominablement violents et imprévisibles, mais aisément contrôlable, quand ont sait quel type d'ambrocine leur donner.

En deuxième, les hommes machines, bien moins nombreux. Car peu survivent à la mécanisation du corps. Selon leurs personnalités antérieures, ils développèrent une forme de sadisme ou de masochisme extrême, tout en gardant de solide capacité intellectuels.

Enfin, assez nombreux, il y a ceux qui choisirent de ne pas altérer leurs corps (le croyaient-ils du moins), et qui choisirent l'ambrocine apaisant leurs douleurs.

Devenu des êtres insensibles, incapables de formuler une pensée construite, ils virent leurs corps se transformer sans s'en rendre compte. Se voûtant de plus en plus, devenu des bossus boiteux et laids dont les yeux brillent d'une sinistre lueur ambrée. Ils devinrent ce que l'on appelle les Errants. Vagabondant généralement sous d'épaisses couches de tissus en lambeaux, sans but précis, ayant tendance à s'agglutiner autour des tours de résidents dont jamais personne ne sort.

Finalement, Rahmortia, cinq ans après la conquête du royaume de Fouistal, entreprit de réarmer la population. Attisant les braises du chaos avec ardeur, les trente Fouistaliens ayant survécu à la mécanisation se virent attribuer une parcelle de territoire de l'ancien royaume. On leur donna l'entière responsabilité de la gestion de leurs terres. Ces trente chefs furent armés de prototypes d'armes. Tantôt les armes se montraient fiables et efficaces, tantôt inutilisables, et de rare fois un désastre survenait.

On apprit aux trente chefs à contrôler les mutants organiques. On leur apprit comment les manipulés efficacement, pour obtenir d'eux ce que l'on voulait. Très vite les guerres de territoires éclatèrent. Bien vite des alliances furent créées, et tout aussi rapidement les plus faibles furent éliminés.

Après trois ans de guerre ils ne restaient plus que douze territoires dont les forces étaient équivalentes. Mais la guerre n'en finissait pas pour autant, car dans l'ombre les agents du chaos continuaient d'attiser le feu ardent de la fureur et de la folie meurtrière.

L'ancien royaume de Fouistal devenu un laboratoire à ciel ouvert, les Rahmortiens finirent par conquérir l'archipel de Vulcotrop et la grande île de Squas.

Ces deux pays furent absorbés, et contrairement à la précédente conquête, il n'y eut pas d'expérience à grande échelle. Les Squassais et les Vulcotropesiens furent traités comme les Rahmortiens[1], avec l'édification de tours pour résidents et de cubes militaire.

Pour ceux le pouvant, il était possible d'aller rejoindre le comté de Norg'strydi au sud. À conditions de survivre à la traversée de la nouvelle Fouistal, ou d'avoir la possibilité de prendre la voie des eaux.

Mais, tout ceci, c'est ce que vous dira un observateur extérieur à l'empire. Étrange d'ailleurs, que des étrangers soit si bien au courant des plans de l'empereur.

En vérité, cette dystopie ayant tout pour durer et fantasmé par Vulcain II, n'est qu'un éphémère phénomène de l'histoire. Vous le verrez plus tard, tout ceci n'a rien à voir avec la réalité qu'on put observer Sipom et Joseph. Car le

---

1 Historiquement, l'empire Rahmortien et le royaume de Fouistal avaient de lourds griefs l'un contre l'autre.

règne par la division et le contrôle orchestré par l'empereur n'a jamais pu être entièrement efficace. Beaucoup luttent au sein de l'empire, le plus souvent par de petits gestes quotidiens, et par d'autres moyens que nous verrons en temps voulu.

Contrairement aux apparences, vu de l'intérieur, l'empire est en pleine crise. Des forces et des moyens toujours plus colossaux les uns que les autres sont mis en œuvre pour contrôler la population, qui tend à ne pas se laisser faire. Un peu moins d'un tiers du pays résiste.

Depuis leur rencontre, Sipom et Joseph auront arpentés ce paysage durant douze longues années. Vivant moult aventures, allant de ville en ville et de village en village, cherchant les secrets cachés derrière la subite transformation de leurs pays, et courant après les mystères qui les avaient amenés à se rencontrer.

À la fin de la douzième année, se trouvant dans la nouvelle Fouistal, proche de la frontière de Norg'strydi. Un de leurs amis, un chef mécanisé, leur faisait part d'étranges rumeurs provenant de la capitale du pays voisin. On y racontait d'étranges choses au sujet de la mort bien singulière de moutons. Simple rumeur à laquelle personne ne prêtait attention depuis qu'elle circulait. Elle suscita pourtant un intérêt certains lorsqu'elle parvint aux oreilles de Sipom et Joseph.

Nous le verrons, c'était là le dernier signe qu'ils attendaient avant de partir.

La prochaine destination est donc toute trouvée, Malkasan ! Capitale de la Norg'strydi, où commence cette histoire.

Chapitre 2

Nous sommes à la fin de l'été. Bien que Sipom et Joseph aient empruntés la route du sud, il faisait de plus en plus froid. À chaque escale la température diminuait, alors que le pays était réputé pour son beau temps et l'agréable chaleur qui y règne à cette saison. Continuant de descendre plus au sud, après moult étapes dans divers villes et villages, ils atterrirent non loin de cette zone montagneuse abritant le mont Magnis. L'imposant volcan où vit le Malkasar. À dix kilomètres de ce dernier, ils faisaient leurs premiers pas dans la capitale, Malkasan.

La capitale de Norg'strydi a cela de surprenant, qu'elle a des allures de petite bourgade rurale et paisible. L'on y voit aucune fortification. Il faut dire que Malkasan se trouve au beau milieu d'une plaine, dans une région du comté dont les frontières sont délimitées par une chaîne de montagne en faisant tout le tour.

Se rendre à Malkasan, pour quiconque souhaite serpenter à travers les routes difficiles de montagne, a toujours des allures de pèlerinage, et la récompense en vaut la peine. Nous parlons ici de la capitale du comté, car c'est là que vit le protecteur du pays. Mais il existe d'autres villes en Norg'strydi que l'on peut considérer, légitimement, comme la capitale agricole et culturel pour l'une, artistique pour l'autre, scientifique pour la troisième, et militaire pour une dernière. Ces quatre villes forment avec Malkasan le quintet historique de Norg'strydi, n'ayant jamais été conquis de toute leur histoire déjà millénaire. Car si l'on est actuellement en l'an 703 pour l'empire Rahmortien, en Norg'strydi nous sommes plutôt en 1412. Les pays Fulgunariens contant les années à partir de leur création. Mais passons, je m'égare.

Sipom et Joseph, après leur long pèlerinage, étaient épuisés. Ils souhaitaient se reposer mais furent surpris de trouver la ville déserte, ou plutôt en train d'être déserté. Les habitants arpentaient les rues, les bras chargés de leurs effets personnels. Tout ceci avait l'air d'un exode précipité. Mais pourquoi ? Sipom et Joseph ne le savaient pas, ils ne s'étaient renseignés qu'en surface sur le comté de Norg'strydi. Ses coutumes et ses traditions leur étaient pour l'instant inconnu. Les habitants de Norg'strydi n'étaient pas les plus bavards pour ce qui était de partager leurs mœurs à des étrangers.

C'était un monde dans lequel il fallait s'aventurer et s'immerger pour le connaître.

En avançant, Sipom fut attiré par une pancarte, il y avait écrit : « Dernière fournée de l'année », c'était une boulangerie, l'odeur du pain imprégnait les alentours et la porte était entre-ouverte.

L'attrait d'une bonne miche de pain fit saliver Sipom. Attiré comme papillon de nuit subjugué par la lueur d'une lanterne, il dit à Joseph de l'attendre un peu, le temps qu'il achète du pain. Joseph n'eut pas trop l'air de comprendre de quoi parlait Sipom, il haussa les épaules et laissa son ami faire ce qu'il voulait, il partit faire le tour du quartier en attendant.

Sipom entra dans la boutique, une charmante sonnette se fit entendre. Sans même réfléchir il retira son manteau pour le poser dans un coin. À l'intérieur il faisait très chaud, une chaleur à faire rôtir un diablotin ! Il s'approchait du comptoir, et bientôt un homme s'y montrait. Massif, les joues roses, les cheveux épais et blond comme flottant dans le vent, les lèvres pulpeuses, un sourire enjôleur et un regard de braise ornant comme des joyaux sont gais visage. Il était vêtu d'un simple tablier, et uniquement, d'un tablier.

Le ventre de Sipom gargouilla. Un éclair traversa les yeux de l'homme derrière le comptoir, comprenant instamment la requête de son client. Le boulanger le fixa dans les yeux, longuement, Sipom tint son regard. Le boulanger baissa les yeux vers le dessous du comptoir, il en sortit une grosse miche de pain, ronde et dodue.

Il la posa entre lui et Sipom, puis la caressa langoureusement. « Voilà une belle miche bien ferme, que vous pouvez tenir à pleine main. Ho oui, elle est juste assez grosse, la bonne taille, celle qui vous remplis la main sans déborder, et qui vous fait saliver rien qu'au touché ».

Il regarda à nouveau Sipom droit dans les yeux, Sipom le regarda, le boulanger continua de l'observer pendant une longue minute. Il se lécha les lèvres, faisant passer lentement le bout de sa langue sur ses babines charnues, puis sorti une deuxième miche qu'il posa à côté de la première, toujours la tripotant sensuellement. « Celle-là est encore plus ferme », dit-il dans un soupir lascif.

Voila que le boulanger se mordillait les lèvres, et qu'un filet de bave coulait sur l'une des délicieuses miches. Ses yeux, plein de l'ivresse du plaisir, étaient toujours plongés dans ceux de Sipom.

Le boulanger finit par sortir une baguette de sous le comptoir, qu'il saisit avec fermeté. Très lentement, avec attention, avec une délicatesse pourvue de tendresse, un geste à faire tourner la tête du plus fidèle des époux, il la plaça au seul endroit possible. Entre les deux belles miches. « Et une belle baguette, nous l'avons scarifié de façon à ce qu'elle ait de belles veines. Elle est bien cuite et, dure ».

Sipom resta interdit, ses pensées piégées dans une brume melliflue.

Un bruit métallique se fait entendre, quelque chose est tombé. Ça vient de l'atelier, près du four à bois. Sipom tourne la tête et vois un visage dépasser du pilier central de l'atelier, le corps étant caché des pieds au cou. C'est un homme au visage glabre portant un cache barbe, brun, il porte une charlotte sur la tête. Le visage incliné sur le côté, il affiche un petit sourire suffisant en coin de bouche. Il lance un regard aussi ardent que pénétrant à Sipom, sans jamais cligner des yeux.

Tout à coup, le boulanger derrière le comptoir pris la tête de Sipom entre ses grosses mains, puissantes et viriles, leurs lèvres se touchaient presque. « Voici Juan, mais ne fait pas attention à lui, et dans le fond de l'atelier il y a Alejandro, qui vas bientôt aller durement pétrir la pâte, c'est un long processus qui ne se fait qu'ici ».

Un éléphantesque bruit se fit entendre du fond de l'atelier, comme une masse énorme qui frapperait avec fracas un établi. Bientôt le bruit devenait régulier. « On dirait qu'Alejandro a commencé, et moi, Pablo, je vais aller finir de préparer une délicieuse crème ».

Il se lécha les babines, touchant au passage celles de Sipom. « Voulez-vous venir nous voir travailler ? » Pablo fit un clin d'œil à Sipom qui remarqua à quel point son interlocuteur avait de beaux cils. Il le suivit dans les tréfonds de cet atelier à la chaleur insoutenable.

En passant près du pilier central il voulut jeter un œil au corps de Juan. Mais ce dernier avait l'air de se débrouiller pour que seul sa tête se trouve dans le champ de vision de Sipom. Le grand fracas du fond de l'atelier continuait, cet interminable rythmique, constante, régulière, boom, boom, boom.

Pablo s'arrêta près d'une cuve montée sur un pétrin. Il plongea son bras dans l'odorante crème, d'un parfum de violette. Il se mit à brasser avec force et vigueur, haletant et soufflant, la sueur perlant sur son front. Le remous provoqué par son mouvement faisait éclabousser la crème partout, son tablier en était couvert. Sipom en reçu même quelques gouttes sur le visage, qu'il retira avec sa langue, elle était délicieuse.

Une fois finit, il ressortit son bras tout dégoulinant d'une abondante quantité de crème et soupira faiblement, tel l'antique catin ayant rudement besogné. Il se nettoya et guida son invité un peu plus loin, en le tenant timidement par la main cette fois-ci, ce qui fit rougir Sipom.

Il entendit d'ailleurs, juste après, un bruit absolument répugnant, et failli glisser sur une traînée visqueuse et irisé, qui menait jusqu'à l'emplacement d'un gros frigo. Derrière lequel dépassait la tête de Juan, le visage toujours figé dans la même expression.

Boom, boom, boom, les détonations se rapprochent, on arrive au bout de l'interminable atelier. Les vêtements de Sipom lui colle à la peau tant ils sont trempés de transpiration. Il fut contraint de se mettre plus à l'aise sur les conseils de son hôte.

Le fracas atteignait son paroxysme, dans le fond de l'atelier, face à un établi, l'on pouvait enfin apercevoir ce fameux Alejandro. De dos, l'on ne pouvait voir que le tablier qu'il portait à l'envers.

Sur l'établi était étalé de la pâte. Alejandro soulevait un objet lourd et massif avec ses deux mains. Les veines apparaissant sur ses biceps seyant et les gouttes de sueurs perlant de toutes parts.

Il devait avoir une force colossale pour soulever un objet aussi lourd, ce devait être un énorme rouleau à pâtisserie.

« Hep Alejandro, regarde donc un peu le joli minois que j'ai ramené ». Alejandro se retourna puis, dit très lentement : « Holà ; holà », tout en le dévorant des yeux.

Ce troisième homme, taillé comme un dieu grecque, à la belle gueule et au sourire charmeur, repris assez vite sa besogne, martelant de toutes ses forces la pâte qui semblait frémir de plaisir à chaque coup. « Badigeonne bien la pâte pendant que tu pétris. Tu te souviens, plus elle est humide, et mieux c'est », lui indiqua Pablo. Alejandro poussa un grognement sonore. La pâte était badigeonnée.

Puis se tournant vers Sipom, Pablo s'adressa à lui : « Avant que tu ne partes, je, je, je voudrais que l'on fasse une dernière chose ensemble », dit-il alors en train de rougir. « Tu as quelque chose de plus que les autres, et… ».

Juan l'interrompit en ouvrant une lourde porte métallique et grinçante.

Derrière se trouvait une chose déroutante. Un animal sans poil, retenu par des liens de cuir et pendouillant au milieu de la pièce. Un bâillon dans la bouche, deux énormes crocs, tel un tigre à dents de sabre, et trois petites trompes pendouillant au-dessus de sa bouche. Une croûte épaisse, sentant le fromage, recouvrait son visage par endroit, surtout autour des trompes.

L'étrange animal avait l'air mort, son corps desséché et ses yeux clos, Pablo s'exclama bruyamment d'un :

— Il est mort !

— Qui ? S'enquit Alejandro.

— Le repas de Juan.

— Il l'a tué sans le manger ? Étrange.

Pablo soupira, l'air véritablement déçu. De son côté, Sipom qui admirait le visage bien fait d'Alejandro, vit ce dernier ce déconfire.

— Pablo, il a faim. Dit-il en pointant du doigt la tête de Juan.

— Non !?

Pablo se positionna avec urgence entre Sipom et les deux autres.

— Non Juan ! Pas lui, pas encore un, je t'en supplie, arrête. Il y a tellement d'autre chose à manger, prend donc le mouton que tu as tué à la place, par pitié.

Un bruit à donner la nausée éclata du côté de Juan, comme un murmure soufflé dans un vent sinistre. De sombres paroles sibyllines jactèrent dans l'air. Sipom ne comprenait rien, mais Pablo et Alejandro avaient la tête dans les mains, accusant une forte douleur et un effroi plus grand encore. « Reste caché monstre ! Je ne veux plus jamais avoir à supporter la vue de ton immonde apparence ! »

La sonnette retenti dans l'entrée de la boutique, et le souffle d'un cor vint tout balayer. Juan, Alejandro et Pablo s'évaporèrent ainsi que leur atelier. Avant de disparaître, le dernier hurla à Sipom de fuir.

Notre homme se trouvait le cul par terre, dans un édifice poussiéreux et abandonné.

Joseph se tenait au niveau de l'entrée, devant lui un homme tenant un cor à la main, châtain, le crâne dégarni, avec des rouflaquettes. Portant une salopette et une laine pour vêtement.

— Z'êtes pas d'ici vous deux. C'ti vôt compère qui m'a averti avec des gestes étranges q'vous étiez coincé dans la boulangerie des deux incubes.

— Que, quoi ? Je ne me souviens de rien, à part qu'il faisait chaud, que c'est-il passé ?

Sipom renfilait ses vêtements pour se protéger du froid extérieur, tandis que l'homme dégarni se présenta sous le nom de Charessin, un homme du pays.

— C'qui c'est passé, c'est qu'si z'avez pas de chance, vos souvenirs reviendront après la nuit. Et c'est surtout qu'vous avez fait la rencontre des deux gaillards du lieu, des incubes comme dit l'nom de l'endroit. Y'a pas grand-chose à craindre, à part des rêves tordu la nuit qui suis. Nous ont portent tous une amulette qui protège de leur charme, donc ça va.

« Et pis, faut dire, si on voit quelqu'un disparaître là-dedans sans son amulette, on peut l'en extirper en soufflant dans c'bignou, ça fait un drôle de bruit qui z'aime pas les deux loustics, ouaip. Alors faut vraiment pas s'inquiéter, y font d'mal à personne pour dire vrai. Ils vous charment certes, mais ça va jamais plus loin qu'des mots. Enfin j'crois, j'y suis jamais allé toute façon. Il dévisagea Sipom.

« Fin j'cause, j'cause, j'cause, mais je sais toujours pas qui que vous êtes ni d'où vous venez. Parce que j'ai pas pu tirer un mot d'vot compère, et j'espère z'êtes pas venue causer de problèmes. Ont en a déjà assez en ce moment, entre les disparitions d'moutons d'gens et cte foutu hiver qui se pointe six mois à l'avance. Fin vous comprenez qu'les temps sont déjà dur pour nous autres et qu'on a pas envie qu'des étrangers foutent le bazar. »

Un bruit sourd et menaçant retenti, venant de la grosse porte métallique du fond de l'atelier abandonné, quelque chose avec une grande force essayait d'en sortir. Charessin, en panique, beugla aux deux hommes de s'enfuir en courant.

— C'bon, une fois dehors on craint plus rien. Puis il eut un rire gêné. Savez, j'ai pas une bonne mémoire, j'avais oublié qu'depuis quelques années, les deux incubes avaient un troisième compagnon, et qu'il arrive de temps en temps qu'des gens ne ressortent plus jamais après être entrés, malgré l'amulette.

— Comment vous avez pu oublier ça bon sang !

— Hé ! J'ai dit qu'j'avais une mauvaise mémoire, et y'a d'autres problèmes comme j'ai dit avant.

— Et si les gens disparaissent là-dedans, pourquoi le bâtiment est toujours ici ?

— Posez trop d'questions vous, j'vais avoir mal à la caboche à force. Nous avons essayé d'le détruire et d'construire aut chose, mais on peut pas. Y'en a toujours un aut qui pousse comme un champignon un peu plus loin, du coup on pense juste à prévenir les gens d'éviter le bâtiment. Et on a mis un écriteau et des chaînes aussi pour condamner l'entrée, mais visiblement ça sert à rien. Et l'Malkazar y dit que même lui y peut rien faire, c'est dire ! Soi-disant qu'il est pas tout puissant et que certaine choses le dépasse. Mon œil ! C'est surtout un gros flemmard c'te lézard de malheur, moi j'vous le dis !

« Bon ! Maintenant qu'on est là, hors de danger, j'peux savoir qui que vous êtes au juste ?

— Attendez, Charessin c'est ça ?

— Oui tout à fait.

— Si nous nous présentons, auriez-vous l'amabilité de répondre à quelques questions.

— Dite moi qui que vous êtes d'abord, puis j'répondrais si j'peux.

— Très bien merci, mon ami ici présent s'appelle Joseph. S'il n'a pu vous répondre tout à l'heure et qu'il a fait des signes bizarres comme vous dites, c'est parce qu'il est muet. Sinon il est tout à fait aimable, serviable, perspicace et débrouillard.

« Moi je m'appelle Sipom, de la même trempe que Joseph si je puis dire. Nous sommes deux voyageurs originaires de l'empire de Rahmortia, nous avons entrepris notre voyage jusqu'ici après que d'étranges rumeurs, de moutons disparus et retrouvés dans un état plus que suspect, ne nous soit parvenus aux oreilles. Nous voulons nous informer, et aider si possible dans cette affaire-là.

Charessin écouta attentivement, puis claqua de sa langue, l'air de réfléchir.

— Mes avis qu'ça peut poser problèmes d'enquêter sur tous ces bidules. En plus, là qu'vous dîtes venir de Rahmortia, j'sais pas quoi en penser. On dit qu'les habitants de là-bas ce sont des fous sanguinaires, mais vous autres là, tous les deux, z'avez l'air à peu près normal.

« En même temps c'est vrai qu'il y a le vieux Herbert qui m'tanne depuis des semaines avec ces histoires de moutons. Y dit qu'il a besoin de valeureux guerrier pour l'aider dans sa tâche. J'sais pas d'où y sort tout ça, mais c'qu'est sur c'est qu'il m'casse les pieds c'vieil excentrique. J'sais aussi qu'il a encore trouvé personne pour l'aider. D'un coté j'sais pas si je peux vous faire confiance, aux vus de vôt provenance, de l'autre, si grâce à vous Herbert arrête de m'causer du tracas, ce serait pas plus mal. Il m'envoie tout le temps des lettres pour savoir si je lui ai trouvé ce qu'il veut, je n'en peux plus…

Et le bon Charessin continua ses réflexions à voix haute pendant encore un bon bout de temps. Enfin, les gargouillis des ventres de nos deux hommes se manifestèrent bruyamment et interrompirent les réflexions du local.

— C'est ti qu'vous avez faim ! Bah, venez donc avec moi, on est en plein exode hivernal là. Ma bonne femme est déjà dans nôt deuxième maison en train d'préparer le souper. J'me déciderais sur vôt cas pendant le repas, et j'ai du pain dans l'chariot, vous pourrez vous servir, raisonnablement par contre.

Sipom et Joseph le remercièrent, l'arrivée de Charessin dans leur voyage était à bien des égards, un superbe coup de chance pour eux.

Il leur indiqua ensuite sa voiture, un chariot plutôt âgé mais bien solide, tiré par trois chevaux Norg'strydien.

C'est une race de cheval ne vivant que dans les montagnes de Norg'strydi. Ils sont bipèdes, avec une tête énorme, d'imposants sabots en guise de pieds, des coussinets duveteux dans la paume de la main droite, et un crochet recouvert de fourrure en guise de main gauche. Leurs robes sont toujours dans des teintes claires, avec des stries tantôt turquoise, tantôt rouge ou tantôt jaune. Ils sentent le fromage, mais personne ne se l'explique. Pour finir, ils sont tout aussi robustes que peureux.

Chapitre 3

Comme nous allons bientôt le voir, Malkasan est divisée en deux villes. La première est occupée du printemps jusqu'à l'automne, l'autre pendant la période hivernale.

Les hivers sont extrêmement rudes dans cette partie de Norg'strydi. C'est pourquoi chaque année, pendant le solstice d'hiver, un grand exode est organisé pour rejoindre le mont Magnis. La Malkasan hivernal est une ville troglodytique gigantesque, taillée à même la roche par d'aussi illustres qu'inconnus sculpteurs, qui accueille tous les ans ses résidents d'une saison.

Cette ville témoigne du lien fort entre les habitants et le Malkasar. Car son souffle chaud se répand, dit-on, à travers toute la montagne volcanique, et maintien les habitants au chaud, peu importe la rudesse de l'hiver. Il est leurs gardien et protecteur. Si son rôle est important pour la Norg'strydi toute entière en tant que dirigeant du comté, localement il l'est encore plus pour les habitants de Malkasan, en tant que bienveillant seigneur de ses terres.

Le choc cadencé des sabots frappants le sol rythmait le petit voyage en voiture. Sipom et Joseph étaient à l'intérieur, Charessin lui, conduisait les chevaux pestilents. Arrivés non loin de leur destination, il leurs fit signe de sortir la tête par les fenêtres, et de regarder un peu cette deuxième Malkasan qui fait la fierté de ses habitants.

On remarque d'emblée le mont Magnis, cet énorme volcan surplombant toutes montagnes alentours, projetant son ombre sur des kilomètres et des kilomètres.

On aperçoit ensuite l'épaisse fumée blanche qui descend du majestueux volcan. Couvrant une large zone sous laquelle on peut distinguer d'étranges reliefs, c'est la deuxième Malkasan taillée à même le roc.

De temps en temps, la vapeur se dissipe dans les hauteurs et laisse apercevoir le Malkasar qui se loge dans le cratère du volcan. Un reptile colossal et serpentiforme, enroulé autour du volcan, à la gueule noble et intimidante, aux écailles blanches et dorées. Il est si imposant que même d'aussi loin, il est aisé de bien le voir. Au point d'apercevoir les mille et un trésors étincelants, logeant et dégueulant de sa mâchoire toujours entre-ouverte. Ils eurent également l'occasion d'observer la fumée blanche s'échapper de ses narines, avant de se déverser sur la ville, la plongeant dans une perpétuelle atmosphère caligineuse. Le Malkasar est tel qu'on le dit être, le fils du volcan, voir le volcan lui-même.

Arrivé suffisamment près, à peine à quelques centaines de mètres de l'entrée de la ville, là où la vapeur rampent au sol. Nous débarquons dans un endroit où l'ombre de la montagne règne, mais où la lumière demeure toujours, malgré l'absence de rayons solaire.

Arrêtés non loin d'une grande béance dans la montagne, de laquelle jailli une gentille lumière rouge orange, nos trois hommes posent pieds à terre. Autour d'eux ça grouille d'activité. Un marché monté sur le pouce est installé, comme toujours pendant l'exode hivernal. Les odeurs divers et variés se mélange au brouhaha et aux tentures bigarrés des divers étales. Le marché n'est pas la seule installation sur place, Charessin demande à Sipom et Joseph de l'attendre au niveau du marché et se dirige lui, vers une échoppe où sont nombreux les habitants à faire la queue. Les deux Rahmortiens comprenant qu'ils avaient un peu de temps devant eux, décidèrent de se rapprocher de l'entrée.

Il n'y a pas à dire, c'est quelque chose de très impressionnant pour qui ne vient pas du pays. Le plus surprenant fut lorsque la masse de fumée blanche du sommet, s'écrasa au sol comme le ferait une cascade, c'était puissant et brûlant. Le pire c'était pour les yeux et la gorge.

Pris par surprise ils reculèrent très vite et ressortirent de la fumée rouge comme des écrevisses, toussant comme pas permis, quelques personnes autour s'en amusèrent en les voyant, l'un d'eux leur lâcha en rigolant chaudement : « Ne soyez pas trop pressés de rentrer, faut bien se préparer avant, si vous ne voulez pas finir rôtis ».

Après cette montée en température, ils décidèrent de faire un tour du côté du marché. Jusqu'au moment où Charessin les rejoignait, affublé d'une grosse paire de lunettes et d'un respirateur, il leur tendait le même attirail.

« Faut ça pour rentrer dans l'volcan, sinon vos yeux et vôt gorge vont brûler. C'est le souffle du Malkasar qui fait ça, mais après ça ira, fin' vous verrez pourquoi. Aller hop hop hop les gars, on enfile tout ça et on entre », disait-il en se frottant énergiquement les mains.

Nos trois hommes déambulent désormais à l'intérieur, dans les rues pavées et embrumés, se faufilant entre les maisons de pierre et d'argile richement ornementés.

La ville est construite aussi bien à l'intérieur que sur les flancs du volcan, les faisant ainsi naviguer aussi bien en dedans qu'en dehors. Le trajet se faisait via un réseau de grandes galeries naturel pour les unes, et creusée à la main pour d'autres. Chaque entrée de galerie étaient marqués par une grande ouverture taillée pour des géants, comme si une race antique les avaient façonnées.

Toute la ville était traversée de part en part d'un lacis de canaux, où coulait continuellement un flot de lave illuminant les lieux. Sur le trajet ils croisèrent quelques habitants ayant déjà pris leurs aises. Tous se baladaient presque nu, portant une simple serviette autour de la taille ou quelques sous-vêtements confortable.

Enfin, l'on ne faisait attention à leurs tenues vestimentaires qu'après avoir longuement scruté leur peau, écailleuse et jaunâtre.

« Vous inquiétez donc pas pour leur apparence, z'aurez bientôt la même. C'est à force d'être exposé à c'te vapeur, nôt peau, très vite, elle durcit et devient toute jaune, un peu comme qu'celle qu'arbore l'Malkasar, mais juste la partie jaune quoi. Une fois qu'on est tout jaune, on a plus b'soin des respirateurs ou des lunettes, et quand on sort d'la cité, la peau elle met pas bien longtemps à redevenir normal. » Sipom et Joseph ne tardèrent pas à regarder leurs mains sur les conseils de Charessin, et furent stupéfaits de les voir déjà durcir et prendre, dans leurs cas, la belle teinte du miel. La sensation au touché était perturbante, il faudra du temps pour s'y habituer.

Ils arrivèrent finalement chez Charessin. C'était une gentille petite maison avec un étage. Elle était vide, le Norg'strydien chercha sa femme dans chacune des pièces puis compris la raison de son absence.

— Mazette ! Que j'suis tête en l'air, on doit tout d'suite aller faire nos hommages au Malkasar, et lui faire une offrande, sinon on s'fera expulser d'la ville pour toute la durée de l'hiver !

— Attendez Charessin, vous avez ce qu'il faut sur vous ? Et nous, que peut-on faire comme offrande ? S'enquit Sipom pris au dépourvu.

— Vous inquiétez donc pas, j'ai l'air en pleine panique comme ça mais c'est juste qu'on à trop traînassés en ville avant d'lui rendre hommage, et l'Malkazar il aime pas ça, du coup j'panique pas mais un peu quand même, mais pas de panique !

Charessin paniquait clairement, bien que sa dernière exclamation eu l'air de le rasséréner quelque peu.

— Pour les offrandes, dîtes vous bien qu'plus ça brille, plus c'est précieux, et plus il vous aura à la bonne. Mais c'qu'il veut, c'est surtout qu'on témoigne nôt respect, alors s'il est de bonne humeur presque n'importe quoi fera l'affaire.

— J'aurais aimé le savoir un peu plus tôt, quitte à partir un jour plus tard, ont auraient pu se préparer. Grogna Sipom.

— Z'allez pas vous fâcher non plus, à me faire vos gros yeux là tous les deux, ça changera rien, devez bien avoir quelque chose dans vôt gros sac qu'vous trimballez depuis l'début.

— Je vais voir, en espérant avoir de la chance.

Sipom se mit aussitôt à fouiller. Rapidement il en sortait deux babioles sans valeur, chipé à des militaires Rahmortiens, les deux colifichets étant chromés et étincelants, il se dit que cela devrait suffire.

— Elles feront l'affaire ces deux babioles ?

Charessin était déjà en train de sortir de la maison.

— Oui oui, ça fera très bien l'affaire, hâtez-vous donc de m'suivre. Dit-il sans même se retourner.

Voila que c'était maintenant la course, Charessin courrait comme si sa vie en dépendait. Les deux hommes suivaient tant bien que mal ce bonhomme, dont le physique ne laissait pas entrevoir l'agilité surprenante qui était la sienne. Lui faisant parfois prendre des raccourcis inattendus, que nos deux hommes étaient obligés de contourner, par manque de souplesse et de légèreté.

Au bout d'un moment, alors que l'ascension du volcan se faisait pénible et que l'air se raréfiait, les deux compagnons crurent un instant devoir abandonner. Ils voyaient toujours Charessin de loin et étaient encore capable de le suivre, mais l'essoufflement allait bientôt venir à bout de leurs efforts. Quand un deuxième souffle inespérée et salvateur vint leur redonner suffisamment de vigueur.

En se regardant l'un l'autre, ils constatèrent que leur métamorphose temporaire était achevée, la peau devenue rugueuse leur donnait fier allures. Ils en profitèrent pour retirer leurs lunettes et respirateurs, et purent voir que même leurs yeux prenaient la douce teinte mielleuse de leur peau.

À partir de là, la course fut plus aisée et ils purent continuer de suivre Charessin de loin. Ce dernier ayant déjà entamé l'étape finale de la course. C'est-à-dire un très long escalier serpentant entre l'intérieur et l'extérieur du mont Magnis.

Le premier point fort de cette dernière étape, du moins quand on prend le temps de marcher et que l'on se donne la peine de regarder autour de soi. C'est le fait qu'avec l'altitude, sur l'escalier extérieur, la vapeur n'est plus un obstacle à la vue et que l'on peut voir jusqu'à la première Malkasan, entourée de ses champs et pâturages. Une vue magnifique capable de faire monter les larmes des plus sensibles d'entre nous. Le chant du vent, le vol des groupes d'oiseaux, les nuages immaculés laissant passer les rayons du soleil, le ciel bleu, la verdure. Il est vain en vérité de chercher à décrire cet ineffable sentiment, car le cœur se serre, il déborde d'émotions brutes, comme lorsque l'on aperçoit une femme un jour, et que celle-ci, sans savoir pourquoi, parviendra à conquérir nos yeux et notre cœur sans que l'on le veuille. Ravissant aussi bien nos bas instincts que notre haute intuition. Ou cet instant plus haut encore, où transporté hors du rationnel et de l'émotionnel, hors des deux parties de l'âme, nous nous sentons faisant partie d'un tout, du grand Tout où chaque chose y est à sa place. Pris d'une nostalgie de l'océan primordial d'où nous venons, pris de nostalgie pour cette nitescence que l'on perçoit en de rares instants, de la Lumière.

Pour d'autre, tout ceci pourrait être provoqué par la vue intérieure, chacun ayant sa sensibilité propre.

Depuis les hauteurs, quand on regarde l'intérieur du volcan, nous voyons le lacis des canaux de lave et leurs clartés chaleureuses. Illuminants les parois du volcan noir d'obsidienne, mettant en lumière les milliers de cristaux incrustés dans l'obsidienne, qui brillent comme des étoiles autour de la grande ouverture du plafond donnant sur le ciel.

Lors des nuits sans lune alors que le ciel est dégagé, le spectacle en devient merveilleux, les étoiles terrestres ce mêlant aux étoiles célestes. Ces nuits-là sont toujours de calmes et paisibles nuits, où tous veillent et regardent en silence la majesté qui les surplombe.

Il reste encore à voir ce qui se cache sur le toit du Volcan. Mais pour l'heure, Sipom et Joseph étaient trop occupés à ne pas perdre Charessin de vu pour s'apercevoir des merveilles à côté desquelles ils paissaient. C'était une bonne chose de garder Charessin en vu, car pour les étrangers qu'ils sont, l'escalier final et l'accès au sommet pouvait vite devenir un dédale cauchemardesque. Très souvent la route se coupait en deux, tout un réseau complexe de chemins ce recoupant et se recroisant formaient un terrible entrelacs, rendant cette étape finale véritablement pernicieuse pour quiconque n'est pas accompagné d'un guide.

Fort heureusement, après une bifurcation brusque et soudaine, où nos deux hommes crurent d'abord perdre de vue Charessin, ils le retrouvèrent avec soulagement. Non plus en train de courir, mais les fesses par terre, face à une bonne femme qu'il venait de percuter et avec qui il semblait avoir une discussion animée.

— Mais enfin, dit-elle, as-tu donc vu dans l'état qu'tu t'trouves mon pauvre, qu'est ce qui t'prend d'courir comme un fêlé, des coups à c'que tu blesses quelqu'un d'moins solide que moi en lui rentrant dedans !

— Ou que je m'blesse ! Répondit-il vexé.

— Ça ! Tu l'aurais mérité, ça aurait été bien fait pour l'andouille que t'es.

— Mais j'aurais pu mourir !

— Bah ! Commence pas à jouer la victime pour détourner nôt conversation.

Charessin se mis à vomir, il avait dépassé les limites de son corps en courant comme il l'avait fait, et ce dernier lui faisait comprendre à sa façon.

— Mais bon sang, t'a vu dans l'état qu'tu es ! Tu va me dire pourquoi qu'tu courrais comme ça, et il y a intérêt à ce que ta vie fut menacée pour justifier tout ça.

— Elle l'était figure-toi, et elle l'est toujours ! Quand j'suis arrivé, j'suis parti directement à la maison, mais j'ai complètement oublié d'aller faire mes hommages au Malkasar. Je risque de me faire expulser pour tout l'hiver, et ça revient à mourir pour moi ! Tu le sais bien !

La bonne femme ne sembla pas satisfaite de cette réponse, pas du tout, elle bouillonnait comme une cocotte minute, le sang lui montant à la tête, prête à exploser.

— Qu'est-ce que j'ai donc bien fait pour mériter un mari pareil ! Pauvre sot, tu aurais pu aller faire tes hommages dans une semaine que tu t'serais point fait expulser. Le Malkasar sait faire la part des choses, surtout pour les sots dans ton genre. Enfin quoi que tu sois plutôt unique dans ton genre en fait, même les plus imbéciles n'oublient pas de faire leur hommage au Malkasar. Sans rire, le Malkasar te sermonne et te fait un peu peur parce que t'es trop tête en l'air, et toi tu prends ses menaces au pied de la lettre plutôt que de comprendre le message qu'il te fait passer ! Bon sang qu'est-ce que je vais faire de toi, je peux jamais te laisser tout seul ! Grandi donc un peu et arrête d'être un poids pour ta pauvre femme ! Andouille ! Corniaud ! Homme enfant !

C'est à ce moment qu'arrivèrent Sipom et Joseph, à bout de souffle, les poumons dans un sale état, l'altitude n'aidant pas. Le regard de la bonne femme se braqua sur eux, et après un instant vinrent fusiller Charessin.

— Ne m'dis pas qu'tu connais ces deux larrons et qu'ils te courraient après ?

L'instinct de la bonne femme quant aux bourdes de son mari était infaillible. Le bonhomme sachant de moins en moins où se mettre se gratta derrière la tête et hasarda une réponse.

— Écoute Amandine, laisse-moi t'expliquer…

— Je t'écoute, fit-elle sèchement en croisant les bras.

— J'suis tombé sur eux au niveau de la boulangerie des deux incubes, l'un s'y était perdu. Et tu vois, les deux bestiaux viennent de Rahmortia, et étaient ici en touriste alors que démarre le précoce hiver de cette année. Bon tu m'connais, j'pouvais pas les laisser là. Je leur ai presque forcé la main pour les héberger le temps d'leur voyage. Je vais même aller leur présenter le vieux Herbert pour qu'il leur raconte sa p'tite histoire des dernières semaines.

Le bonhomme arborait un de ces sourires forcé qui ne duperait pas un aveugle.

— C'est vrai ce qu'il dit ? Demanda-t-elle à Sipom et Joseph, qui acquiescèrent aussitôt pour éviter d'enfoncer le pauvre Charessin et lui épargner un autre sale quart d'heure. « J'vous crois pas, je sais qu'il ment. Dit-elle aussitôt, mais comme vous le couvrez, j'estime qu'vous êtes pas de mauvais garçons, z'êtes pas de son engeance à ce vieux larron. Et je dois vous avertir qu'en inversant vos places, lui n'aurait pas hésité à vous enfoncer.

— Comment !? Essaya de s'indigner le mari avant de se faire foudroyer d'un regard de gorgone.

— Tu leur as fait gravir tout le mont Magnis en courant ! Et te connaissant tu l'a fait sans même penser qu'ils auraient pu s'perdre en t'perdant de vue !

— T'a y donc vu comment y sont bâti, j'avais pas à m'inquiéter sur le fait qu'ils puissent m'suivre. Rétorqua-t-il avec une fougue et une vigueur renouvelée.

— C'est une excuse ça, Charessin, et ça prend pas avec moi, tu le sais. Et tant qu'on y est, puisque tu les invites chez nous sans m'demander, c'est toi qui vas préparer le repas peut être ?

— Ha ! Non !

— Tu les empoisonnerais de toute façon si tu devais préparer le repas ! Et je fais quoi à manger moi ?

— Pardi ! Puisqu'ils sont ici en touriste, ont leurs faits goûter le produit du terroir, des vulgues phitique !

— Des vulgues, ça ne m'étonne pas de toi une idée pareil ! Rétorqua Amandine.

— Bien sûr, puisque j'ai toujours de bonnes idées. Dit-il avec conviction.

— Des vulgues ? Hasarda Sipom.

Amandine se tourna vers lui, parlant maintenant d'une voix douce et chaleureuse, maternel.

— C'est la raison pour laquelle vous auriez point du le couvrir avec son mensonge. Par chez nous en hiver, plus rien ne pousse dans les champs, et les réserves ne résiste pas au froid mordant, nos aliments sont trop fragiles. Alors nous allons ici, car ici il y fait toujours chaud et les vulgues y pousse toute l'année en abondance. Seulement les vulgues, et rien d'autres ! Et les vulgues, on en tire un excellent alcool c'est sûr, mais c'est seulement pour compenser l'infâme pitance qu'elles font une fois cuisinées.

« En fait, le goût varie d'une vulgue à une autre. Si vous avez de la chance elles auront bon goût, mais presque tout le temps, il n'y a pas pire goût que ces choses-là dans la nature. C'est pourquoi nous autres, quand l'hiver arrive, nous emportons le plus de provisions possible. Car plus nous avons de provisions et moins nous mangeons de vulgues. Mais rassurez-vous, je suis meilleur hôte que cette imbécile sur qui vous avez eu la malchance de tomber. Je vous préparerais un repas digne de ce nom avec nos provisions. Et je veux pas entendre la moindre rouspétance, je dois me faire pardonner que mon mari vous ait fait courir toute la hauteur du volcan, vous méritez mieux que des vulgues.

— Nos provisions !? S'exclama le mari.

La femme singea le geste d'une gifle prête à partir, Charessin ferma les yeux de peur de se la prendre en pleine mouille.

— Si j'étais un homme tu te prendrais une de ces calottes mon pauvre Charessin, ça te remettrait les idées en place. Maintenant ouste, t'a des hommages à faire et moi un repas à préparer. Elle se tourna vers Sipom et Joseph.

« Et vous deux, le laissez pas vous convaincre d'aller manger ailleurs, quand il s'agit d'être égoïste le vieux filou devient rusé comme pas deux.

Sur ces entrefaites, Amandine s'en alla. Charessin se releva, emprunt de cet air oscillant entre la dignité et le ridicule, et continua la route suivie des deux compères, comme si rien ne s'était passé.

« Nous y sommes ! Le temple et la demeure du grand Malkasar. »

Le voilà ! Le cratère du volcan pour lequel de si nombreux habitants et voyageurs de tout le pays se donnent tout un mal à gravir marches après marches, à zigzaguer dans le dédale volcanique, à passer derrière une cascade de magma, à se confronter aux terreurs du vide et des hauteurs.

Un majestueux temple fait du plus beau marbre. Avec ses imposantes colonnes, ses statues immenses à l'effigie d'un grand héros, dont le regard inquisiteur vous juge digne ou non d'y entrer. Avec cette foule couverte d'écailles de toutes les nuances de jaune possible, couvert d'habits extravagants dans d'infini teintes de rouge, d'incarnat et de vermeil, tel un flot de joyaux qui déborderait de la structure.

Ce temple cyclopéen dépourvu de toit, et par où le Malkasar passe son auguste trogne pour y recevoir offrandes et hommages. Cette tête si impressionnante et intimidante, et si immense que depuis le pied du volcan l'on peut l'apercevoir, lorsque la brume sortant de ses naseaux se dissipe. Voilà le plus célèbre trésor du Volcan !

« Venez, il faut s'changer, on risque d'faire tache sinon. »

Charessin les guidait alors jusqu'à la grosse pile d'habits carmin qui les attendaient, eux et tous ceux qui auraient eu la tête trop légère pour oublier de venir en rouge, comme le veut la coutume.

Devant le temple était joué une scène. Celle légendaire du héros ancien vêtu de son armure d'or rouge combattant le Malkasar, encore impétueux et sauvage. Vaincu, il prêtera sa force au héros. Lorsque ce dernier, bien des années plus tard, passera de vie à trépas, le Malkasar mettra toute sa force et sa puissance au service de la ville, du pays et de ses habitants. Pour honorer la mémoire de celui qui aura su le dompter.

La foule était nombreuse, une heure due passer avant de pouvoir seulement faire un pas dans le temple. Cette attente fut également l'occasion pour nos deux Rahmortiens de mettre leurs palais à l'épreuve, avec les très fameuses vulgues énoncée plus tôt. Car mine de rien, gravir tout un volcan en courant éperdument, ça vous affaibli un homme et lui éveil l'appétit, un appétit pour le moins vital. Ce fut alors une chance que, voyant la pâleur des trois bonhommes sous leurs fraîches écailles, de bien bonnes âmes les aidèrent. Par générosité, ou d'autre fois, à la demande plaintive des yeux humides de Charessin. On leur donna des vulgues par poignées entières, cette infâme et hasardeuse mais nourrissante pitance.

Les vulgues se présentaient sous la forme d'une feuille cramoisie et presque entièrement couverte, sur l'une des faces, de petites mais très nombreuse fleurs. Faites d'un gros pistil rond et rouge serti d'une peuplade de pétales couleur pastel.

« Faut bien mastiquer. » Leur avait conseillé Charessin, la bouche pleine et réprimant son dégoût quant à ladite mastication qu'il effectuait bruyamment.

Pour parler plus précisément du goût de cette spécialité local. Il faut savoir qu'aucune vulgue n'a le même goût, ou presque. Car le facétieux aliment prend malin plaisir à tantôt imiter nos piments les plus forts, tantôt adopté la viscosité du plus poisseux des poissons, ou encore partir explorer les frontières les plus extrêmes de l'amertume, et ainsi de suite et le plus souvent pour le pire. À de rares moments, ces plantes nommées également *fleurs du tourment*, ont cette fantaisie de vouloir être mangeable, voir même plutôt bonne, mais bien trop rarement, hélas !

On a d'abord cherché à savoir si leur goût dépendait de l'endroit où elles poussaient. Après plusieurs et vaines années d'études, la réponse fut négative. L'on chercha alors si cela provenait de ce dont elles se nourrissaient, les vulgues étant carnivores à leur temps perdu, mangeant de petits rongeurs entre deux carottes volé dans un champ. Mais la réponse n'était toujours pas ici. Leur alimentation n'influe en aucun cas sur leur goût.

L'on finit par conclure qu'elles avaient pris en grippe les habitants de cette terre, et que leur goût ne dépendait que de leur humeur. Ou plus sérieusement, qu'il s'agissait d'un mécanisme de défense, bien que cela n'expliquerait pas pourquoi certaines ont tendance à être mangeable. Du moins, peut importe la façon dont elles sont cuisinées et préparées, leur goût et texture ne semblent dépendre que de leur bon vouloir. Elles sont donc souvent mangées cru, pour s'épargner du temps de préparation culinaire.

Aussi et plus rarement, puisque certains leur prêtes une conscience et une certaine intelligence. Les manger cru offre une petite vengeance sur ces antagonistes de l'humanité, car les cuisiner, pour les habitants les plus remontés, c'est leur offrir une trop belle mort. Voila donc le sort réservé aux vulgues dans cette guerre terrible qui les opposent aux habitants du mont Magnis.

Et comme pour accabler toujours plus ce pauvre Charessin, les vulgues de Sipom et Joseph étaient toutes excellentes. Le bonhomme n'en revenait pas, bouche bée qu'il était devant la chance miraculeuse des deux Rahmortiens. Il s'approcha et pris brusquement des mains de Sipom les délicieuses plantes, et les mastiqua une à une, le front plissé, les yeux méchants et l'air bougon.

Il les recrachait une à une. C'était de manière sûre, les plus affreuses vulgues qu'il ait eu l'occasion de manger au cours de sa vie. Il rendit les plantes à Sipom qui en mangea aussitôt une, ayant un petit goût de noisette à transformer en avaricieux dragon le plus doux écureuil.

Il fallut pourtant que Sipom et Joseph mimèrent bientôt de tomber sur de répugnante vulgues. Car les faces irritées et piqués au vif autour d'eux commençaient à se faire nombreuses. À Malkasan, être en bons termes avec les vulgues peut attirer bien des ennuis.

C'est le ventre plein qu'ils firent leurs premiers pas dans le gigantesque temple. Sur de grands espaces surélevés, on y voyait danseurs et musiciens. L'instrument le plus présent était le grelot, souvent accompagné de tambourins. Les danseurs, gracieux et léger comme l'air, drapé comme ils l'étaient, dans leurs amples étoffes et leurs voiles pourpre et diaphane qui suivaient leurs complexes mouvements, avaient l'air de créatures subtil ayant fait irruption ici-bas.

Le spectacle de ces ombres d'or et de vermeil se mouvant au rythme des percussions avait de quoi fasciner Sipom et Joseph. Eux qui ne savait plus où donner de la tête tant ils étaient encerclés de mille et une merveilles.

Puis les heures passèrent. La foule continuait de grossir de minute en minute, cela semblait sans fin.

Les danseurs devaient se relayer régulièrement pour ne pas tomber d'épuisement et toujours faire durer le spectacle. À l'exception d'une, qui ne semblait pas être touchée comme nous autres simples mortels, par ce que l'on appelle la fatigue ou l'épuisement. Cette gracile créature attirait l'attention de bon nombre de curieux, cherchant ce qui pouvait bien se trouver sous le voile et l'étoffe, et derrière le masque atypique qu'elle était seule à porter.

Atypique je dis, car même à Malkasan, personne n'avait jamais vue pareil ouvrage. Prenez également note qu'un bon espace est laissé entre le masque et le visage de la danseuse, comme s'il flottait plutôt que d'être porté.

Le plus troublant étant que cette danseuse ne tournait jamais la tête, de sorte de ne jamais montrer son visage à la foule. Donnant ainsi à sa posture quelque chose de dérangeant, lorsque son corps se contorsionnait dans un sens et que la tête demeurait immobile. Contrairement aux autres, elle était seule sur la scène où elle ondulait gracieusement, de sorte que même parmi les musiciens et autres danseurs, personne ne puisse voir derrière le masque.

Elle occupait un espace qui forçait les gens à l'admirer de face, pas moyen de contourner pour observer le minois sous le masque en allant sur les côtés. Il y avait alors de quoi attiser encore plus la curiosité, et rapidement les gens s'agglutinaient devant la scène, absorbés par l'étrange chorégraphie.

Bientôt, des proches de la danseuse étant présent sur place, une rumeur se propagea sporadiquement parmi la foule, et par chance atteint les oreilles de Sipom et Joseph. La danseuse s'appelait Méréthel, elle avait disparu, elle et ses parents, deux mois avant le grand exode. Personne n'était au courant de son retour, et personne parmi la foule n'a aperçu l'un ou l'autre des parents. La curiosité ambiante s'accrut alors, et une indicible inquiétude vint s'y mêler. C'était là un bien étrange sentiment que prodiguait le spectacle de cette mystérieuse danseuse.

Le Malkasar passait tout de même avant cette curiosité. Les regards de ceux n'ayant point encore présenté leur hommage finissaient par revenir, inlassablement, sur l'habitant principal du temple, et donc sur l'objet de toute l'attention des derniers jours et de ceux à venir.

À l'exception d'un jeune homme qui lui, avait oublié le Malkasar. Charessin le reconnu comme son voisin, resté planté devant la jeune Méréthel, béat et interdit, plongé dans une autre réalité. Même lorsque Charessin lui braya amicalement dessus en passant à côté, le jeune homme eu l'air de ne rien entendre. Mais l'insistance pugnace de son voisin eu raison de lui. Après avoir échangé quelques banalités avec Charessin, il rejoignit la file d'attente, derrières nos trois hommes.

Il est d'ailleurs bientôt leur tour de faire face au gigantesque Malkasar. Allons donc jeter un œil sur les nantis qui les précèdent.

Tout d'abord, un homme aux cheveux grisonnant, petit et trapu à l'air bourru, accompagné d'un très gros lézard, du gabarit d'un dragon de commodo.

— Voici mon offrande pour vous grand protecteur, j'ai pensé que cet animal, ayant l'air plus proche de vous de que de nous autres, pourrait vous tenir compagnie. Cette femelle est particulièrement docile et affectueuse, si vous voyez ce que je veux dire.

Le Malkasar passa son énorme tête par l'ouverture du plafond, les yeux emplis de malice, il sortit sa langue bifide tout en sifflant comme un serpent. C'est alors que des attributs appartenant au genre humain poussèrent chez la lézarde, suivi d'un joyeux sifflement du Malkasar. Le vieil homme pris mal la plaisanterie, lui qui s'était un peu attaché à son animal.

— Mais enfin vous allez pas bien ! Qu'est-ce que vous lui avait fait à c'te pauvre animal, c'est contre nature tout ça ! Il manquait de peu de s'étouffer à chaque parole proférée. « Si c'est comme ça je repars avec votre offrande et je remettrais plus jamais les pieds ici.

Il faisait de grands gestes d'indignation tandis qu'il constatait que le Malkasar ne s'arrêtait pas de rire. La ire du berger troubla ses intestins, ce qui fit rire un peu plus le Malkasar et donc énerva un peu plus l'autochtone, provoquant un effet boule de neige.

— Allons Pasterbien. Le Malkasar connaissait le nom de tout les habitants de la ville. Comprenez-moi, les mamelles de votre espèce me sont bien plus agréable à la vue que le cuir de ce gros lézard.

— Je conçois parfaitement votre point de vue, mais cela n'empêche pas qu'il est déplacé d'altérer comme vous l'avez fait mon cadeau. Et encore plus devant celui qui l'a offert. C'est que j'ai ma fierté moi ! Pardi. Et je n'accepte pas votre comportement. Pasterbien ne s'apaisait point.

Voyant que l'homme était sur le départ, le Malkasar siffla à nouveau pour rendre son apparence au lézard.

— Allons, allons, n'allez pas vous mettre dans un pareil état pour une petite farce. Une formidable longévité a tendance à rendre facétieux, bien que certains aillent un peu trop loin à mon goût. Mais ce n'est pas mon cas, je sais quand m'arrêter et j'apprécie votre offrande à ça juste valeur, peu importe où vous avez déniché cette bête bien différente des moutons que vous élevez d'ordinaire.

— Ha ça ! Il faut que je vous raconte l'histoire !

— Allez-y mon brave berger. Je vous écoute.

— En vérité ça ne sera pas très long. Il y a quelques jours, quand je me préparais pour l'exode hivernal, je me recueillais sur la tombe de mon fils, enterré au pied du mont Cornaille[1]. Et v'la ti pas qu'alors que je me recueillais, une bande de gros lézards comme jamais vue débarque en meute, comme s'ils fuyaient un loup féroce. Je dis pas ma surprise, moi qui croyais connaître tout type d'animaux vivant dans les montagnes.

« Ho ! S'exclama Pasterbien ayant l'air de se souvenir de quelque chose d'important. Et aussi je dois vous prévenir, cette bestiole engloutie beaucoup de viande, une vraie gloutonne. Je vous dis pas le nombre de moutons que j'ai déjà dû tuer pour les nourrir.

Le Malkasar souffla une grande quantité de fumée odorante de ses narines, enfumant le temple comme avec de

---

1   Au nord-ouest de la chaîne de montagnes ceinturant la région.

l'encens. L'odeur acide de la fumée indiquait à tout connaisseur que le Malkasar réfléchissait.

— Mmm. Fit-il enfin. Il sera plus sage de la remettre avec ses congénères. Rassure-toi, je m'en occuperais et veillerait à ce qu'ils s'adaptent comme il le faut à leur nouvel habitat, sans devoir manger tes moutons. Tu auras ainsi eu ce pourquoi tu es venu. Je tâcherais de retrouver où ils vivaient avant et ce qu'ils ont fui.

— Je vous remercie Malkasar. Fit le berger en s'inclinant au plus bas.

L'homme parti après avoir présenté un hommage solennel à haute voix, le criant de façon à ce que tous dans le temple puissent l'entendre.

C'était ensuite le tour d'une petite femme, à la tête fier et au regard noble. Elle offrit au Malkasar un écrin superbe contenant un rubis gros comme une noisette. Elle disait ne pas savoir d'où venait la pierre précieuse, elle l'avait simplement trouvé par pur hasard, et c'était dit que se serait une offrande des plus convenables.

Elle partit et un autre approcha. C'était le dernier avant le tour de Charessin Sipom et Joseph.

— Bien le bonjour Malkasar. Dit-il tout fier, le valeureux bonhomme. J'ai ici une offrande des plus admirables pour vous remercier de veiller sur nous. Un sourire niais venait gratiner son visage rond et lisse.

Le Malkasar était encore plongé dans ses réflexions, on peut aisément penser qu'il n'avait pas remarqué le bonhomme, qui lui tendait maintenant un adorable petit animal pelucheux avec de grands yeux rond.

— Je n'ai jamais vu un petit Pampouk aussi mignon, et je vous l'offre, car ma Pampouk à moi a eu une portée de trois petits, et celui-là est si mignon qu'il mérite de faire partie de vos trésors !

Et voilà qu'au sourire mielleux s'ajoutait des battements de cils effrénés, aussi niais et insipide que le reste.

Personne n'aimait Gastouf, c'était physionomique. Gastouf vivait seul à cinquante ans, avec son animal de compagnie, glandouillant toute la journée. Il se rendait régulièrement à des réunions anonymes, avec des types de son genre. Personne ne l'aimait, vraiment, à part Dieu, Dieu est Amour.

— Mais regardez comme il est mignon Malkasar. Répétait bruyamment Gastouf.

— Plus que moi ? Répondit-il brusquement, sorti de ses pensées.

— C… Com… Comment ça Malkasar ? Que… que… que voulez-vous dire ? Fit-il en se liquéfiant.

— **Est-il plus mignon que moi** ?! La voix du Malkasar devenue effrayante, faisait trembler la montagne jusqu'aux racines, et le malheureux Gastouf se liquéfia un peu plus.

— C'est…C'est-à-dire, que, eu…

Il suait à grosses gouttes.

« Non, bien sûr que non Malkasar, vous êtes le plus… mignon ?

Le Malkasar injecta ses yeux de colère et descendit sa tête au ras du sol, presque touchant Gastouf. Toutes les richesses dégueulant de sa bouche ruisselaient désormais sur le sol en des cliquetis innombrables et bruyants, seul chose audible lors de ce long silence qui voyait Gastouf passer par toutes les couleurs du spectre lumineux.

— Quel intérêt de me l'offrir si tu le juges moins mignon qu'un gigantesque lézard serpentiforme. Dont la terrifiante tête seule, effraie les plus grandes nations de ce monde et fait flancher le plus déterminé des assassins d'un simple coup d'œil.

Gastouf n'avait rien à répondre, il baissa simplement sa tête, qui déjà à l'ordinaire pointe vers le sol.

— Tu es une serpillière Gastouf. Renchéris le Malkasar avant de relever la tête, en éclatant de son rire tonitruant.

« Je te fais marcher mon petit, j'accepte ton offrande avec joie, et surtout profite de cet hiver pour t'essayer à la dignité, cela te fera grand bien. Et n'oublie pas, en cas de besoin, le temple te sera ouvert, comme à tous.

Gastouf reparti sans dire mot. Puis ce fut le tour de Sipom Joseph et Charessin, le dernier nommé passa devant.

— Bonjour Malkasar, je viens vous présenter mes hommages tout en vous offrant ceci.

Il leva les bras au-dessus de sa tête et mis en avant un joli cristal de quartz, qu'il avait trouvé en se baladant dans une grotte il y a deux mois.

Les yeux du Malkasar étincelèrent à la vue du cristal comme avant avec le rubis. Il n'avait pas une grande valeur certes, et il le savait bien, mais tout ce qui avait l'air d'en avoir et qui brillait bien comme il faut lui plaisait plus que tout. On le disait sage, mais il ne fallait pas oublier que même dompter par le héros légendaire, le Malkasar restait un avaricieux dragon.

— Je n'ai rien à ajouter Charessin, ton offrande, je la prends avec plaisir. Les traits de son visage se plissèrent de joie. Et je te souhaite bon appétit, je sens d'ici les bonnes odeurs venant de ta cuisine. Cette brave Amandine, elle m'a bien fait rire tout à l'heure en te passant un de ses savons dont elle a le secret. Mais crois-moi, avec ce que je sens là, il te sera facile de lui pardonner sa rudesse.

Concluant sa phrase en sortant sa langue bifide de sa gueule, il siffla gaîment.

— Il n'y a que vous que ça fasse rire. Grommela Charessin.

Dépité de savoir que ses provisions pour l'hiver allaient partir en fumée pour d'autres que lui. Puis soudain un éclair passa dans ses yeux.

« Je vous attends à l'extérieur du temple les gars », dit-il à Sipom et Joseph, qui faisaient maintenant face au grand Malkasar.

Le Malkasar plissa les yeux et souffla de ses narines cette fumée qui dévale la montagne, directement sur nos deux Rahmortiens.

— Vous ne venez pas d'ici ! **D'où venez-vous** ! La voix du gigantesque dragon fit de nouveau l'effet d'un terrible tremblement de terre.

— Moi et mon ami venons de Rahmortia, grand Malkasar. Lui répondit Sipom en s'avançant, restant calme en apparence et ce montrant suffisamment respectueux par les mots et les gestes. Joseph imitait la posture de son ami.

— Je le sais bien que vous venez de ce pays damné. S'exclama le maître des lieux. Vous empestez la perfide Ambrocine qui souille votre sol. Le dragon poussa un râle. À quoi joue ce fou de Vulcain II ! Ses yeux se rivèrent sur Joseph, il ne parle pas votre ami n'est-ce pas ?

— Tout à fait grand Malkasar, il est muet.

— Tant pis. Se contentât-il de dire avant d'enfumer le temple.

Le dragon se calma petit à petit. Il acceptait par la suite l'offrande des deux Rahmortiens, bien qu'il fût long à l'accepter.

Partagé entre son attirance pour l'éclat chromé du cadeau et l'odeur d'Ambrocine des deux colifichets qu'il haïssait.

Sipom et Joseph sortirent du temple, se changèrent pour remettre leurs vêtements d'origine et cherchèrent Charessin. Le nanti semblât leur avoir fait faux bond. Le filou avait filé à l'anglaise ! Tentant sa chance pour ne pas partager le délicieux repas que sa femme était en train de préparer.

C'était sans compter sur le facétieux dragon, qui allait prendre un malin plaisir à conduire nos deux hommes à bonne destination.

Alors Sipom et Joseph se retrouvaient perdu devant cet immense temple encore bondé de monde. Ils s'apprêtaient à demander leur chemin quand un animal singulier, qu'ils avaient eu l'occasion d'apercevoir perché sur des balustrades durant l'ascension, vint à leur rencontre.

Essayez de visualiser une loutre géante aux poils rat adapter à la seule vie sur terre, moins longue et plus massive, avec de faux airs de panthère, et une gueule couverte d'énormes cicatrices dût aux combats lors de la saison des amours. Avec un pelage noir, tacheté de pois gris.

Parvenez à visualiser ceci et vous saurez à quoi ressemble un lothrus volcanique. Celui-ci était relié par un filament flamboyant au Malkasar. Ce dernier contrôlait l'animal et entrepris de guider Sipom et Joseph à bon port, tout en continuant de recevoir ses offrandes et hommages au temple.

Chapitre 4

— C'est t'y qu'ça sent rudement bon, t'a mis quoi là-dedans ? Dis-moi donc un peu.

— Où qui sont les deux Rahmortiens ? Que j'te demande.

— Y sont pas là, que j't'ai déjà répondu, tu t'fais sourde Amandine.

— Et moi je te réponds, môssieur Charessin, que tu mens, que j'te connais, et que j'attends autre chose que de la baliverne de ta part.

— Eh bien je te le répéterais autant de fois que tu le veux. Fit-il avec exaspération. Que les deux glands ils ont goûtés à la vulgue, qu'ils ont aimés, et que sur de bons conseils ils sont partis s'empiffrer au restaurant de l'orageuse furie dans l'quartier supérieur.

— Prends pas ton air las et dédaigneux avec moi, surtout quand tu mens Charessin, et qui leur a donné ce conseil hein ?

— Eh bien il se pourrait que ce soit un homme admirable que tu connais très bien et qui maintenant voudrait manger.

« Me regarde pas comme ça, j'leur ai simplement dit qu'au restaurant de l'orageuse furie ont y mange les moins pires vulgues de la ville. Et tu peux pas dire que j'mens ! On y mange régulièrement au restaurant de l'orageuse furie, à moins que t'ai la mémoire courte ma vielle.

— Mouais bien sûr, et tu me prendrais pas pour une nouille des fois, ils avaient pas l'air de mauvais bougres les deux gars, contrairement à toi, et j'te dis que ça m'étonnerait qu'ils soient du genre à se désister comme des ingrats. Y sont pas d'ton engeance, je l'ai senti.

— Rha, toi et tes fameuses intuitions, on ne juge pas une bouteille de vin de vulgue à son étiquette. Les deux touristes, t'a cru un instant qu'ils étaient de braves gars, je l'ai cru aussi, mais t'aurais vu leur passage devant le Malkasar, même toi t'aurais compris que c'étaient juste deux gros niais de Rahmortia. Ils sont venus s'empiffrer de vulgues, voir à quoi ça ressemblait par chez nous, et après ils vont rendre des comptes chez eux.

— Pas possible, le Malkasar les auraient pas laissés faire.

— Il est pas tout puissant le Malkasar. Les murs tremblèrent quelques secondes.

« Enfin pas tout à fait tout puissant quoi.

— Parce que tu vas m'faire croire que l'imbécile que t'es a démasqué des espions. De surcroît des espions qui se font passer pour des touristes Rahmortiens, donc venant d'un empire qui ne cache pas sa volonté de nous conquérir, et que le grand Malkasar a été incapable de les démasquer, mais toi, Charessin, tu a vu à travers leur jeu.

— J't'ai pas dit qu'ils étaient malins non plus, comme espions. Et pis aussi, tu passes ton temps à me traiter d'imbécile, mais sache que mon intelligence est très estimée parmi mes amis.

— Ben voyons, ta fameuse intelligence dont tout le monde a entendu parler mais qu'on a jamais été foutu d'trouver.

— En attendant, mon intelligence elle te fera dire que c'est quand même bizarre deux Rahmortiens qui débarque tout à coup ici, sans prévenir, soi-disant pour aller voir Herbert. Et ça ! Madame Amandine elle l'explique comment ? À ton avis ils en ont entendu parler où du vieux Herbert ? Même si c'est pas des espions, moi j'te dis qu'ils sont à la base assez louche pour pas qu'ont les laissent entrer ici.

Amandine tourna le dos à son mari et touilla vigoureusement la pitance dans sa marmite.

— Tu mangeras de mon ragoût de lapin de choux et de patates quand tu seras allé au restaurant de l'orageuse furie pour ramener les deux Rahmortiens ici, et par la peau des fesses s'il le faut, aller hop hop hop.

« Et si tu dis vrai et qu'ils sont bien là-bas, je leur apprendrais moi-même le respect et la gratitude qui faut avoir avec nous autres. Mais si tu m'as encore menti, tu ne toucheras à aucune de nos provisions, et pour tout l'hiver, t'auras droit qu'aux vulgues, ça te fera les pieds vieux filou.

Le ton de la dame fut suffisamment autoritaire pour ne laisser place à aucune contestation.

Le mari abattu, traîna les pieds jusqu'au seuil de la porte, et alors la voix de Sipom retenti du bas de l'escalier. « Ha ! Charessin vous êtes là ! » L'homme sur le seuil pâlit d'un coup, ses traits se noyèrent dans l'implacable sentiment qui l'assaillait dans l'instant. Le menteur était pris sur le fait et ne savait plus où se mettre.

« Montez donc, et ne laissez pas mon mari s'échapper j'vous prie ».

Pris entre deux feux, notre Charessin n'allait pas se laisser abattre. Il se ressaisit, pris son élan, et dans un formidable effort mu par le désespoir, il bondit du haut de l'escalier. Jouant le tout pour le tout, il planifiait de sauter par-dessus Sipom et Joseph puis de courir, courir et courir, à défaut de manger un bon repas, il allait se plonger dans l'ivresse consolante de l'alcool au restaurant de l'orageuse furie.

Pas de chance pour le Norg'strydien, Sipom l'attrapa au vol et le livra à Amandine en le transportant comme un sac à patates.

— Asseyez-vous donc sur les tabourets autour de la table, sont là pour ça, et gardez mon mari entre vous deux, je vous le dis, il profitera de la moindre occasion pour filer, donc faites attention. Sipom et Joseph s'exécutèrent.

« Et comment je dois vous appeler tous les deux ? Parce qu'avec ce qu'a dit mon mari j'ai le choix entre les deux glands, les deux Rahmortiens ou les deux niais, les deux touristes aussi, voir les deux espions.

— Tiens donc. Fit Sipom en regardant Charessin qui cherchait à se faire tout petit. Vous pouvez m'appeler Sipom, et lui c'est Joseph, et de tout les charmants diminutifs dont nous somme affublés, laissons-nous le temps du repas pour s'assurer de leurs véracités ou non.

— Bien dit ! Fit-elle. Et tutoie-moi donc, y'a pas de gêne à avoir. Et d'ailleurs ton copain Joseph, t'es obligé d'causer à sa place, il a pas de langue ?

— Joseph est muet, il ne peut pas parler.

— Et comment que vous communiquez alors ?

— On utilise des signes, au fil des années on s'en est constitués un répertoire complet et bien à nous.

— Ha mais oui ! Maintenant qu'tu le dis, j'ai connu une dame il y a longtemps, sa fille avait le même problème et elle causait comme ça aussi, on surnommait la petiote la pipelette silencieuse, elle gesticulait tout le temps et avait toujours un bon mot à faire comprendre. Disait-elle en riant.

Amandine se mit à moins causer à partir de là, elle devait se focaliser sur la préparation de son dessert.

Les deux convives virent apparaître au même moment le troisième habitant de la maisonnée, le père d'Amandine. Il s'assit en bout de table. C'était un vieillard aux petits yeux marron, aux cheveux dégarnis à la barbe et à la longue moustache blanche qui contrastait bellement avec les écailles d'or blanc, qui bizarrement ne couvrait pas tout le corps, mais seulement les paupières, la partie dégarnie du crâne et les mains. Il donnait l'impression d'être dans une intense réflexion doublée d'une profonde concentration.

Toujours arborant cet apparat de profonde réflexion il finit par remarquer les deux Rahmortiens.

— Nous connaissons nous ? La voix du vieillard portait bien, une grosse voix que l'on avait aucun mal à entendre.

— Non, pas à ma connaissance du moins.

— Bien, fit le vieil homme, alors je n'ai oublié personne. Je suis le père d'Amandine, Louis.

Sipom voulu à son tour se présenter et faire de même pour Joseph, mais Louis le coupa.

— Pas la peine de vous présenter, j'ai déjà assez de chose à retenir comme ça. Répliqua-t-il d'un ton affable.

— Déjà à table papa ? Pile au bon moment celui-là, comme toujours.

Sur ces mots, Amandine apporta l'apéritif.

Il y avait sur la table de grandes assiettes pleine de tranches de saucisson sec et de jambon ; il y avait de la terrine du grillon du museau de porc et une spécialité local, du pâté de cheval Norg'strydien. Avec cela était sur la table une bouteille d'alcool de vulgue, une variété montant assez haut dans les degrés et distillée avec du sel volcanique.

C'était à boire à petite dose. Un alcool que l'on boit pour accompagner la charcuterie. Les deux invités, mis bien à l'aise par la maîtresse de maison, ne rechignèrent pas à attaquer les assiettes qu'ils avaient sous le nez. Amandine et son père firent de même alors que Charessin, une vulgue dans son assiette, tirait la tronche et avait déjà vidé deux petits verres.

— Délicieux !

C'était Louis qui s'exprimait ainsi à chaque fois qu'il mordait dans du museau, dont il raffole plus que tout.

— Ne vous occupez pas de lui, et mangez donc, vous allez voir c'est un phénomène celui-là.

Amandine s'amusait de voir la surprise de ses deux convives, on voyait bien que la fille était fière de son paternel et qu'elle aimait raconter son histoire à qui ne la connaissait pas.

— Mon père est frappé de la maladie de l'oublie, c'est fréquent parmi les hommes de son âge. Sauf que lui, depuis le temps qu'il a chopé cette saleté, il devrait normalement à peine se souvenir de son nom. Mais mon père c'est pour sûr le type le plus obstiné et têtu que le monde ait jamais porté.

Elle souriait en le regardant.

« Quand il a remarqué que ses souvenirs sortaient de sa tête « en claquant la porte avec les bagages sous le coude et le visage d'une amante déçu ». Comme il le disait à l'époque. C'est là qu'il a compris pour la maladie de l'oublie. Il a commencé à se concentrer, en permanence, pour conserver ses souvenirs. C'est même d'venue automatique chez lui, il se concentre même pendant le sommeil pour ne pas oublier les choses, et j'aurais envie de dire que, je crois bien qu'il séquestre ses souvenirs dans sa caboche pour les empêcher de partir. Et cette bourrique en a même profité pour faire le tri dans sa mémoire et garder seulement c'qu'il juge digne d'être conservé. Et pour vous dire à quel point il est allé loin, il a fini par complètement maîtriser sa mémoire. Et là vous voyez, chaque fois qu'il prend une bouchée de museau, il fait en sorte d'en oublier aussitôt le goût, pour le redécouvrir à la bouchée suivante.

C'était en effet un curieux spectacle que celui du vieillard qui, à chaque bouchée, voyait son visage à l'expression constamment sérieuse et concentrée s'illuminer radieusement.

Regardant les restes de charcuterie avec interrogation, Sipom prit la parole.

— Vous dites qu'une fois vos provisions épuisées il ne reste plus que des vulgues, mais, vous ne pouvez pas continuer d'élever vos bêtes dans le volcan ? Les cochons, les moutons et tout le reste ?

— Ha ça, on ne pourrait pas nourrir nos bêtes avec les vulgues. Certains ont essayé et ça ne marche pas. Et dire qu'il ne nous reste que des vulgues est une façon de parler. Une poignée d'éleveurs bravent le froid de l'hiver chaque année pour continuer de s'occuper de leurs animaux et nous font parvenir un peu de viande jusqu'ici. Mais les quantités sont moindres car peu s'aventurent à faire le voyage jusqu'ici en plein hiver, et encore moins partent d'ici pour aller en chercher, c'est que nos hivers c'est quelque chose, vous verrez bien si vous êtes curieux.

Peu après vint naturellement le temps d'attaquer l'entrée. Amandine avait préparée une salade de blé cramoisi, une variété de blé qui pousse exclusivement dans une aire de cinquante kilomètres autour du mont Magnis. Il a comme particularité d'être naturellement très épicé, comme peut l'être un piment. Il faut savoir que le blé cramoisi vit en symbiose avec une plante rouge nommé finemela, que celle-ci ponctionne un peu de l'amidon du blé en s'y accrochant et le remplace par l'épice qu'elle produit naturellement. Les deux plantes se nourrissent ainsi l'une l'autre.

Cette salade, pour atténuer la puissance de l'épice, est accompagné d'une vinaigrette à base de venin de crâlote des bois, un serpent venimeux venant des zones boisées alentours. Préparé correctement, le venin n'est plus létal et gagne en arômes douceureux et rafraîchissants, on peut le comparer à un mélange de menthe glacial et de vinaigre balsamique. Cette combinaison ardente et algide est un des plats qui fait la solide réputation culinaire de la capitale Norg'strydienne.

En voyant arriver la salade Charessin blêmi, l'on crut qu'il allait faire un malaise et inquiéta tout le monde l'espace d'un instant. En vérité, l'homme eu cet affaiblissement en voyant que sa femme avait préparé dix fois trop de salade pour le peu de monde à table, et cette vision de ces provisions à foison qui partaient en fumés, il eut physiquement du mal à la supporter.

Ce fut pire quand Amandine rempli plus que généreusement chaque assiette, et que Charessin dut endurer la vue de la vulgue dans la sienne. Alors pour briser son supplice de tantale, à moitié en chouinant, il demanda à Sipom s'il allait vraiment manger l'énorme quantité disposé dans son assiette. « Désolé, mais un gland ça mange beaucoup », qu'il lui répondit.

Finalement c'est Joseph qui, de bon cœur, partagea son assiette malgré les contres indications de la maîtresse de maison. « T'as bien de la chance toi. » Lui jeta sa femme. À partir de là Charessin cessa de tirer la tronche, il se dérida, et tandis que le délicieux ragoût était servi il interrogea les deux Rahmortiens.

— Dîtes moi donc vous deux, si j'fais pas fausse route, vous vouliez voir le vieux Herbert c'est ça ?

— C'est exact.

— Et vous lui voulez quoi au juste ? Parce que j'suis pas encore décidé de si j'dois vraiment vous y conduire ou non.

— On a eu vent de cette étrange rumeur, disant qu'il s'est passé quelque chose d'anormal dans sa ferme, ça parlait de corps étrangement mutilé. Déclara Sipom.

— C'est ça ! S'exclama à son tour Charessin, il m'a bassiné je n'sais plus combien de fois avec ça, il arrête pas de dire à qui veut l'entendre que ses moutons meurent les uns après les autres et que leur corps devient tout bizarre et que ça correspond à aucune maladie ou prédateurs de sa connaissance, des moutons tout desséchés à la tête de pruneaux qu'il dit.

— Hé ! Tu m'avais pas parlé de ça. Intervint Amandine.

— Ben non je t'en ai pas parlé, parce que c'est le vieux Herbert. Ce n'serait pas la première fois qu'il débloque. Tu t'souviens il y a deux ans quand il a cru que des fantômes de courgettes hantaient son potager.

— Oui ! C'était des gosses qui piquaient ses légumes et qui lui ont fait cette farce grossière pour se couvrir, fit-elle en riant à pleine gorge d'un rire sonore bien comme il faut.

— Et attendez c'est pas tout, continua Charessin maintenant lancé, il y a cette fois ou il m'a raconté que posé sur le trône pour se délester, une larve apparue dans son eau souillée, beuglât un truc avec une voix de crécelle, mangea ce qu'il y avait déposé et disparut dans la foulée. Le couple riait de bon train, même le vieux Louis qui n'avait aucun souvenir de ces anecdotes riait de bon cœur.

« Et cette fois-là aussi. Continuait-il. Où il était persuadé qu'une ombre portant un grand chapeau lui volait toutes ces pièces de petite monnaie, et que, fidèle à lui-même, il avait posé des pièges et était resté à l'affût pendant des heures tapis dans un coin de sa pièce à vivre pour surprendre son voleur de monnaie, et j'me souviens y m'a dit plus tard : « J'comprends pas, j'ai pas fermé l'œil et ct'e fuguasse d'ombre elle m'a quand même piqué ma pièce de monnaie. Et je te le dis à toi Charessin, parce que j'sais qu'tu me croiras toi, mais l'ombre, elle avait beau faire de très brèves apparitions, ben je l'ai vu ! Et elle m'a vu ! Et elle a quand prit le temps d'me rire au nez ! ».

— Hé mais rigole pas Charessin. Lui dit Amandine avec l'air sérieux. Il y a deux mois, j'achète du pain à la tartounerie, j'avais un peu de monnaie dans ma poche, dont une pièce de un solstouille justement. Puis à un moment je passe devant le sotiflex et je vais pour acheter à boire, ça coûte deux roublion et quarante et un solstouille, et moi j'aime donner le compte rond quand je paye quelque chose, donc parfait ! J'avais ce qu'il fallait. Sauf qu'au moment de payer, j'ai eu beau fouiller encore et encore, j'ai jamais retrouvé le solstouille qui me manquais, la pièce avait disparu.

— Et dit un peu Amandine, tu l'a vu un peu c't'ombre chapeauté ?

— Bien sûr, et j'en ai même vue plein ! C'était la fête du rondouzard[1] !

---

1   C'est une tradition locale apparut lors de la « Décennie torride », dix été consécutif furent d'une extrême rudesse, et tout le monde portaient de grands chapeaux de paille pour se protéger du soleil. Le rondouzart est le nom de l'animal qui marquait ces dix années dans le système astrologique Norg'strydien.

C'était fini, les trois Norg'strydien étaient pris d'un fou rire collectif, l'alcool massivement ingurgité aidant à cela.

On eut le temps de finir le ragoût et d'attaquer par la suite le fromage quand les esprits se calmèrent.

— Dis-moi Amandine, c'est qui ce monsieur, coincé entre les deux autres ? Interrogea le père.

— C'est mon mari. Il s'appelle Charessin et tu refuses toujours de te souvenir de lui.

— Ton mari ? Pas possible. Fit-il complètement atterré.

— Mais si c'est possible, voyons.

Le vieux Louis inspecta Charessin.

— Monsieur, je n'ai aucune idée de qui vous êtes, et à vous voir comme ça, je suis bien content de n'avoir aucun souvenir de vous avoir déjà vue auparavant. J'ai un grand talent pour juger les gens au premier coup d'œil, et vous m'avez l'air d'être de ces gens médiocre qu'il est préférable d'éviter. Ma fille en a hérité de ce don, mais plus aucun homme ne doit valoir le coup aujourd'hui je suppose, ce qui explique votre présence en cette demeure. Et vous messieurs ? Il s'adressait aux invités. Vous êtes mariés ?

— Tu vois Amandine. Enchaînait Charessin. Si on faisait des enfants, peut être que ton père y se souviendrait que j'existe et qu'il m'estimerait un peu plus.

— J'ai plus l'âge pour ça tu sais bien, et j'ai déjà fait ce qu'il fallait dans ma jeunesse avec feu mon premier mari.

— C'est vrai, t'a fait ce qu'il fallait. Ils pourraient passer voir leur mère de temps en temps d'ailleurs ceux-là.

— Arrête, tu sais bien qu'ils vivent loin d'ici et qu'ils viennent chaque fois qu'ils le peuvent.

— Mouais, pas comme si j'les appréciais tes chiards toute façon.

— Bon hé, t'a fini d'te vexer, si tu voulais avoir des enfants fallait trouver quelqu'un d'autre.

— Ben de toute façon j'irais aux putes, j'en engrosserai bien une avec un peu de chance.

— C'est ça, si tu veux. Finit-elle en roulant des yeux.

— Hé, dis-moi Amandine. Lui lança son père. T'en pense quoi de Roland ? Je l'aime bien ce gaillard, il serait un bon mari je suis sur. Il jeta un regard dédaigneux à Charessin.

— Ho mazette Roland ! J'avais complètement oublié, et c'est bientôt en plus !

— De quoi qu'tu causes ? Demanda le mari en même temps de faire la grimace à son beau père.

— Bah ! Roland pardi, tu sais pas dans quoi il s'est encore embarqué celui-là !

— Mais dis, j'aurais pas posé la question sinon.

— Bah tu sais, il y a ces gars venus de Vulcotrop après que Rahmortia les aient conquis.

— Oui j'sais bien, ils ont investi mon coin ou j'aimais aller pisser la nuit au clair de lune.

— Oui ben justement, j'sais pas c'qui c'est passé, mais dans le quartier qu'ils occupent il y a eu du grabuge et pas qu'un peu, ça jase et ça cause de meurtre de viol, enfin, que des problèmes depuis qu'ils sont arrivés dans le volcan.

— Ils étaient pourtant tranquilles avant l'exode non ?

— Oui mais paraît que depuis que le froid s'est installé ils sont devenus violents et qu'ils ont changé du tout au tout.

— Et Roland là-dedans ? Et le Malkasar, il a rien fait ?

— Oui j'y viens. Fit-elle. Et donc Roland, qui déambulait dans les ruelles avec toujours ses histoires de quêtes et d'aventures censé venir à lui, il a fini par tomber sur des victimes de ces enragés. Une mère et sa fille, qui lui ont demandé de venger leurs honneurs. Et Roland c'est une bonne âme et qui rechigne jamais sur un combat, il est parti défier tous ces porcs en même temps.

« Ils ont conclu par l'organisation d'un duel à un contre cinquante dans leur quartier, et ça commence dans deux heures ! Et le Malkasar, évidement on l'a mis au courant, il a donné son accord pour le duel, et il a dit qu'il laissait à Roland le soin de régler le problème et affirma que bientôt les choses allaient rentrer dans l'ordre.

— Mais quel inconscient ce Roland, dit tout haut Charessin.

— Quel brave ! Pensèrent tous les autres.

Chapitre 5

On eut tôt fait d'engloutir sans vraiment apprécier à sa juste valeur le dessert léger et aérien, censé venir finir le repas en douceur. Non, au lieu de ça il fut englouti, gobé, noyé dans les gosiers, sans même prendre le temps de lui faire visiter le palais buccal.

Pour qu'ensuite la petite communauté fraîchement formée s'engouffre dans les ruelles, emprunte les raccourcis, monte et descende pentes et montées à toute allure. Et tout suant qu'ils étaient, arrivent finalement à temps pour assister à la confrontation.

Les duels comme celui que nous allons voir étaient rares lors des hivers, le Malkasar ne laissant pas déborder la violence entre les habitants, l'ordre doit régner au sein du volcan.

Dans une société saine, la religion joue normalement ce rôle de civilisateur, mais ici comme partout, la grande amnésie de l'histoire fit des ravages parmi les cultes religieux.

Aujourd'hui il existe un grand vide spirituel que les gens comblent avec de vieux atavismes datant des premiers jours de l'Homme. En Norg'strydi le Malkasar tempère les ardeurs humaines en agissant comme un arbitre des conflits, l'usage du duel est le moyen le plus utilisé pour régler litige et belligérance.

En Rahmortia c'est l'empereur via la loi, les emprison-
nements, les exécutions et les exils qui régulait tout ceci
avant la mise au point de l'ambrocine.

Chaque pays avaient ces propres méthodes. Par
exemple dans l'ancienne Fouistal le roi se reposait sur la
responsabilité individuelle et laissait le chaos ambiant se ré-
guler par lui-même, ce qui échoua, mais les périodes de
crise favorisant l'apparition de grand hommes, l'ancienne
Fouistal devint un royaume où les plus forts, les plus puissants, prirent sous leurs ailes les plus vulnérables afin de les
protéger, tandis qu'eux travaillaient pour leurs nouveaux
seigneurs.

Sans exotérisme solide et avec tout le savoir ésotérique
perdu dans l'oublie il fallait bien trouver quelque chose. En
attendant, comme on le constate, l'on jonglait avec le chaos
et l'on s'adaptait aux temps durs de ces derniers siècles.

Alors que le temps est à la guerre, de premières pré-
mices d'un renouveau côté spirituel avaient éclos un peu
partout dans le monde ces dernières années.

L'on arriva à destination, et déjà une belle brochette de
spectateurs étaient présents pour l'évènement. La bande
d'insulaire était déjà sur place, tous armés d'objets conton-
dants, quelques-uns de courtes lames recourbés, poussant
cris et imprécations et se comportant comme en territoire
conquis, avec arrogance.

Accolé à un mur, dont l'angle donnait sur une petite artère, notre groupe attendait la venue de Roland qui se faisait
désirer. En particulier Sipom qui, aimant l'art martial, était
très enthousiaste à l'idée de voir de quelle façon l'on se battait à Malkasan. « Je vais pisser », lança machinalement

Charessin en s'engouffrant dans l'artère. En attendant l'on observait un peu les réfugiés insulaires.

Ils venaient de cet archipel à l'ouest, Vulcotrop, leur peau était teintée d'un bronzage insulaire qui leur est propre. Pour la grande moitié d'entre eux, les dents étaient éclatées ou absentes lorsqu'ils souriaient, ils portaient des haillons rudimentaires en toile et largement ouvert sur leurs torses velus et leurs imposantes cages thoraciques.

Les habitants de Vulcotrop avaient de plus larges épaules et poitrines que les autres races, mais des bassins plus fragile, plus étroit, et une vitesse de déplacement réduite contre une force elle, supérieur à la moyenne.

À noter qu'en tant que peuple au bon goût inné, ils portaient tous la moustache, et de toutes les façons possibles. Leurs sens du style par ailleurs, avant les grandes conquêtes de Rahmortia, inspirait beaucoup d'artisans et d'artistes à travers le continent.

C'est à Vulcotrop que vous trouverez notamment le champ des morts, lieu où se déroula une bataille mythique faisant l'objet d'une grande épopée local. En hommages aux héros morts au combat sept sculpteurs légendaires, à différentes époques, façonnèrent des statues à leurs effigies. Taillant la pierre à mains nue, le sang des sculpteurs y laissa des sillons encore visibles aujourd'hui. La plus grande statue étant celle du roi mort ce jour-là, au cœur de la bataille, mesurant trois mètres de haut.

Ce sont, entre autres, ces sculpteurs légendaires qui ont propagé l'influence du style Vulcotropesien dans le continent.

Il s'agit d'un âge révolu, aujourd'hui les réfugiés ne sont plus que les restes de cette grande époque, voué à disparaître au sein d'autres populations.

Pour revenir sur notre petit groupe, c'est lorsque l'on remarqua l'absence prolongée de Charessin, que l'on se posa la question de s'il s'était enfui en bon pleutre qu'il était, ou s'il s'était simplement paumé en route, le tout sur le ton de la plaisanterie.

Puis, à force de parler du loup, ce dernier se manifesta. Répondant à l'appel par un hurlement de terreur surgissant de l'obscurité dévorante de la petite artère. Vif et prompt à l'action, les deux Rahmortiens pénétrèrent les ténèbres jusqu'aux hurlements.

Ils trouvèrent d'abord Charessin, accroupi, genoux au sol et mains sur la tête, tremblant de peur, les larmes coulant sur ses joues et éclaboussant la terre rendue infertile par la pauvre rosée qui l'inonde.

En face, tenant une lame brillant d'un pâle éclat dans la pénombre, un Vulcotropesien au sourire carnassier et au yeux malveillants. Sipom réagi avec célérité quand le vilain voulut égorger Charessin. Il le saisit par les épaules et lui décolla un violent coup de tête, le nez de l'agresseur se mit à saigner, Sipom lui envoya un deuxième coup de tête, puis un troisième, un quatrième, un cinquième, de manière frénétique et impitoyable, écumant de rage.

Quand il lâcha le corps inerte de l'agresseur, évanoui, c'est Joseph qui rappliqua après avoir mis Charessin à l'abri, pour ramener Sipom et l'aider au besoin. Puis ils repartirent, laissant l'agresseur dans son coin.

Après quoi, Amandine prise de curiosité, voulu voir de près l'état de l'agresseur. À sa grande déception elle ne le trouva point, se disant qu'il avait dû refaire surface et s'être enfui, elle s'en désintéressa rapidement. En revanche, de l'autre côté de l'artère, elle aperçut quelque chose.

— Hé ! Voisin ! Beugla-t-elle en portant ses mains devant sa bouche.

L'intéressé sursauta, et la salua après l'avoir vue qui s'approchait.

— Qu'est-ce tu fais donc ici voisin, t'es venue voir Roland toi aussi ? Parce que c'est de l'autre côté que ça ce passe !

Elle voulut lui prendre la main pour l'emmener, mais il la repoussa poliment.

— Non, tu te trompes Amandine, j'attends simplement quelqu'un.

— Ha oui ? Toi qui es d'habitude si solitaire. C'est très bien ! Amandine frappa dans ses mains. Ho ! Mais ce ne serait pas cette jolie danseuse sur qui tu louchais dans le temple, par hasard ?

— Tout à fait. Elle s'est finalement arrêté de danser et j'ai pu l'aborder. L'homme était ravi en disant cela.

— Ho mais oui, on aurait dit qu'elle n'allait jamais s'arrêter cette petite euh… Méréthel si j'ai bien retenu ce que m'a dit mon mari en rentrant.

— C'est tout à fait ça.

— Ho super, et dis, elle a dansé longtemps après que je sois parti ?

— Je crois qu'elle s'est arrêté vingt minute après que ton mari soit sorti du temple.

— Hé bah, t'imagine, on m'a dit moi qu'elle dansait comme ça depuis l'aube, j'espère que t'es endurant mon vieux, hé hé. Lui dit elle en le pointant avec deux doigts de chaque main et les pouces relevés. Et elle arrive quand la petite ? Vous pourriez venir voir Roland.

— C'est gentil d'y penser, mais j'ai prévu autre chose, et elle peut arriver d'une minute à l'autre si tu veux tout savoir.

— Très bien, alors je ne t'embête pas plus longtemps. Elle repartit aussitôt traverser l'artère.

— Hé ! Tu me raconteras comment Roland s'est débrouillé !

Elle lui fit signe de loin que oui.

Maintenant de retour, elle demanda aussitôt si Roland était arrivé, on lui dit que non, puis tournant le regard sur Sipom.

— Mon dieu, mais tu es blessé !

— Rien de grave, une égratignure. Répondit le Rahmortien.

— Rien de grave ?! Il s'est fait poignarder dans le flanc, par l'autre sanguinaire qui m'a agressé !

— Ho mon dieu, mais faut te soigner, vite, on doit aller voir un guérisseur ou, ou, ou le Malkasar !

— Pas d'inquiétude, c'est pas la première fois que ça arrive, j'avais ce qu'il fallait sur moi pour les premiers soins, il me faudra juste de quoi boire et manger un peu plus tard, et je serrais comme neuf.

Amandine continua de s'inquiéter, mais fit confiance à Sipom et le laissa tranquille.

Du grabuge s'éleva tout à coup du groupe de réfugié, puis l'on tendit l'oreille et l'on frémit à chaque écho de ce bruit métallique qui résonnait alentours. C'était le bruit d'un pas lourd, lent et cadencé, du côté des adversaires l'on murmura : « C'est lui », du côté des témoins : « Voilà Roland. »

Une voix lointaine résonnait depuis les étroits escaliers serpentant entre les habitations. Le gaillard chantonnait bruyamment ceci :

Dans la forêt le jour du solstice d'été
Le chevalier chapeauté entend gémissement
La petite fille tête nue s'en vient crier
« Vil baron, tu paieras pour ton avilissement »

Le chevalier posa question à la fille
« Pour la Rondouzard papa fut enfermé
Le baron n'aimait point son chapeau de paille
Puis s'en prit à maman avec méchanceté »

Homme de bien, le chevalier s'en alla
La ville se souviendra du fracas qu'il causa
Les parents délivrés, le baron trépassé
La petite fille au sourire retrouvé

Le chevalier, envolé

Les réfugiés Vulcotropesiens se mirent en position, formant plusieurs rangés en arc de cercle qui se suivaient, de façon à prendre l'adversaire en tenaille, comme le piège à loup qui se referme sur la patte de l'animal.

De féroces cris de guerre étaient vociférés avec une clameur et une énergie fabuleuse. Bien que leur adversaire soit seul, les Vulcotropesiens se préparaient comme pour affronter un régiment de soldat tout entier.

Comme en réponse à cette ardeur et ce tumulte, un chant ancien, que des chevaliers d'autrefois entonnaient avant de livrer bataille en des temps immémoriaux retenti avec force. La puissante voix recouvrit et fit taire les cris de guerre. C'était un de ces chants sacré qui prenait aux tripes et face auquel vous ne pouviez qu'écouter, et craindre lorsque qu'il était proféré par le camp adverse.

Le Malkasar rugi depuis les hauteurs de son temple à l'arrivée de l'homme qui se montrait enfin. C'était un colosse de plus de deux mètres, au bas mot cent trente kilos de gras et de muscle, entièrement recouvert d'une armure métallique et cabossée, ornée d'armoiries représentant une mangouste ichneumon devant des œufs et faisant face à un crocodile. Une grande plume rouge coiffait son casque, une épée dans son fourreau pendait à son côté.

Roland s'avança, encra profondément ses appuis dans le sol, et fit signe à ses ennemis de venir à lui. Bien que les Vulcotropesiens s'étaient préparés à affronter une armée entière, ils furent pris au dépourvu, car ils avaient face à eux une forteresse qui leur demandait de venir l'assiéger.

Les combattants maintenaient leurs positions, l'un d'entre eux hurla jusqu'à se casser la voix et alors la grande ruade s'engrena. L'étau féroce se referma sur Roland et le submergea de ses vagues frénétiques et bestiales. Le colosse Roland, tel une immense statue de métal, ne bougea pas d'un poil, les masses n'étaient pas assez lourdes pour le tracasser, les lames ricochaient sur son armure cabossée, les phalanges se brisaient sur l'acier froid.

Trouvant la faille de la forteresse inexpugnable, quelques malins se collèrent au géant, et tentèrent d'enfoncer leurs dards tranchants dans les encoignures afin de s'y infiltrer. Une forteresse n'est pourtant jamais dénuée de défenses, et les deux Vulcotropesiens ayant tenté cette percée le comprirent à leurs dépens, lorsque le poing couvert d'acier vint s'écraser sur leur nez et percuter leur mâchoire. Une fois à terre ils se firent sauvagement piétiner, puis emportés dans le courant de la cohue bestial.

C'était parti, le colosse de fer, les jambes légèrement fléchies, le buste rentré et la garde serrée, se mettait en branle. Les dents volaient au loin, des jets de sang ruisselaient des arcades sourcilières, quelques fois même Roland attrapait un homme par la taille et l'envoyait heurter ses alliés comme s'il s'agissait d'une vulgaire pierre.

La cohue perdit bientôt en vigueur, les corps fracassés et les esprits martelés gisant au sol se faisant nombreux. Bien que perdu d'avance, les quelques Vulcotropesiens restant continuèrent le combat, du courage ils en avaient jusqu'à la folie furieuse qui désormais les animaient, il n'était pas question pour ces anciens guerriers, humiliés de leurs défaites écrasantes face aux hordes Rahmortiennes, de perdre une nouvelle bataille.

La dernière charge fut glorieuse, ces hommes féroces venus de l'archipel occidentale résistèrent de longues minutes aux coups de Roland. Lorsque le poing final fut donné au dernier homme debout, il tint sur ses jambes quelques secondes avant de choir dans un état de semi-conscience. « L'acier dur et froid triomphe de la chair molle et tiède. » S'exclama Roland.

C'est à cet instant qu'un homme, couvert de poussière, arriva sur le champ de bataille. Il laissa tomber les vulgues qu'il avait sous le bras et ordonna au lothrus volcanique l'accompagnant de déguerpir. Des larmes coulaient de ces petits yeux vert, éclaboussant son épaisse moustache. Il passait ses deux mains calleuses couverte de bandages sanguinolent sur son visage au teint d'insulaire. Dévoilant ainsi deux énormes bras recouverts de scarifications anciennes et cicatrisés, et de récentes encore sanglante et suppurantes.

« Mes frères ! Je vous avais averti qu'un tel drame se produirait, c'est votre attitude belliqueuse et arrogante qui vous à conduit ici. Il essuya ses dernières larmes. C'est pour cela que je ne vous ai pas suivi dans cette odieuse bataille indigne de mes poings. Pourtant vous voir ainsi me remplit de tristesse, d'une douloureuse tristesse. Pardonnez-moi d'être arrivé si tard, vous ne souffrirez plus désormais. »

Le dernier Vulcotropesien se lança à l'assaut, son poing s'écrasa avec le tumulte du tonnerre sur la poitrine de Roland et enfonça l'acier, laissant visible la marque de ses phalanges. Roland remonta alors sa garde qu'il avait finie par laisser tomber par excès de confiance et riposta, frappant le cuir dur qu'était la peau de son adversaire.

Le combat dura assez longtemps, les deux hommes étant restés chacun sur leur position, ils comptaient s'envoyer des coups jusqu'à ce que l'un des deux tombe.

L'endurance de Roland était déjà bien entamée et la résistance physique du Vulcotropesien ne valait celle d'une armure d'acier, l'issue du duel était incertaine.

À la fin, c'est le Norg'strydien qui se tenait debout, le Vulcotropesien avait un genou à terre, la tête inclinée par le poids de la honte en direction du sol.

« Messieurs ! Je suis vainqueur de notre duel, il est temps pour vous de payer le prix de la défaite comme nous en avions convenu. Rejoignez l'ordre que je m'apprête à fonder et œuvrez à mes côtés, ou bien partez pour ne plus revenir. Témoin les trois hommes ayant trépassés, je saurais m'occuper des irrécupérables qui me tiendront tête. » Il marqua une pose. « Mais je n'attends pas de réponse immédiate, il reste une dernière chose dont je dois m'occuper. »

Le dernier Vulcotropesien dont la force a su ébranler Roland pris la parole. « Je suis Denis Furnacle, seul disciple encore vivant du dernier des sept sculpteurs légendaires de

Vulcotrop. Guerrier Roland, je me soumets à ta force et à ta bravoure. Dans un an jour pour jour, si le respect que j'ai aujourd'hui pour toi est toujours intact, alors je te promets ma loyauté inconditionnelle, dès lors je consacrerais mon art et ma vie à bâtir un édifice où tu pourras librement œuvrer et accomplir tes travaux, le sang et la sueur que je verserais dans cette entreprise scelleront mon serment ».

Denis eu la réaction qu'attendait Roland et il en fut ravi. Il le regarda droit dans les yeux, avec le regard profond d'un observateur à la recherche d'une chose bien précise.

— Denis, tu sembles plus résistant que les autres, mais tu es quelque peu affecté, n'est-ce pas ?

— En effet, et ça me semble urgent.

— Prends cette note et va voir l'alchimiste dans le quartier des jardins volcanique, lui et le Malkasar se sont déjà penchés sur votre cas, un antidote vous attend là-bas.

Côté spectateur, les deux Rahmortiens et la petite famille Norg'strydienne n'avaient pas perdu une miette de l'évènement. On chuchotait à droite à gauche, on se posait des questions, puis petit à petit l'attroupement se dispersa.

Pour notre petite communauté, il fallait maintenant aller saluer Roland.

Chapitre 6

On le héla de loin une fois les Vulcotropesiens partis, comme il ne sembla pas les avoir vus l'on se rapprocha directement. « Hé Roland, qu'est-ce t'a donc pour nous ignorer quand on t'salue », lança Charessin. Un grognement fut la seule réponse, quand il se retourna ils le virent en train de forcer pour retirer ses gantelets. Ils étaient terriblement endommagés, l'acier c'était déchiré sous les coups de Denis et avait pénétré les chairs.

Par un gros effort il parvint à les retirer, non sans aggraver ses blessures. Ce n'était pas beau à voir, du sang frais coulait sur le sang séché provenant des plaies, certaines étaient si profondes que l'on pouvait voir l'os sous l'épais liquide vermeil. « Bougez pas, nous avons ce qu'il faut sur nous », déclara Sipom en posant son gros sac à terre.

Avec Joseph ils se relayèrent pour panser les blessures, ils avaient du gros sel et du lard à appliquer sur la plaie. Coup de chance c'était du sel des côtes du nord de Rahmortia et c'était le meilleur que l'on puisse trouver pour cet usage, il y avait aussi des bandages et des désinfectants artisanaux. C'était une belle et complète trousse de soins. Une fois ces premiers soins appliqués, Roland les remercia avec gratitude.

— Charessin, Amandine et monsieur Louis, si c'est vous qui m'avez amené ces deux hommes, je dois vous remercier également.

— Bah t'inquiète pas, c'est nous qu'on t'remercie pour nous avoir corrigé c'te bande de sauvage. T'imagine qui y'en a un qu'a essayé de m'tuer alors que j'urinais tranquillement, pas moins que ça, et bon, les deux gaillards qu'tu vois, on s'connaît à peine et ils ne viennent même pas d'ici, mais ils m'ont sauvé la vie, et, ça m'a fait quelque chose d'les voir prendre ma défense comme ça. Ouaip.

On entendait à sa voix le respect qu'il commençait à porter à ces deux Rahmortiens qu'il avait rencontré par hasard. Il omettait d'un autre côté le fait d'avoir, par inadvertance, uriné sur l'agresseur avant l'attaque. À ceci j'ajouterais que l'on pu voir à son expression l'intérêt que suscitèrent les deux voyageurs chez Roland.

— Je continuerais bien de bavarder avec vous, mais j'ai fort à faire, alors que diriez-vous d'un dîner tous ensemble ce soir ? Demanda Roland.

— Excellente proposition, on fait ça chez nous alors. Lui répondit Amandine.

— Parfait, je ramènerais de la viande fraîche. Et maintenant, si vous n'avez rien de prévu, j'aimerais emprunter votre compagnie messieurs. Dit-il en s'adressant à Sipom et Joseph.

— Hé bien à vrai dire, je recherche un endroit en particulier dans cette ville, si vous pouvez nous y amener, nous vous tiendrons compagnie avec plaisir. Fit Sipom.

— Dites-moi ce que vous cherchez, je connais très bien les coins et recoins de la ville.

— Je n'ai que peu d'informations, mais c'est un endroit censé se trouver ici, désert et stérile, où n'y pousse qu'une

Aubépine toujours fertile et fleurie malgré sa flétrissure apparente.

Du côté de la petite famille, personne n'avait jamais entendu parler d'un tel endroit.

— Je sais où cela se trouve, mais c'est difficile d'accès. Je vous y conduirai, mais seulement si vous me racontez où vous avez entendu parler de cet endroit, et qui vous en a parlé.

Sipom accepta, et l'on partit sur le champ. « Nous passerons d'abord par les grandes forges où j'ai à faire, puis nous filerons jusqu'à l'Aubépine qui sera un peu plus loin. » C'était annoncé, il n'y avait plus qu'à suivre Roland.

Il est très agréable de parcourir la ville autrement qu'au pas de course, en prime avec un guide affable connaissant les lieux dans les moindres détails.

— Dites un peu, vous venez d'où ? Charessin a dit tout l'heure que vous n'étiez pas d'ici, il n'a pas pris la peine de vous présenter non plus.

Sipom lui répondit comme il en avait l'habitude.

— Des Rahmortiens ! Ça pour une surprise, et tous les deux ?

— Oui tous les deux.

— Et dans l'empire Rahmortien, vous avez quel statut pour que l'on vous ait laissé venir ici ?

— On doit être considéré comme terroriste ou dissident, on nous considère peut-être aussi comme de simples clandestins. Nous sommes venus ici sans vraiment d'autorisation, mais plutôt grâce à notre relation amicale avec un chef de clan de la nouvelle Fouistal. Lui répondit Sipom avec flegme.

— Comment avez-vous atterri ici ? Pourquoi venir ici ? Seulement pour voir l'aubépine ? Ça m'apparaît étrange.

Comprenez qu'avec tout ce qui touche de près ou de loin à Rahmortia nous sommes méfiants, bien que j'aie quelques raisons de vous croire honnêtes.

Sipom tenta de répondre, mais ce n'était pas le genre de chose que l'on pouvait expliquer à la vas-vite. Ce fut une réponse trop vague pour satisfaire l'homme en armure. Un nuage passa sur le visage de ce dernier.

— Nous sommes bientôt arrivés, si vous avez la possibilité de me donner les détails de votre histoire quand nous serons à l'aubépine, je vous prierai de le faire.

La réponse fut oui et l'on mit la conversation en suspend.

Bientôt un bruit assourdissant s'intégra à l'air ambiant, on se trouvait face à une énorme ouverture dans la roche, de celle-ci s'échappait une fumée bouillonnante se mélangeant au souffle du dragon. Une nitescence incandescente s'en échappait, et donnait à l'entrée de la forge des airs d'atelier légendaire qu'on ne devrait trouver chez les hommes qu'en des temps hors de l'histoire.

À l'intérieur ça grouillait d'activité. Les grandes forges de Malkasan tournent toute l'année à plein régime, fournissant divers métaux travaillés et transformés à un important nombres de villes du pays. Notamment aux trois grandes cités états présente dans le comté. Pour les nommés, Vâsalanis la cité portuaire, situé à l'extrême sud, Grandianne sur la bordure du désert central, appelé le petit désert bouillonnant, et Xibérèlle plus au nord, cité de tradition militaire et ennemie historique de l'ancienne Fouistal.

Ces alliances entre le comté et les cités états, qui reposent sur les forges, sont d'une extrême importance pour le comté. Travailler dans les forges à Malkasan est un honneur, et octroi un statut et des avantages conséquents[1]. Les forges et les forgerons sont un symbole de Malkasan, leur corporation a également beaucoup de poids dans la politique de la ville, voir du comté. La corporation des forgerons à une voix presque aussi sonnante que celle du Malkasar, bien qu'elle soit le plus souvent trop occupée à forger pour pouvoir se soucier d'autre chose.

C'était une infrastructure assez complexe que cela, n'ayant jamais mis les pieds dans une forge, Sipom et Joseph furent impressionnés, sans pour autant comprendre quoi que se soit de ce qui se passait autour d'eux.

Roland les dirigea dans le fond de l'antre, traversant des pontons, survolant les ruisseaux de lave sillonnant le sol ici et là, évitant de bousculer les forgerons attelés au travail, le tout dans un brouhaha sans fin, ils se frayèrent un chemin.

Enfin et alors qu'ils arrivaient au bout de la forge, ce démarquant du reste, les sons de violents coups de marteaux frappant avec force le métal, plus véloces et rudes que le bruit ambiant, se firent entendre.

« Évitez de parler Sipom, il pourrait reconnaître l'accent Rahmortien, et il est judicieux de ne pas lui laisser l'occasion de le faire, pour l'instant. »

On tourna le long d'une paroi anguleuse derrière laquelle jaillissaient des gerbes d'étincelles, à la source de ces gerbes et du martellement se trouvait un homme à la longue barbe roussi par les flammes, aux yeux d'obsidiennes et recouvert de la tête aux pieds des écailles du Malkasar. C'était certainement l'habitant du mont Magnis le plus proche du

---

1   Les forgerons sont triés sur le volet, il ne suffit pas de grande compétence technique pour travailler aux forges, car il est dit des ouvrages sortant des forges qu'ils sont « magiques », et cela requiert d'avoir travaillé au préalable sous la tutelle d'un magicien.

dragon en termes de physionomie, il se pourrait bien qu'il puisse cracher du feu[2].

— Gobannos ! Je te salue ! Et j'ai une très bonne nouvelle pour toi !

Le forgeron s'arrêta de marteler.

— Hé bien ! Dépêche-toi de m'informer, je le sais bien que c'est une bonne nouvelle, même caché sous ton heaume, ton grand sourire en déborde et se repère à dix kilomètre à la ronde, et je n'ai pas que ça à faire de t'attendre.

— Il n'y a que toi qui puisses voir ça ! Gobannos eu l'air de s'impatienter à cette remarque. Très bien j'y viens. Lui dit Roland en prenant son temps. Tu vas enfin pouvoir faire ce pourquoi je t'ai convaincu de rester ici.

— Tu a l'aval du Malkasar ? Grommela-t-il de sa voix rauque.

— Je l'ai depuis le début tu sais bien.

— Tu auras tout de suite besoin de matériel ?

— Je vais leur laisser un mois avant de commencer.

— C'est à moi que tu laisses un mois en vérité, c'est parfait, maintenant ouste, et récupère ton armure, je l'ai laissé dans le coin là-bas. Tu reviendras me donner celle que tu viens d'abîmer plus tard, j'ai du travail, et beaucoup !

— Attends un peu ! Je dois aller du côté de l'aubépine.

— Alors vas-y. Répondit le forgeron. Pff, réduit à réparer son matériel, j'ai suffisamment peaufiné mon art pour ne plus avoir à faire ça, il n'y a que lui pour cabosser des armures aussi solides, à croire qu'il combat des géants toutes les semaines. Finit-il en râlant un bon coup.

Gobannos se leva pour laisser passer les trois hommes, elle n'était pas très visible, mais il y avait une ouverture

---

2   D'après les rumeurs, quelques-uns l'auraient vu vomir des flammes alors qu'il était malade.

dans la roche derrière lui. C'est là qu'ils s'engouffrèrent après que Roland eut échangé quelques mots à voix basse avec le forgeron.

Comme annoncé plus tôt, l'accès à l'aubépine était difficile, permettons-nous même de dire épineux. Myriades de ronces poussaient au plafond et tapissaient les parois rocheuses, à moins de porter une armure intégrale ou des vêtements suffisamment épais, on n'en ressortait pas indemne.

Mais bienheureux soit nos deux hardis aventuriers, le passage étroit n'est pas long, simplement pénible, et le passage s'élargit rapidement pour offrir d'autres obstacles, moins piquant, mais demandant un minimum de force et d'agilité pour les franchir, avant qu'enfin le chemin devienne bien plus simple. Sipom en profita pour à son tour questionner Roland.

— Charessin et Amandine, en me parlant de vous sur la route, m'ont dit que vous disiez être un chevalier. En Rahmortia je n'en ai jamais entendu parler, je n'ai même jamais ouvert un livre mentionnant le terme. En entendant parler Charessin et Amandine, j'ai bien cru comprendre que presque personne à part vous n'étaient renseigné sur la chose.

Roland s'arrêta, se posa, et enjoignit les deux hommes à faire de même.

— Je m'en vais vous parler de tout ceci, mais en retour, vous me raconterez les détails de votre histoire, peu importe le temps que cela prendra, et seulement après cette conversation je déciderais ou non de vous laisser aller plus loin.

« Je me considère comme un chevalier perdu, et à dire vrai, si la chevalerie tel que mon père et mon grand-père me l'on contés existait toujours, je n'aurais aucun droit de prétendre à ce titre prestigieux et honorable.

« Sachez avant tout que je tiens mon savoir de la tradition oral, transmise de père en fils dans ma famille depuis des temps oubliés depuis longtemps. D'après mes aïeux, cela daterait de bien avant la grande amnésie de l'histoire, bien avant les premiers mythes et légendes dont nous avons les lointains échos.

« L'Homme en ces temps-là était bien différent de nous autres, il possédait quelque chose qu'il nous manque aujourd'hui. Les yeux des hommes et des femmes étaient tels ceux des nourrissons.

« Nous étions moins nombreux autrefois, un royaume était aussi peuplé qu'une grande ville d'aujourd'hui. Les royaumes étaient gouvernés par des rois, de bien plus grande stature que de nos jours. Les rois étaient suivis par les chevaliers, guerriers habités par la noblesse d'âme. Mon père et mon grand-père m'ont raconté des milliers de récits, d'aventures et d'exploits dont eux seuls avaient encore connaissances. Je fus bercé là-dedans depuis le plus jeune âge, chaque nom, chaque royaume, chaque guerre, chaque exploit quel qu'il soit, je les conserve dans mes souvenirs. Pourtant plus jeune, j'ai souvent cru que mon père et mon grand-père s'emmêlaient les pinceaux. Car quelques fois, c'était comme s'ils me parlaient d'un autre type de roi et de chevalier.

« Il existerait, selon eux, un type de roi et de chevalier qui n'aurait pas disparu depuis tout ce temps. Le roi se trouverait à l'intérieur d'un château, un château dont les portes seraient toujours ouvertes pour le chevalier désirant rencontrer le roi.

« Quant au chevalier, il est celui qui cherche le roi, qui part à l'aventure, emprunte un sentier étroit et difficile jusqu'à trouver le château devant lequel est posté un redoutable ennemi. Souvent mes aïeux m'ont dit de fermer les yeux et de me taire. Pour le chevalier parti en quête du roi, ce dernier allume des torches flamboyantes sur les remparts du château et fait sonner les cloches, afin de guider son serviteur qui s'est lancé dans la grande aventure.

« Après bien des années, j'ai fini par apercevoir une lueur lorsque je fermais les yeux, accompagné de la mélodie des cloches qui résonnait dans mes oreilles.

« Hélas, malgré le chemin parcouru, je n'ai encore jamais pu rencontrer le roi qui fera de moi un chevalier accompli. Non, à chaque fois que je m'approche du château, je finis englouti par un dragon nimbé de fumée, intangible, que je ne peux combattre.

« Vous l'aurez compris, je cherche à devenir ce deuxième type de chevalier, et tous les jours je ferme les yeux, et tous les jours je finis englouti. »

Roland releva sa visière, laissant paraître ses yeux, ils brillaient de deux éclats, la tristesse et l'espérance.

— Si ma réponse vous a satisfaits, vous pouvez commencer votre récit Sipom.

Suite à un blanc d'une dizaine de minutes, Sipom entama son récit. De concert avec les précisions gestuelles qu'apportaient Joseph, puisqu'il s'agissait aussi de son histoire, il se fit la voix de leur histoire commune.

Ce fut long, Sipom n'était pas très synthétique et se perdait en détails anodins, rajoutant en longueur au récit mais également y apportant une chaleur des plus agréables. C'était l'histoire des deux amis depuis leur rencontre jusqu'à ce jour qui les avaient amenés à Malkasan. C'est lors de ce long voyage que leurs liens c'étaient créés, renforcés, et enracinés pour faire éclore le bel arbre de leur amitié.

Roland fut respectueusement silencieux, il écoutait avec attention, encore plus lorsqu'il s'agissait de détail en apparence anodin, son visage sinon était impassible tout le long du récit. Il jouait à nouveau ce rôle de statue inamovible, passant du déchaîné colosse de fer de tout à l'heure à la gargouille attentive d'à présent.

Le récit des deux hommes s'acheva alors que le soleil allait bientôt décliner. Roland en fut satisfait, suffisamment pour leur accorder sa confiance, comme il se faisait tard on partit aussitôt rejoindre l'aubépine.

Le mont Magnis, grand volcan abritant la Malkasan hivernal, fait partie d'une chaîne de montagne qui ceinture la région dans laquelle se situe la Malkasan estival.

C'est sur un plateau de la montagne voisine, désert et stérile, que se trouvait l'aubépine.

Cela se ressentait légèrement depuis l'intérieur du corridor, puis à la sortie du passage, on était pris par le froid furieux, le bout des doigts recouvert d'écailles passait du jaune au violet à vive allure, les yeux cherchaient à se recroqueviller en dedans de la boite crânienne, l'air froid brûlait lorsqu'il s'engouffrait dans les voies respiratoires.

L'on découvrait subitement la violence du froid Norg'strydien couplé aux hauteurs montagneuses. Pourtant aucun des trois hommes n'y prêtait la moindre attention.

Vous l'aurez deviné, l'attention globale faisait fit du froid en faveur de l'aubépine droit devant, vieux, flétrie et fertile, avec tout ce que cela avait d'étrange et de fascinant.

Il trônait au milieu d'un sol craquelé, comme la terre sèche au plus fort de l'été, les craquelures semblaient comme des veines alimentées par le cœur, par l'arbre.

Le vent souffle fort ici, il siffle, il emporte la poussière dans ses tourbillons dansant, comme un ballet orchestré par mère nature. Les innombrables grains de poussières virevoltants s'harmonisent à ce décor stérile et aux belles fleurs blanches de l'arbre, lançant quelque-un de leurs pétales voulant eux aussi danser.

C'est un endroit véritablement spécial, on y sent quelque chose d'indicible, un ineffable sentiment d'allégresse. L'un de ces rares cas où l'épreuve d'un sentiment peut vous protéger de la sensation physique du froid.

Les trois hommes s'assirent à son chevet et fermèrent les yeux le temps d'un doux recueillement. Ce fut une formidable expérience que d'entrer en communion avec cet auguste personnage. À la fin l'on remercia chaleureusement l'aubépine, ensuite ils firent demi-tour pour revenir aux grandes forges.

Gobannos était toujours là, travaillant comme quinze, les flammes de la forge ce reflétant dans ses pupilles d'obsidiennes : « Vous êtes de nos amis désormais, revenez ici et vous serez accueilli comme tel. » Les deux Rahmortiens hochèrent de la tête et l'on partit, avec la brouette servant à transporter la nouvelle armure de Roland.

« Même s'il est tard, passons d'abord la déposer chez moi, puis nous filerons chez Amandine et Charessin, vous verrez ce n'est pas un grand détour. »

Sur la route ils croisèrent brièvement le voisin d'Amandine et Charessin, Chisald Pépièrique pour le nommé complètement, accompagné de cette danseuse, Méréthel, toujours affublé de son étrange ornement facial. Connaissant Roland et reconnaissant les deux hommes qu'accompagnaient Charessin dans le temple plus tôt, Chisald était venu échanger quelques politesses, bien que son attention portait clairement sur autre chose.

Bientôt Roland sortait de sa maison, sans armure cette fois. Il portait une chainse sous un bliaud et une ceinture, ainsi qu'une braie et des chausses semellé. Son épée rangée dans son fourreau pendait à son côté, il avait dans les bras une gibecière pleine qu'était la sienne, et une deuxième qu'il avait empruntée à Joseph pour la remplir comme la précédente. Ce faisant, ils partaient dîner salivant à l'avance de toutes cette viande qui allait bientôt les rassasier.

Première réminiscence

Nous sommes de retour en arrière, Sipom et Joseph sont en Rahmortia, le premier vient de comprendre pour le mutisme du deuxième, ils sont dans cette église où nous les avions laissés au début du premier chapitre.

À plusieurs reprises lors de cette histoire, nous nous arrêterons pour nous plonger dans ces curieuses réminiscences. Il s'agit tout simplement de l'histoire que Sipom et Joseph racontent à Roland dans le chapitre précédent.

Cet homme m'intrigue vraiment, comme beaucoup d'autres choses en fait. Je dois faire le point, que m'est-il arrivé ces derniers jours ? Tout est encore flou.

Je me souviens avoir été emporté dans une tourmente accablante, d'avoir noué la corde, et de l'avoir vue lui, Joseph, juste avant de sombrer.

Il y a aussi ma femme, je crois que je l'ai… mes mains étaient couvertes de… sang, mais pourquoi !? Ce n'est pas possible, non j'ai halluciné je ne peux y croire, non non non non non. Calme-toi Sipom, respire, il doit y avoir autre chose, une autre explication.

Pourquoi suis-je parti de chez moi déjà ? Oui, quelques sentiments et ressentis effroyables m'empêche même de rester dans le manoir, je comptais faire quoi alors ? Oui, je me suis mis en tête quelque chose, par rapports à des évènements, qui… sortent de l'ordinaire, quoi ? Pour quelle raison, et pourquoi je n'arrive pas à me souvenir de ce que je faisais et pensais il y a une heure à peine, d'où vient cette brume qui obscurcie mon esprit, je dois savoir.

Qu'est-ce que ? Qui me tire la manche ? Joseph, que veut-il ? Il a l'air inquiet, il doit voir mon trouble je suppose, mais que veut-il ? Il joint ses mains.

Ha mais oui, il m'invite à continuer de prier, cela m'aidera peut-être à me concentrer.

Pendant ce laps de temps, le remugle racoleur de deux commères avec qui j'avais eu l'occasion de discuter il y a quelques jours souffla dans mes oreilles.

— Dites chère amie, êtes-vous au courant pour le drame du manoir de la colline ? Quelle horreur.

— Mais oui, tout le monde ne parle que de ça, la pauvre femme, j'ai entendu dire que la découverte du corps fut effroyable, mais je n'ai pas pu en savoir plus, tout le monde est assez flou sur la question. Pourquoi me parlez-vous de cela Rosine ?

— Vous voulez savoir ma chère Muriel ? Il ne faudra pas le répéter mais, j'ai quelques connaissances qui sont bien au courant de l'affaire, dont mon mari, mais pas un mot hein, les gens n'ont pas besoin d'êtres au courant de choses qui ne les regardent pas. Et je veux être sûr que vous y portez un réel intérêt, car vraiment peu de gens sont au courant, et l'affaire mettra du temps avant de vraiment s'ébruiter.

— Rhô mais arrêtez de vous faire désirer, vous savez bien que je veux savoir, en échange je vous parlerai de la maîtresse du maire, c'est un bon secret là aussi, vous avez ma parole.

— D'accord d'accord, j'ai votre parole. Un médecin devait passer voir la pauvre femme hier matin, mais ce qu'il trouva derrière la porte d'entrée, laissé entrouverte, c'est son cadavre, tout violet, avec de récentes traces de strangulations, des blessures comme des coups de poignards dans le corps, du sang partout, pas beau à voir. Il y avait aussi des traces de lutte, tout était chamboulé, des meubles renversés, de la verroterie en morceaux jonchant le sol, une porte dégondée, la totale il paraît.

— C'est pas vrai, c'est terrible, mais pourquoi faire tant de mystères ? Je veux dire, à vous entendre, je suis persuadé qu'il y a plus que cela.

— J'y viens, le truc, c'est qu'on a un suspect, aujourd'hui introuvable et qui pourrait se trouver n'importe où. Vous l'avez probablement déjà rencontré en plus. Ce prêtre au col rouge, arrivé récemment ici. Il se trouve que des témoins l'ont vu rôder sur la colline du crime ces dernières nuits. Mais depuis hier, personne ne l'a vu et ne sais où il se trouve.

— Comme c'est effrayant, imaginez un peu qu'il s'introduise chez l'une de nous un jour, il ne se contenterait pas de nous tuer, ôlalalala, certainement que ce bel homme prendrait du plaisir avant de, ôlalalala, je veux dire, avec deux belles femmes comme nous qui attisent la convoitise des hommes, ôlalalala. Et vous par ailleurs, vous l'avez qualifié de prêtre, mais vous n'êtes donc pas au courant ?

— Quoi donc ?

— Qu'il n'est pas prêtre pardi ! Il est arrivé ici il y a deux mois, sans un sou rien, le grand prêtre lui à dit de rester ici quelque temps. Tout se passait bien au début, puis petit à petit il a commencé à venir discuter avec les gens, les conseiller, tout en étant affublé de cette tenue de prêtre noir au col rouge qu'il sortait d'on ne sait où. Comme il n'avait pas l'air méchant on l'a laissé faire en mettant simplement les gens au courant qu'il n'était pas de la profession. Vous l'auriez su si vous veniez plus souvent vous et votre mari.

— Mais non, je ne savais pas, ça le rend encore plus suspect, le félon, et mon mari ne me l'a même pas dit, il va voir ce qu'il va voir celui-là.

— Et cette femme, dîtes moi Rosine, elle vivait seul ? Il n'y a pas d'autres suspects ? Peut-être avait-elle un conjoint ou de la famille avec qui les choses aurait mal tourné ?

— Mon mari a enquêté là-dessus également. Elle vivait seul, personne ne l'a jamais vu en compagnie d'un homme, et les rares à l'avoir visité à son domicile, ne se souviennent que de l'avoir vu seul dans son manoir. Avec ça deux choses étranges, sur ses papiers, elle avait déclaré vivre avec son mari, mari que personne n'a jamais vu donc, et dont on a aucune trace, dont même le nom ne figure pas dans les papiers. C'est peut-être là le plus étrange que je viens de raconter, mais il reste une chose, il y a l'expression sur le visage de la morte, en la voyant, mon mari m'a dit que c'est ce qu'il l'avait le plus interloqué…

— Merci mesdames.

Je leur disais cela en me préparant à sortir de l'église, bien que le reste de leur conversation me retint encore un peu.

— Mais enfin, qui est-il ? Je ne l'ai jamais vu ici, vous savez vous, Muriel ?

— Pas plus que vous Rosine, il avait pourtant l'air bouleversé. Encore un pauvre bougre émoustillé et ébranlé par notre beauté, je vous le parie.

— Certainement, mais changeons de sujet voulez-vous, ne trouvez-vous pas cet endroit ennuyeux ?

— Tout à fait ennuyeux.

— Pourquoi cela ?

— La chose est simple, tout ce qu'on y fait, c'est de se faire conseiller par des vieillards, certes un peu sage, mais qui donc aujourd'hui a besoin de leurs conseils ? On se débrouille très bien seul. Et les seules choses qu'il nous reste des temps perdus, ce sont quelques vieux tableaux poussiéreux sur lesquels on y voit des hommes et des femmes joindre les mains et fermer les yeux, prier comme ils nous disent, je n'en ai jamais compris l'intérêt, et pour être honnête, je fais semblant de prier.

— Si je vous disais qu'il existe un nouveau culte à la mode dans l'empire, qui vient de s'implanter dans notre petite ville, un culte fort amusant.

— Vous m'intriguez Rosine, amusant à quel point ?

— Ho fort amusant, tellement que j'en ai délaissé l'église ces derniers temps avec mon mari. C'est un culte secret, seule une poignée de gens sont au courant de son existence, et je peux vous dire que tout le gratin de la ville y passe ses nuits de dimanche. À l'avenir cela devrait s'ouvrir à de plus en plus de monde. Nous y adorons les dieux cosmiques venus des profondeurs, de la terre et des étoiles, ils sont nombreux, ont tous un nom, il y a tout un tas d'activités et de rituels à faire, c'est très amusant, on se drape de rouge le plus souvent et nous somme libre de faire tout ce que l'on désire lors des cérémonies.

— Tout ?

— Tout ce que l'on désire, surtout ce que notre code moral désuet réprime.

— Où se trouve donc ce lieu ?

— Caché dans le sous-sol d'une maison abandonné non loin d'ici. Venez-y avec moi, vous verrez c'est très amusant, et si vous êtes digne de confiance, je pourrais même vous introduire comme candidate pour un rituel spécial.

— Qu'a-t-il de spécial ?

— On en ressort métamorphosé, c'est douloureux, mais ayez confiance, ça en vaut la peine, je l'ai vu chez certaine de nos amis, elles sont bien mieux maintenant. Disait-elle en riant.

— Bon sang Rosine, qu'est-il arrivé à votre rire ? Il est, effrayant.

— Ayez confiance je vous dis, vous verrez, c'est pour votre bien. Terminait-elle en se retournant vers moi et me faisant grand sourire et clin d'œil.

— Finalement je vais rester ici je pense. Disait l'autre en joignant les mains.

Je ne saisis pas sur le coup, mais la fin de cette discussion, cette gestuelle, cette façon de parler, cela me mit profondément mal à l'aise. J'eus un haut le cœur, ma tête commençait à me faire mal, comme si quelques parasites mentaux cherchaient à s'introduire en moi. Une fois de plus Joseph me sortit du pétrin en me tirant hors de l'église et en m'enjoignant à la prière. Je me mis à genoux et fis silence une demi-heure, c'eut pour effet de chasser ces parasites indicibles.

Grâce au recueillement dans le silence j'étais bien plus avancé, je me souvenais plus précisément de ma folie et de ces abominables symptômes. Je me suis souvenu de mes rencontres avec ce faux prêtre angoissant, je me suis souvenu de ma femme, de ce que je lui ai fait, je sais aussi que je suis incapable de me souvenir de son visage. Elle n'est plus qu'une idole fantomatique sans visage qui hante mon esprit.

Mais je ne dois pas me laisser sombrer dans ces noirs souvenirs, aussi fin ou obstrué soit-il, il y aura toujours un passage au travers duquel filtrera la lumière.

Pour l'instant je vais mieux et il me faut un objectif, je dois penser à autre chose, qui doit réquisitionner toute ma psyché. Von Gradeucouille était cet objectif, je me souvenais de mon entrevue avec lui, de cet homme capable de sonder mon âme et de percevoir cette chose que je croyais être le seul à voir, le voleur de visage.

Je me retrouvais avec le souvenir détestable de cet être au sourire macabre peuplant ma folie et jouant les funambules sur la frontière entre déraison et réalité, et cet étrange situation de se trouver dans une ville où les habitants sont subitement frappés d'amnésie à mon égard. En bref, même s'il n'avait pu m'aider lors de notre rencontre, il en sera peut-être autrement aujourd'hui, car j'ai souvenir qu'il était parti faire des recherches de son côté. Il me faudra aussi partir à la recherche de ce faux prêtre, mon intuition le désigne comme la source de mon malheur.

Après avoir bien marché, nous étions arrivés devant le cabinet du mystique. La petite plaque à son nom, je le remarquais aussitôt, était altéré. Le nom Von Gradeucouille n'y était plus lisible, la suite allait de soi, le cabinet était fermé, impossible d'entrer. Je suis donc parti, mais en partant je pose la question à un vieil homme, que je sais être tous les jours assis sur le banc devant le cabinet.

Il ne savait pas de qui je parlais, le docteur lui aussi avait disparu des mémoires, je le déduisais rapidement. Néanmoins le vieil homme me reconnut suite à la description que lui avait fait un homme partageant la physionomie du docteur, et il avait un message pour moi : « J'ai vu un type sortir d'ici hier soir, un type comme celui que vous m'avez décrit et qui m'a décrit un type de votre type, à peu près votre portrait en fait. Il a dit, qu'après recherche, le faux prêtre était mêlée à votre cas, il dit aussi que c'est votre deuxième entrevue avec le faux prêtre qui l'a mis sur la bonne piste. Moi j'ai pas cherché à comprendre, enfin ce qu'il a dit de plus important, c'est que vous devez le rejoindre dans la clairière derrière le champ de monsieur Norvraire ». Je remerciais le vieil homme et partait sans plus réfléchir, avec Joseph qui continuait de suivre et qui tenait la cadence. J'étais curieux à son sujet, savoir comment il avait vécu jusqu'à présent et ce qu'il comptait faire dans les futurs proches et lointains, mais cela devait attendre.

Nous nous rendîmes dans la partie nord des champs de la ville, arrivé à l'endroit indiqué je ne vis personne. Je me suis tourné vers Joseph pour lui dire que j'attendrais ici jusqu'à la tombée de la nuit, avant de repartir je ne sais où. Je ne songeais pas vraiment à l'après, je misais tout sur le présent et sur mon objectif à court terme, il n'y avait plus que ça. Je me posais au pied d'un arbre et je demandais à l'étrange Joseph : « Comprends-tu ce que je dis ? » Il fit oui de la tête. « J'ai compris que tu es muet, est ce de naissance ? » Encore oui. J'ai continué ce jeu du oui-non encore un moment. Je pus apprendre qu'il n'avait pas de famille, qu'il avait toujours vécu seul à l'extérieur des villes, bien qu'il aime les explorer de temps à autre.

Plus tard lorsque l'on aura développé notre langage des signes, j'apprendrais qu'il n'était qu'un voyageur se contentant de survivre en menant une vie nomade, ayant établi des petits camps à droite à gauche aux quatre coins de l'empire.

À la fin j'apprendrais même qu'il avait eux deux compagnons au cours de sa vie, chacun mort d'une maladie similaire, mais qui lui auront appris tout ce qui lui permet de survivre aujourd'hui. Deux belles âmes qui lui auront transmis leur volonté de vivre et leur amour. Les deux compagnons étaient, pour le premier un vieux chasseur vivant reclus les bois et pour la deuxième une religieuse vivant seul dans un monastère abandonné.

Durant notre ersatz de conversation il m'avait montré sa gibecière presque vide, quelques peaux entre autres choses qui me permettaient déjà de deviner son mode de vie. Je pus assister dans le même temps à la pose d'un piège à lapin. Je le regardais attentivement, ce savoir faire allait m'être utile si je pouvais l'apprendre et le maîtriser, me disais-je.

« Vous êtes là, venez ! Je, je, je n'ai plus, beau, beaucoup de temps. » C'était Von Gradeucouille, je reconnus sa voix sur l'instant, hélas après l'avoir rejoint je ne pus réellement le voir.

— Je te croyais parti voleur de visage. Dis-je à la créature avec un flegme de façade.

À ma grande et désagréable surprise, le sourire macabre ricana et me répondit de sa voix érayée.

— Tu le croyais ? Maintenant que je t'ai attrapé je ne te lâcherais plus mon petit Sipom, tu as plongé dans une mer interdite aux esprits sains et tu m'as trouvé là-bas, depuis nous nageons ensemble, que tu le veuilles ou non.

Il disparut, laissant place à pire vision encore. Von Gradeucouille était à terre, les vêtements déchirés, le corps couvert de plaies ouvertes d'où sortait un liquide noir, gluant et bouillonnant. De vilains yeux avaient fleuris sur son dos comme des furoncles. Les yeux me terrifièrent particulièrement, ils nous observaient depuis un ailleurs issu, j'en étais certain, d'un plan cauchemardesque. Quelque chose dans ces yeux aux déraisonnables éclats était bien pire que le sourire macabre. « Le faux prêtre ! Il… » Un gros œil spongieux à moitié fondu obstrua la bouche du docteur, puis un liquide noir coagula dans ses narines jusqu'à ce qu'il succombe atrocement d'asphyxie. Interdit et pétrifié, je ne pus que voir le brave Joseph qui c'était démené comme il avait pu pour lui venir en aide, sans résultat.

J'en avais le vertige, dans quel cauchemar avais-je encore mis le pied ! Ne panique pas, ne panique pas, je t'en supplie ne panique pas. Qu'est-ce que c'est là-bas qui me fait de grands signes ?

Quand je me suis posé cette question, j'avais en ligne de mire, entre deux arbres marquant l'entrée d'un petit bois, le faux prêtre, avec son horrible col rouge, les doigts fourrés dans les coins de sa bouche, de façon à accentuer son grand sourire, ses yeux étaient moqueurs. Il se jouait de moi, de mon malheur. Mon esprit vacilla et je le poursuivis, dans un état de semi-conscience, je le perdais de vue, avant de m'évanouir subitement.

Tombé dans l'inconscience, je naviguais sur la mer noire derrière mes paupières. J'étais sur une barque, conduit par le sourire macabre, dans l'eau je voyais d'innombrables corps flotter, tous étaient ma femme, sans visage. Nous étions dans des cavernes, il y faisait de plus en plus sombre, nous nous enfoncions dans des boyaux rocheux.

Je choisis de ne pas me laisser dévorer par la peur qui me gagnait alors. Je fermais les yeux et joignais les mains.

Bientôt mes pensées se tournaient vers mon passé, les choix que j'avais faits, leurs conséquences, mes erreurs et mes réussites, cherchant à comprendre ce qui m'avait amené à faire tel ou tel choix, quels évènements m'avaient emmené de fil en aiguille là où je suis maintenant. Cela me parut durer éternellement. Au final je ne trouvais aucune réponse claire, seulement des bribes de je ne sais quoi et quelques intuitions qui me traversais au sujet de toute cette histoire.

Lorsque je rouvris les yeux, plus aucun corps ne flottait dans l'eau, le sourire macabre n'était plus là. C'est moi qui conduisais la barque, avec la détermination de continuer à m'enfoncer dans les profondeurs et confronter les ténèbres effrayants, j'irais les chercher ces réponses !

Puis je repris conscience, revenue sur la terre ferme, je voyais Joseph assis à côté de moi, les mains jointes, il avait déposé une petite croix de bois sur ma poitrine. Je me relevais.

« Quelque chose a changé Joseph, ou commence à changer. Retrouvons le corps du docteur et enterrons-le convenablement, nous devrons ensuite nous rendre à la morgue, je dois y vérifier quelque chose. »

Chapitre 7

— Vous voilà enfin ! S'écria Amandine qui voyait ses trois invités se présenter sur le pas de sa porte. C'est qu'on a commencé à s'inquiéter nous autres.

— Amandine, tu sais bien que je tiens toujours parole et que j'aurais bien fini par venir. Lui dit Roland.

— Peut-être bien, mais ça m'a inquiété quand même. Rajoute à ça mon imbécile de mari qui m'a ressorti le couplet sur les espions Rahmortiens, une plus naïve que moi l'aurait crû au bout d'un moment.

— Ha oui encore ? Demanda Sipom.

— Oui encore, il m'a refait le même couplet, que vous étiez des espions venus à la pêche aux infos, que vous alliez les transmettre à vos supérieurs dans l'empire de Rahmortia, etc. Elle poussa subitement un cri d'indignation en passant sa main sur son front. Mais qu'est ce qui me passe par la tête à vous faire rester ici sur le seuil de la porte, entrez donc et asseyez-vous, qu'on continue de causer autour de l'apéritif, et passe-moi tes gibecières Roland que j'les mettent dans la cuisine.

On obéit à la dame et l'on pris position sur les tabourets en compagnie de Charessin et Louis, autour d'une bouteille déjà bien entamée et d'un saucisson de cheval Norg'strydien très amoindri. Rapidement Amandine les rejoignait avec d'autres bouteilles saucissons et pâtés, épuisant un peu plus les réserves pour l'hiver. Mais comme le dit régulièrement Amandine à Charessin, faut bien les consommer toutes ces réserves, et c'est mieux quand c'est avec des amis et de la famille.

— Vous savez, à force de vous attendre et de s'inquiéter, nous avions fini par sortir avec Charessin, et heureusement qu'on a croisé le voisin et sa danseuse. J'vous dis pas le soulagement quand il nous a dit vous avoir croisé pas longtemps avant. J'vous dis pas non plus le savon que c'est pris Charessin pour m'avoir fait douter d'vôt paroles à tous les trois, celui-là il s'en souviendra ! Conclu la maîtresse de maison en levant son index impérialement.

— Tu passes ton temps à me passer des savons de toute façon, comme si j'étais un d'tes chiards. Se plaignit Charessin.

— La faute à qui ? Et un peu de respect pour mes enfants, sinon ça va barder.

— Oui vous en aviez parlé plus tôt tous les deux, tu as combien d'enfants Amandine ? Demanda Sipom.

— J'ai cinq beaux enfants, quatre garçons grand et costaud comme feu leur père et une adorable fille toute belle qui m'a fait cadeau récemment de mon premier petit fils, et mes garçons tous déjà grand ne devrais pas tarder à en faire de même.

— Et vous du coup, c'est quoi qui vous a mis en retard comme ça, j'veux dire, la nuit est bien entamée quand même. Coupa Charessin.

— Nous avons beaucoup parlé, sans voir le temps passer. Lui dit Roland.

— De quoi que vous avez causé alors ?

On s'en tint à un strict minimum, les grandes lignes des grandes lignes, et Charessin qui posait la question histoire de faire la conversation en fut satisfait.

« Charessin ! Apporte-moi donc du bois que j'allume ta cheminé, et une grille aussi, que je commence à faire cuir la viande ! » Lançait énergiquement Roland après avoir sorti de très belles pièces de viandes du ventre des gibecières. Entre basses côtes, langues et cuissots, il y avait de quoi se faire plaisir. Sipom se permit d'ajouter à la viande un petit mélange d'épices de son cru, du bon sel Rahmortien mélangé à trois herbes pilonnés dans un mortier et deux autres épices que l'on trouve uniquement dans la toundra nordique de l'empire. Il n'existe par ailleurs pas de comparaison avec ce petit mélange qui fait la fierté de son créateur et qui régala tout le monde ce soir-là.

Tandis que la viande cuisait et que nous en étions encore à l'entrée :

— Roland, par rapport aux Vulcotropesiens, avec Joseph nous n'avons pu nous empêcher de remarquer la lueur dans leurs yeux. C'était de l'ambrocine n'est-ce pas ?

— Tout à fait.

— Et vous avez trouvé un remède ?

— Il se pourrait que l'on en ait trouvé un, mais c'est expérimental, nous le serons quand les Vulcotropesiens reviendrons à la raison ou non.

— Alors il reste un espoir. Soupirait Sipom.

— Hé ! De quoi que vous causez là sans nous, gémissait Charessin.

On lui fit un topo sur l'ambrocine et la conversation dériva sur l'empire Rahmortien.

Nous en étions au milieu du repas.

— À vous entendre, on croirait que l'empire Rahmortien est sur le point de tomber. Dit Amandine. Pourtant ce qui sort de chez vous et arrive jusqu'à nous, c'est que Vulcain II règne d'une main de fer et qu'il n'existe aucune opposition, de plus avec vos histoires d'ambrocine qui endort les gens et les rends dociles et passifs, y'a des trucs qui collent pas.

— Vous entendez ce que Vulcain II veut que vous entendiez, il contrôle minutieusement les informations qui arrive ici. Notamment en envoyant de faux rebelles qui ont pour rôle de vous faire croire que l'empire est tout puissant et ne craint rien ni personne. Vous faire croire ça c'est la première étape sensée les mener à la victoire.

— Mais alors il se passe quoi en vrai dans vôt pays ? Demandait à son tour Charessin.

— En vérité, les résidents des tours et les militaires entrés dans les cubes représentent au bas mot quatre-vingts pourcents de la population. Ce qui laisse vingt pourcents qui n'ont jamais adhéré à toutes ces conneries, ou qui au moins s'en sont suffisamment méfiés pour ne pas s'en approcher. Ce sont les grandes villes qui constitue le véritable bastion de Vulcain II, tout ce qu'il y a autour n'a pas été tellement affecté. L'isolement ne fait peur à personne en dehors des grandes villes. Et naturellement, alors que rien d'apparent ne leur indiquait la marche à suivre, ils se sont réunis, et ces vingt pourcents unifiés, croyez-moi ils sont suffisamment nombreux pour faire trembler l'empire.

« Vulcain II a essayé tant bien que mal d'endiguer le phénomène, ses agents ont empoissonné notre eau et nos vivres avec de l'ambrocine, mais par une incroyable chance, le poison n'eut aucun effet sur nous autres. Une bonne étoile veille sur nous comme on dit. Il voulut aussi essayer par la force. Mais grâce à une découverte faite par Joseph un jour où nous avions pénétré un laboratoire souterrain, nous avons découvert que le but n'était pas de nous vaincre par la force, mais simplement de faire couler le sang, le nôtre et celui de leurs soldats. Rapidement, nous nous sommes réunis avec les différents chefs de village, et avons conclu que nous devions éviter les effusions de sang. C'est là que l'on décida de tous adopter un mode de vie nomade, afin d'être toujours en mouvement, toujours mobile et éviter toute tuerie avec les soldats drogués à l'ambrocine.

« Il y a deux ans, nous avons formé des groupes autonomes constitué de dix à vingt personnes et ayant pour seul objectif de faire tomber les têtes pensantes de l'empire. Nous savons que Vulcain II est loin d'être le véritable cerveau.

— Comment vous le savez ça ? Demande Amandine.

— C'est simple, ils se sont montrés tout seul. Ils aiment montrer qu'ils sont au pouvoir, c'est un moyen pour eux de montrer qui ils sont et faire croire qu'ils sont tellement intouchables qu'ils n'ont aucune crainte à se montrer au grand jour.

« Cela nous permet de les identifier, et déjà huit têtes pensantes sont tombés en vérité. Voilà à quel point cet empire maléfique est branlant et ne tient que par illusion. Les têtes de l'hydre ne repousseront pas indéfiniment, on peut lutter, c'est faisable, on le voit tous les jours. Le simple fait de ne pas se soumettre réduit en soi considérablement l'influence qu'ils exercent sur leurs victimes avec leurs rituels et leurs poisons qu'ils aiment distiller en nous.

« C'est d'ailleurs une chose que devrait savoir le Malkasar, ils sont désespérés, et s'ils vous attaquent un jour, dîtes vous bien que se sera pour eux le tout pour le tout. En les repoussant vous pourriez faire s'écrouler le château de carte qu'est l'empire de Vulcain II et de ses maîtres.

— Et comment autant de gens ont pu se faire avoir ? Enchaînait Amandine.

— La grande amnésie mondiale. Tous ces siècles, que dis-je tous ces millénaires de savoir que nous avons perdu. Par de répugnant moyen, Vulcain II et les autres ont acquis certaines connaissances capables de nous duper, nous qui ne savions rien. Avec le recul, je me rends compte que déjà avant le règne de Vulcain II, certaines choses se mettaient en place, de sombres procédés animés de malveillance, et tout a été fait pour nous empêcher de les voir.

« Ce qui a fait la différence entre les vingt et les quatre-vingts pourcents, c'est que les derniers étaient peut-être déjà morts avant l'arrivée de l'ambrocine. Une mort intérieure, la flamme de vie était déjà éteinte chez eux. Ils ne faisaient déjà rien de plus que de traîner leurs carcasses, le taux de natalité était en chute libre, les passions s'étaient éteintes, le simple désir de faire quoi que se soit c'était envolé. L'effort et la traversée des épreuves pour atteindre un but, il ne fallait même plus y penser. Alors quand ils sont arrivés avec leurs résidences, leurs E-gin, « le confort ultime gratuitement et pour tous » comme ils disent, eh bien ils y sont allés, ils se sont rendus docilement à l'abattoir.

— C'est bien mérité moi j'dis. Fit Charessin.

— C'est vrai, il n'y a rien à sauver de ce côté-là, mais ceux ayant subi des injections d'ambrocine de force, que l'on a charcuté dans d'obscurs laboratoires, les prisonniers de guerre ayant servi de cobaye, tous ses justes ayant pourtant combattu...

La conversation continua encore un moment. Par la suite, au fil des bouteilles vidées, les sujets de conversations devinrent de plus en plus légers, jusqu'après le dessert :

— Hé ! Les deux touristes, vous avez été là où vous vouliez aller cet après-midi avec Roland, mais ce midi vous m'aviez pas dit que z'étiez là pour autre chose ? J'ai oublié pourquoi exactement, à part qu'c'était en rapport avec Herbert.

— Ils t'avaient dit qu'ils voulaient voir Herbert par rapport à ses histoires de moutons. Si t'était plus attentif aussi mon pauvre Charessin, ou moins soûl.

— Qu'est-ce qu'il se passe avec Herbert ?

— T'es pas au courant Roland ? Railla Charessin, faut croire que Herbert me fait plus confiance qu'à toi, héhé.

— Je n'ai pas eu beaucoup de temps libre pour aller le voir ces derniers temps. Alors qu'est-ce qu'il a, rien de grave ?

— Nan rien de grave, juste un aut de ses délires comme l'ombre chapeauté, le visiteur de cabinet ou l'homme enfant avide de cookie. Vous deux d'ailleurs, j'sais qu'vous venez d'loin, mais faut pas le prendre au sérieux Herbert, il s'ennuie et a beaucoup d'imagination ? Moi j'vous le dis.

— Je veux quand même savoir Charessin ? La voix de Roland se faisait grondante et menaçante.

— Ma parole Roland, c'est que t'es déjà bien imbibé toi, t'as sifflé combien de bouteilles ? Il se tourna vers Sipom et Joseph. Faites gaffe à pas le froisser le Roland, ce soir c'est la pleine lune et ça lui rend l'alcool irritable, j'sais pas d'où ça vient c'te fantaisie mais c'est comme ça… On causait de quoi déjà ? Fit-il d'une voix démontrant le même niveau d'inspiration que Roland.

— Charessin t'es un peu éméché mon gars, je crois, répondit Sipom. Je suis pas sur, mais je crois que je le suis aussi en fait, mais j'ai pas encore pris position sur le sujet.

— Quatorze. Fit Roland.

— M'est avis que t'es imbibé jusqu'au cou, fit très sérieusement Charessin en répondant à Sipom. Je m'explique, c'est une théorie que j'ai appelé l'enivrement vers le bas. Y'a tout un truc avec la gravité qui fait que plus on est nombreux à être beurrés comme des cantines dans un périmètre restreint, plus nous nous rapprochons du sol via une distorsion éthylique du champ de gravitation. Écoute-moi bien parce que cette théorie je suis capable de la penser seulement quand je suis gris. Comme tu peux le voir ici, sur sept personnes, quatre sont enivrées, donc plus de la moitié, donc nous sommes indiscutablement dans une situation d'enivrement vers le bas qui finira par nous mettre à terre dans la soirée. Mais ! Si par exemple sur sept personne, quatre étaient sobres, alors les trois autres ne subiraient plus la gravité, mieux encore ils la contrôleraient ! Hélas il est mathématiquement impossible qu'un tel évènement se produise un jour.

Sipom désigna Louis dont la tête était enfoncée dans l'assiette.

— Il a pas l'air bien. Fit-il.

Charessin souleva la tête de son beau père qui entrouvrit les yeux et grommela dans un phrasé inaudible.

— Nan il est pas bien. Fit le gendre en laissant retomber la tête dans l'assiette. Vous voyez ! Il subit le champ de distorsion éthylique gravitationnel.

— C'est quoi le problème avec les moutons à la tronche de pruneaux séché et mort mystérieusement de Herbert ?! Relança Roland.

— Ben c'est ça son problème, avec ses moutons, tu viens d'le dire Roland.

Charessin faisait preuve d'une logique implacable.

— Ha bon ? Ha bah merde, comment je sais ça moi ?

— C'est moi qui t'en ai parlé tout à l'heure. Répondit Sipom à Roland.

— Ha mais oui ! Quand tu me parlais de vôt périple. Mais pourquoi tu me l'as pas dit avant, que j'savais déjà pour les moutons ? Tu cherches la bagarre ou quoi ?

— Faut que je prenne position sur la question.

— Fait gaffe à pas rester coincé. Conseilla Roland. Ça a pas l'air simple comme position.

— On a combien de bouteille vide ici au juste ? Demanda Charessin.

— J'sais pas, trente à peu près, pour celles qui sont sur la table. Constata Roland.

— Vous les avez sortis d'où toutes ces bouteilles ?

— On a une cave en bas, la vulgue c'est si facile à distiller qu'on en a encore plein. Trop, que j'me dis des fois.

— Hé ! S'exclama Roland. Je suis sur, si on fait boire Joseph, l'enivrement vers le bas c'est le genre de truc à pouvoir lui rendre la parole !

— Nan pas possible, il est immunisé. Rétorqua Sipom.

— Comment ça ? Dit pas n'importe quoi ça m'énerve.

— Laisse-moi t'expliquer Roland. Une fois, nous traînions dans l'empire, mais on avait rien à becter, alors du coup, au bout d'un moment, Joseph il a sorti l'alcool qu'on se sert pour désinfecter les plaies. Il a sifflé trois bouteilles cul sec, il a pas cligné des yeux et derrière il a grimpé aux arbres pour choper un piaf. Même pas il était un peu éméché, Joseph, pas le piaf, d'façon j'avais pas d'alcool pour le cuisiner à ce moment-là, et la viande était sèche, mais on crevait tellement de faim que ce fut la meilleure viande de piaf qu'on ait jamais mangés de notre vie.

Charessin pris Joseph sous son bras.

— Joseph ! C'est grâce à des gens comme toi, oui comme toi ! Qu'un jour l'enivrement vers le bas deviendra la griserie vers le haut, et qu'nous autres on pourra contrôler la gravité. Ouais, parce que toi mon gars, t'es aussi une impossiblilité mathu, mathémo, matha… Une imblissolité mathumotique ! J'sais de quoi qu'je parle !

— Charessin ! Beugla Sipom. Je t'aime bien, malgré toi j'ai une bonne opinion de ta personne, mais là je dois l'dire, tu m'inspires avec c'que tu dis.

— Taisez-vous ou j'vous en colle une ! Hurla à son tour Roland.

Le silence se fit.

— C'est pas des hurlements que j'entends ?

— Si, ça vient de chez le voisin.

— Messieurs ! Fit Charessin en se levant brusquement. En route pour le grand débarquement chez Chisald !

— Ouais ! Beuglèrent à l'unisson Sipom et Roland, une chope à la main.

Chapitre 8

Revenons en arrière voulez-vous, nous sommes l'après-midi lorsque Amandine aperçois son voisin, Chisald. Elle discute rapidement avec lui et repart pour assister au duel de Roland. On s'en souvient, à ce moment-là Chisald attend d'être rejoins par la jeune danseuse du temple, Méréthel.

La place où c'était installé le jeune homme pour patienter était des plus jolies. De nombreuses grappes de vulgues pendaient sur les bancs de pierre, s'agrippant aux murs comme peut le faire le lierre. La vulgue ici est définitivement la reine des mauvaises herbes et ne laisse aucune place à la concurrence tant on la voit partout, mais c'est une plante d'un bel aspect qui, en plus d'avoir une volonté de nuisance envers les habitants du volcan, est doté d'un sens de l'esthétisme qui lui est propre.

Les vulgues poussent toujours de façon à embellir leur habitat, et sur la place où patientait Chisald, les vulgues s'étaient surpassés. Une structure ouverte en bois, récemment construite, encadrait un banc de pierre, au bord d'un petit cours d'eau serpentant entre les différents canaux de lave. Avec l'aide d'un chemin déjà tracé, l'on pouvait sans se perdre remonter jusqu'à la source d'eau situé dans une montagne voisine, il y en avait pour plusieurs heures de marche. C'était un célèbre site de promenade dont on en parcourait que la moitié en hiver, à cause du froid mordant qui vous assaille dès que l'un de vos pieds sort de l'aire de protection du Malkasar. Cela n'empêchait pas les plus vigoureux et résistants au froid à sortir de la montagne pour faire le trajet complet. C'était ce parcours que Chisald prévoyait de faire avec Méréthel.

Entre deux grappes tombantes elle apparut, toujours portant son attrayant ornement ne dévoilant ni le teint blanc ni le sourire nonchalant, pourtant les devinant et se levant avec joie, la rejoignant il héla sa belle, exhalant des manières de vert-galant.

L'ornement, le masque, ne fut pourtant pas là pour garder le mystère, Méréthel se laissa contourner cette fois-ci. Chisald ravie, pu y voir un joli petit nez légèrement retroussé, de beaux yeux aux longs cils noir et une peau d'albâtre immaculée. Il constata que l'ornement était accroché à son front, mais il ne devina pas par quel procédé. À son malheur il ne put voir les lèvres de la belle, emmitouflé derrière un foulard rouge et épais.

Voyant la déception du jeune homme, elle lui tourna autour, flottant légèrement, avec grâce elle échappa à son regard, puis y retournant volontairement elle lui offrit son profil et dévoila succinctement ses lèvres closes, roses et charnues. Remarquant à présent le sac sanguinolent dans la main de la jeune fille, il lui demanda de satisfaire encore un peu plus sa curiosité, elle lui répondit : « Dans l'espoir de passer la soirée en ta compagnie, j'ai emmené un délicieux morceau de viande que j'aimerais partager avec toi, je n'en connais pas de meilleur. » Chisald fut ravie et, lui révélant son projet de promenade, il lui demanda de faire un petit crochet par sa maison se trouvant sur le chemin, pour déposer la pièce de viande en vue de la déguster le soir venu.

Sur le départ, la chansonnette de Roland allant au combat résonna brusquement jusqu'à eux, on écoutât la jolie mélopée avant de s'en aller.

Les deux tourtereaux suivirent le parcours tracé par le cours d'eau, ils passèrent d'abord chez Chisald. Puis ils marchèrent longtemps, Chisald était aux anges, le rendez-vous se passait plus que bien, Méréthel et lui se rapprochaient à chaque pas. Le jeune homme était sous le charme depuis le début et la jeune fille lui montrait la réciprocité de ce sentiment. Ils s'adonnaient à de petit jeu verbal et non verbal, s'amusaient et profitaient de l'instant autant qu'ils le pouvaient. Le temps fila vite, ils s'arrêtèrent à mis chemin voyant que la nuit commençait à poindre, ils rebroussèrent chemin.

— Regarde là-bas, ce ne serait pas Gastouf ? Chuchota Méréthel.

— Oui je crois bien avoir reconnu son visage. Qu'est-ce qu'il fait, encapuchonné de la sorte à raser les murs ?

— Tu n'a pas une idée ?

— Hé ! S'exclama Chisald. Il y a bien cette histoire de club secret ! Déjà quand j'étais môme, tous les hivers pour beaucoup de gamins c'était un jeu de le prendre en filature, pour découvrir où il se planquait. Mais nous finissions toujours par le perdre de vue au bout d'un moment. Par contre, je ne crois qu'il prenait autant de précaution auparavant.

Méréthel sourit d'amusement.

— Peut-être que quelqu'un a failli le coincer récemment, d'où les précautions, bien qu'il attire plus l'attention qu'autre chose avec sa dégaine. Fit Méréthel. Dis, dis, on le suit pour voir où il va. Tu devrais mieux te débrouiller maintenant qu'enfant, se serait amusant pour conclure notre ballade, tu ne penses pas ? Demanda-t-elle.

Chisald se laissait convaincre et la filature commença. Les deux jeunes gens prirent leurs distances, rasèrent les murs, esquivèrent les regards scrutateurs de leur cible. Ils le faisaient avec beaucoup de malice et c'est un sentiment bon enfant qui les animaient alors. Ils le suivirent d'abord jusqu'à la grande forge, où ils croisèrent Roland accompagné des deux étrangers, ils échangèrent quelques politesses et rapidement s'esquivèrent. Le chemin volontairement emprunt de détours de Gastouf passait devant la maison de Chisald, et donc devant celle de ses voisins, c'est là qu'ils tombèrent sur Charessin et Amandine et qu'ils purent leur dirent avoir croisé Roland Sipom et Joseph plus tôt.

Comme lors de son enfance, ils finirent par perdre de vue l'encapuchonné. « Haha, je ne sais pas comment il fait, mais il m'échappe encore, même maintenant. » S'exclama Chisald un peu déçu, mais pas plus ému que ça.

La danseuse lui pris pourtant la main, et sans qu'il ne sache comment, elle les remit sur la piste.

Méréthel lui parla d'instinct mêlé à la chance, cela suffit à son compagnon. Après ça le trajet ne fut plus très long et déboucha sur l'entrée d'une grotte. L'on suivit Gastouf à l'intérieur, à pas feutré, il fallait devenir de véritables ombres car à présent Gastouf redoublait de vigilance. Enfin, quand on croyait toucher le fond, une imposante porte métallique apparaissait, symbolisant que l'on pouvait toujours aller plus bas.

— Qui ose se présenter ici, donnez le mot passe ou partez ! Tonna une grosse voix venant de la porte.

— Le banni. Répondit Gastouf après avoir jeté un dernier regard en arrière.

— Le balafré te guide mon frère, entre.

Un cliquetis retenti, puis d'autres, laissant deviner un imposant mécanisme se mettant en branle. La porte s'ouvrit et Gastouf s'y engouffra, permettant aux deux intrus d'avoir une bonne vue sur l'endroit avant que la porte ne se referme.

— Tu as vu ? Susurra Méréthel.

— Il n'y a personne derrière la porte. Soupira-t-il anxieusement.

— Tu sais ce que ça veut dire ?

— Je ne suis pas sûr de vouloir savoir d'où venait cette voix, ça me fait peur.

— Allons, c'est peut-être un mécanisme leurs permettant d'imiter les voix, avec les avancées techniques de nos jours, ça doit se faire.

— La voix était trop claire pour ça, je pense que l'on devrait partir Méréthel.

— De quoi as tu peur ? Moi je m'aperçois surtout qu'il n'y a pas de gardien derrière la porte, que l'on connaît le mot de passe et que l'on peut donc continuer notre enquête.

Un frisson glacial caressa l'échine de Chisald.

— De quoi j'ai peur ? J'ai peur qu'un de ces magiciens qui peuple notre comté soit présent dans la grotte, et si Gastouf est aussi prudent, c'est que l'on ne doit pas aimer les intrus là-dedans. Je crains le courroux d'un sorcier qui ne voudrait pas nous voir ici. Tu sais ce que l'on dit, ils sont prompts à la colère.

Déjà un pied en arrière s'apprêtant à rebrousser chemin, il ne parvint pas à retenir Méréthel d'aller se planter devant la porte.

— Le banni. Clama-t-elle avec une malice désespérante.

— Le balafré te guide mon frère. Répondit pour la deuxième fois la grosse voix.

La danseuse audacieuse s'engouffra comme l'avait fait Gastouf, et Chisald la suivie malgré tout.

Derrière la porte, rien de spécial, simplement la continuité du boyau qui menait à la porte, sauf qu'à partir de là, l'endroit était éclairé.

— Tu le sens Chisald ?

— De quoi ? Je ne sens rien du tout.

— Le Malkasar ne peut pas nous observer ici.

— Comment tu peux le savoi... Quoi que maintenant que tu le dis...

— Tu vois. Gloussa Méréthel. Nous sommes tellement habitués à être sous le regard du Malkasar qu'on y fait plus attention au bout d'un moment.

— C'est vrai, mais ce n'est pas pour me rassurer qu'il nous ait plus à l'œil le vieux lézard, il est encore temps de revenir en arrière, c'est trop hasardeux Méréthel, je le sens vraiment pas.

— Tu comptes t'y prendre comment pour repasser la porte ? Rétorqua la danseuse. Moi en attendant que tu trouves j'avance un peu.

— Non attend !

Cette dernière supplique était vaine. Il se résolut à examiner la porte. « Elle est bloquée, nous sommes piégés ! » Hurla-t-il pris d'une soudaine panique. « Chisald ! À l'aide ! » Le cri de Méréthel vint ponctuer celui de Chisald, ce dernier accouru aussi vite qu'il le pouvait, mais ne trouva aucune trace de la jeune fille alors qu'il atteignait un cul-de-sac.

— Méréthel ! Où es-tu !?

— Quelque part dans la grotte, j'ai atteint un cul-de-sac et je me suis retrouvée, ailleurs, mais je t'entends comme si tu étais juste à côté de moi.

— Ne bouge pas ! J'arrive.

Alliant la parole aux actes il s'approche de la paroi rocheuse, puis se retrouve comme transporté sans comprendre comment, dans une alcôve donnant sur plusieurs pièces. Mais pas de Méréthel. Trois pièces sans porte sont visibles, une quatrième loin tout au fond est muni d'une porte, qui d'ailleurs est fermée. Le vacarme qui s'échappe de cette dernière indique la présence d'une foule conséquente. Ce n'est pas prudent, mais il tente à nouveau de parler à Méréthel, on ne sait jamais, en faisant attention ça peut passer.

— Méréthel ! Où es-tu ?! J'ai franchi le cul-de-sac mais ne te vois pas.

— Je ne sais pas, je n'ai pourtant pas bougé, mon dieu nous sommes piégés Chisald, qu'allons-nous faire ?

La voix de la danseuse est plus faible, plus distante. Chisald lui demande alors de ne pas bouger et part se perdre dans les ténèbres à la recherche de la jeune fille.

Il s'avance à tâtons dans l'alcôve et jette discrètement un œil dans une première pièce. Celle-ci est vide de vie, la rapide inspection qu'il en fait n'est pourtant pas pour le rassurer. Une montagne de cierges tous allumés éclairent l'endroit, la cire encore chaude dégouline. De la cire froide recouvre une partie du sol de ses nombreuses couches pâles et durcis. Des statuettes troublantes sont amoncelées dans un coin, nous pourrions les comparer à des poupées vaudoues faites de glaise, à l'effigie d'une larve chevelue à tête d'homme et flanqué d'une balafre sur l'œil gauche. Les murs sont recouverts de symboles incompréhensibles. D'une écriture erratique, des S d'un pourpre terne inondent les murs et le plafond. Les S émettent une pulsation qui se synchronise avec les battements de cœur du visiteur indiscret. La nausée lui vient avec une envie de vomir, sa vision se trouble, son estomac se noue, ses genoux flanchent, il doit sortir de cette pièce, vite !

Trois pas en arrière pour s'en extirper lui demande une énergie conséquente, il transpire et angoisse. Il se dit pour se donner courage que Méréthel l'attend et se rapproche de la deuxième pièce, à cinquante mètres d'ici.

Tandis qu'il s'approche il entend des voix et reconnaît celle de Gastouf, les deux autres lui sont inconnu. Comme il n'y a pas de porte il en profite pour s'assurer qu'il s'agit bien de Gastouf, puis écoute.

— Et là le Malkasar me dit que je devrais m'essayer à la dignité. Comme si j'allais m'abaisser à ce genre de concept du vieux monde. Il paraît qu'en Rahmortia ils n'en ont pas grand-chose à faire de la dignité, et ils ont conquis trois pays en un claquement de doigts. Vocifère Gastouf plein d'indignation.

— C'est vrai que les méthodes de Rahmortia sont efficaces, de là à dire qu'ils n'ont pas de dignité je ne suis pas sûr, j'attends de les voir en action avant de juger. Répond tranquillement une deuxième voix.

— Bah ! Ça m'étonnerait qu'ils aient conquis et annexés trois pays à la loyale. C'est même sûr qu'ils ont fait ça d'une manière crasseuse et bien basse, en étant bien plus malin que leurs abrutis d'ennemis. Objecte Gastouf.

— Oui oui, on sait ce que tu en penses… Sinon Jeannot, je ne crois plus que Mustuglux ait envie de venir, depuis le temps qu'on l'attend, surtout qu'il n'est jamais plus en retard que Gastouf, il doit être malade ou je ne sais quoi. Tu pourrais donc nous dire pourquoi t'as voulu nous réunir ici. Dit la deuxième voix.

— Tu as raison Thomas, tant pis pour Mustuglux. Il se rapprocha et parla moins fort. Le chef m'a informé que le grand chef entrerait bientôt en contact avec nous, via un émissaire qui peut se pointer ici d'une seconde à l'autre. Il faut donc qu'il y ait en permanence quelqu'un dans la planque, et cette nuit ça tombe sur vous deux.

— Et ce grand chef il n'a rien dit d'autre ? S'enquit Gastouf.

— Si justement, c'est pour ça que le chef a réuni tout le monde dans la grande salle, pour les informer de ce qui se trame, et vous deux, si je vous ai pris à part, c'est parce que l'émissaire qui sera envoyé est un peu spécial. Je dois vous briffer sur le sujet.

— Pourquoi ne pas briffer tout le monde dans la salle ?

— Le grand chef ne permet qu'à cinq personnes tout au plus d'être en mesure de communiquer avec l'émissaire, sous peine de sanction qu'il ne vaut mieux pas étayer. Le chef m'a choisi moi, vous deux et Mustuglux, mais puisqu'il n'est pas là, nous ne serons que quatre à nous relayer pour l'accueillir, vous deux ensemble et moi-même avec le chef.

— Très bien, et le reste ?

— Ça concerne notre hiver précoce, il semblerait que le responsable soit un allié du grand chef. Mais les deux ne s'aiment pas vraiment et on doit s'attendre à des coups fourrés.

« Le chef informe tout le monde de cela et commence les préparatifs à notre possible mobilisation, notre organisation va devoir passer à l'action, c'est le grand chef qui le dit.

« Maintenant nous autres, nous allons recevoir des directives plus précises de la part de l'émissaire, mais avant tout vas falloir que je vous apprenne à entrer en contact avec lui. Ça se passe au bord de l'abysse, en route. Terminait Jeannot.

Un frisson indicible étreint les deux hommes à la mention de l'abysse. Les trois silhouettes encapuchonnées se mirent en route. Les ayants observés attentivement Chisald se mit en travers de leurs routes, leurs barrant le passage et les intimidants. Il sait qu'il les domine physiquement rien qu'à la carrure et en joue, à raison.

— Un intrus ! Fit un premier, surpris et déjà en panique.

Les deux autres, dont Gastouf, ne tardèrent pas à être contaminé par l'affolement. Il faut dire qu'ils sont issus d'une race sournoise perdant toute volonté et combativité lorsque l'intégrité physique entre dans la balance, et lorsqu'ils ne sont pas épaulés de forces invisibles et mauvaises. Ce qui est particulièrement le cas des trois ahuris faisant face à Chisald.

— Où est Méréthel et comment sort-on d'ici ?! Répondez ou je vous casse en deux !

Chisald n'est pas quelqu'un de violent ordinairement, bien qu'ici sa nature profonde de bon Norg'strydien se révèle et le sert à merveille.

— Je ne sais pas de qui tu parles. Répondit vivement Gastouf. Et pour sortir, il y a un escalier dans la grande salle, tout là-bas au bout du chemin. Tu y trouveras un escalier qui mène à un passage dérobé conduisant dans une annexe de la grotte, qui débouche pas loin de l'orageuse furie. S'il te plaît ne me fais pas mal !

Chisald, comme tout le monde, ne pouvait pas encadrer Gastouf. A le voir la tête rentrée dans les épaules, les yeux mi-clos et larmoyant, il fut profondément attristé de ce pitoyable spectacle, puis poursuivit les questions avec les deux autres.

— Nous étions deux à avoir suivi Gastouf. Méréthel, après avoir traversé le cul-de-sac s'est retrouvée je ne sais où, elle n'a pas bougé depuis, donc vous allez me conduire aux différents endroits où elle pourrait être.

— Je comprends mieux d'où venait cette voix féminine que je crus entendre. Laissa-t-il échapper fantasmant sur l'idée qu'une créature de sexe opposé se trouvait dans les parages.

Puis Chisald répétât sa question pour le ramener à la réalité.

— M...mais, après le cul-de-sac tout le monde est transporté au même endroit. Bégaya-t-il finalement.

— Chisald ! À l'aide !

Tout le monde frémit à l'écoute de ce cri glaçant, altéré par une peur inconcevable. D'autres hurlements s'accordèrent à celui de Méréthel, jouant ainsi l'affreuse mélopée de la terreur.

— Ça vient de la grande salle !

— J'y vais.

— La porte est verrouillée le temps de la réunion, impossible de l'ouvrir de force, et seul le chef peut la déverrouiller !

D'écœurants sons se répercutèrent sur les parois. Légion de râles d'agonies s'entremêlaient tragiquement, exprimant parfois les regrets de toute une vie ou la simple et mortelle terreur des derniers instants. Chisald rugi pour se donner courage et cavala en direction de la grande salle, il ne réfléchit pas un instant et laissa en plan les trois hommes pétrifiés d'angoisses derrière lui.

Il se heurta à la porte du fond avec fracas, tenta ardemment de l'ouvrir. Se rendant compte que la porte était réellement bloquée, il se jeta furieusement contre celle-ci. Endurant la douleur des chocs, il redoublait d'intensité à chaque vie quittant douloureusement son enveloppe charnelle, à chaque râle venant s'évanouir dans ses oreilles. Son ouï était comme la dernière demeure de ces souffles de vie, chaque mort qu'il entendait était un spectre de plus qui viendrait le hanter pour ne pas avoir ouvert cette porte plus tôt.

Les hurlements d'effrois ne tarisse pas, mentionnant un monstre, responsable du carnage impitoyable qui se déroule. Combien étaient-ils dans cette pièce bon sang. Le temps est comme figé tant tout cela ne semble pas avoir de fin, et les cris de Méréthel, stridents, déformés par l'épouvante, plus audibles que les autres pour l'impuissant Chisald qui n'en voit pas le bout.

Désespéré, sur le point de craquer et d'abandonner mais qui, à chaque supplication des uns ou des autres, trouve de l'énergie dans le désespoir pour continuer.

La porte grince, enfin ! Mais c'est un grincement fleurant la mort et la douleur, les derniers cris viennent de se taire et laissent place au silence froid et moribond. C'est avec une anxieuse anticipation que notre homme poussa la porte rutilante.

S'il n'est pas devenu fou instantanément, il le sera inéluctablement dans un futur proche.

Sur le sol jonchait un lacis malsain de tripes et de boyaux. Des morceaux de chair répandus aux quatre coins de l'espace clos, au plafond, des dizaines de corps, rabougris séchés éviscérés tailladés, exhalant un remugle plus puant encore que celui d'un cadavre vermoulu. Pour ajouter la bizarrerie à l'atrocité macabre, hormis les rares gouttes perlant des macchabées du plafond et le peu s'évacuant des entrailles au sol, le liquide vermeil était absent de l'épouvantable tableau.

Chisald referma la porte par réflexe pour conserver un minimum de santé mental, avant de vomir profusément jusqu'à se tordre l'estomac. « Chisald ! ». Ni une ni deux il rouvrit la grande porte et sonda la pièce avec une prodigieuse vitesse, là-bas dans un coin ! C'est Méréthel miraculeusement vivante qui appelle Chisald. Elle est couverte de sang, de boyaux et de chair nécrosée, il accoure, enjambe le répugnant lacis et prend sa douce dans ses bras, tous deux bouleversés.

Sans dire mot, ils empruntèrent l'escalier de sorti non loin d'eux, continuant de s'étreindre l'un l'autre comme si leur vie en dépendait. Chisald, avant de gravir l'escalier, eu un dernier frisson d'angoisse quand il vit au-dessus de sa tête, le corps suspendu d'un homme de sa connaissance qui expira de son dernier souffle un mystérieux : « Que la vengeance du banni s'abattent sur ces crétins de malheur ».

Une fois dehors, Chisald trouva la force de briser le silence qui c'était installé.

— Nous sommes en sécurité maintenant, le Malkasar peut de nouveau nous voir. Nous devrions peut-être partir l'avertir tout de suite de ce que l'on a vu.

— Chisald, en bas, le monstre il a, il s'en est pris à ces hommes, et moi je suis encore là.

— Heureusement que tu es encore là ! Je n'aurais pas tenu si tu es était parti avec eux dans ce carnage !

Méréthel posa sa tête contre l'épaule de Chisald, tout en continuant de marcher.

— Je ne me sens pas bien, il fait déjà nuit, j'ai sommeil et surtout, terriblement faim.

— Allons chez moi, nous irons consulter le Malkasar demain, tâchons d'éloigner ce cauchemar de nous pour l'instant.

— Merci, Chisald.

Sur le chemin du retour, Chisald ne put s'empêcher de lever la tête et d'y remarquer la bizarrerie de la lune.

— Regarde Méréthel, on peut voir la lune ce soir, elle est…

— Sublime.

— Elle me paraît d'une couleur légèrement différente de l'ordinaire tu ne trouves pas ? Même sa forme semble…

— Parfaite.

— Méréthel ?

Le jeune homme pu brièvement voir les yeux de la jeune fille derrière son masque, dont l'éclat trembla à la vue de la lune, subjugué par celle-ci.

Après cela le silence c'était à nouveau insinué entre les deux amants d'une journée. Ce sont les éclats de rire et l'agitation provenant de la maison d'Amandine et Charessin qui le chassa à nouveau et pour de bon.

— Quel joyeux raffut. Avait lancé la danseuse de sa douce voix, ponctué d'un rire mélodieux.

— Prenons-en de la graine et passons également une bonne soirée ! Faisait-il avec une jovialité feinte.

À l'intérieur, le maître de maison eu tôt fait d'allumer la cheminée, de mettre la table, et d'installer Méréthel sur une chaise des plus confortables. Il apporta de quoi débuter en douceur le dîner. Méréthel lui avait fait promettre de la laisser s'occuper du plat principal, du morceau de viande qu'elle avait ramenée en début d'après midi.

— Dis-moi Méréthel, qu'as-tu vu au juste là-bas ? Demanda Chisald encore sous le choc.

— Une horreur à laquelle je ne veux plus jamais penser et encore moins me souvenir.

— Excuse-moi, c'est juste que je n'arrive pas à me défaire de ce que j'ai vu, ce sordide charnier...

— Chut, je comprends ce que tu ressens, mais s'il te plaît ne l'évoque plus, se sera déjà suffisamment dur de l'évoquer demain face au Malkasar. Je ne sais même pas si j'en aurais la force.

Chisald se sentait mal et s'excusa, il savait qu'il en demandait trop à Méréthel, elle qui avait assisté à toute la scène.

— Méréthel ?

— Oui ?

— Il ne doit pas être pratique ton masque pour manger.

Pour lui répondre, elle piqua un aliment de sa fourchette et la glissa lentement sous le masque.

— Comment fais-tu pour y voir, comment ça marche, de l'extérieur il a l'air complètement opaque.

— Si je te dis que je suis capable de voir sans mes yeux ?

— Je te répondrais que j'aimerais connaître ton secret.

Méréthel se contenta de rire, ajoutant une note lascive à la mélodie dépeinte par son rire. Elle en profita également pour ajuster son vêtement, accentuant le décolleté mettant en avant sa voluptueuse poitrine d'albâtre. Chisald fut surpris de ce brusque changement d'ambiance, mais se laissa emporter.

— Que je me languis de voir ton beau visage, que je sais aussi beau que ce corps qui se dévoile à ma vue, de cette timide bouche qui ne s'est montré qu'une fois à mes yeux avide, et ces yeux dont je n'aperçus qu'un bref miroitement du doux éclat.

Méréthel bût une lampée d'alcool de vulgue et lui fit d'une voix plus langoureuse encore :

— J'ai bien fini par te faire penser à autre chose.

Se penchant en arrière elle but une deuxième lampée du nectar d'ivresse. Puis se pencha en avant, de façon à laisser ses seins rebondit reposer sur la table. Elle dit :

— Tu es sur de toujours vouloir me voir sans le masque ?

— Naturellement. Répliqua Chisald imitant le ton lascif de Méréthel.

— Alors sois patient. Dit-elle d'un ton provocateur. Je m'en vais nous ramener une meilleure boisson, le plat principal arrivera juste après.

Elle revint peu après, une bouteille de vin à la main dont elle versa le liquide rouge et épais dans deux coupes. Humectant de suite ses lèvres dans le breuvage écarlate, Chisald la suivie.

— Ça a le goût de fer ! Qu'est-ce que c'est ? S'exclama-t-il en recrachant la boisson.

— Une recette familiale, rien à voir avec l'alcool de vulgue, ton palais doit s'y habituer, accepter cette saveur nouvelle pour ensuite pouvoir l'apprécier à sa juste valeur.

— Mais ?! Qu'est ce qui peut donner un goût pareil ?

— Le meilleur des fruits, quant à savoir lequel… Elle rit de nouveau, défaisant par la même sa coiffure complexe pour laisser retomber ses cheveux de jais sur ses épaules, longs et ondulés qui contraste à merveille avec la pâleur de son teint. « La viande est prête, elle va être délicieuse. »

Elle revint cette fois-ci avec un plat, couvert par une cloche, elle s'assit, toujours dans cette sensuelle posture qui lui va à ravir.

— Chisald ? Veux-tu connaître deux secrets ?

— Deux ?

— Ce qu'il se trouve sous cette cloche, et de quelle manière mon masque tient devant mon visage.

— Ce sont là deux secrets que je tiens à connaître dans les plus brefs délais.

Du regard, elle regarda la chambre à coucher, et invita les yeux de Chisald à faire de même. Puis elle se décida de lui répondre.

— Tu as vu qu'une sorte de barre relie le masque à mon front. Il s'agit en réalité d'un pieu enfoncé jusqu'à la cervelle. Sous cette cloche, c'est l'avant-bras accompagné de sa main d'un réfugier de Vulcotrop, fraîchement cueilli dans une ruelle avant de te rejoindre cet après-midi.

Chisald eu un rire gêné.

— C'est un humour que je ne te soupçonnais pas d'avoir.

— Il faut bien que nous apprenions à nous connaître. Lança-t-elle en riant à gorge déployée. Alors ? Je l'enlève se masque qui dérobe mes beaux yeux à ton regard ?

— Ha ! Voilà ce que je voulais entendre, à condition que se ne soit plus de l'humour.

Méréthel saisi la barre collée à son front de la main gauche, posa l'autre sur la cloche recouvrant le plat. De la main gauche elle tira de toutes ses forces, un bruit immonde accompagna le geste. Le sang commença à perler, puis à couler, jusqu'à ruisseler, des craquements effrayants, des gémissements sordides, à la fin, à visage découvert, elle se le-va, et enleva sa robe d'un geste impérial.

Désormais nu, le sang mêlé à quelques morceaux de cervelle coulant de son front tel une cascade, épousant le re-lief de son corps et la recouvrant d'une pluie écarlate. Le trou béant sur le front se referma, lentement. Fixant Chisald droit dans les yeux, elle retira le bout de tissu lui couvrant la partie inférieure du visage, dévoilant un sourire carnassier remontant jusqu'à une paire d'yeux empli de folie.

Elle retira ensuite la cloche du plat pour y dévoiler l'avant-bras écorché et sanguinolent. « À table mon amour », acheva-t-elle en s'approchant de sa proie et lui donnant un langoureux baisé.

Muet de peur, Chisald avait assisté pétrifié à toute la scène et c'était laissé faire. Impuissant, comprenant petit à petit la vérité sur les évènements de ce début de nuit et sur la mystérieuse danseuse du temple. Après l'ultime baisé, alors qu'il regardait une dernière fois le visage de Méréthel, il vit la folie de ses yeux s'estomper, et y vit à la place deux yeux profondément tristes et hurlant de détresse, au-dessus d'un sourire malfaisant exhalant une extraordinaire soif de sang. Il hurla de ton son être, puis de peur, il sombra.

Méréthel se mit à chanter :

Bienfaiteur, qui répand la terreur,
Saigneur, victorieux Saigneur !
Monseigneur qui ourdit le malheur,
Saigneur, glorieux Saigneur !

Des brumes de l'au-delà,
Par-delà le mystère de la tombe,
Trois serviteurs éternels,

Éternellement à vos côtés.
Glorieux comploteur !
Prodigieux opportuniste !
Éclatant vainqueur !

Pour les trois derniers Méréthel hurla avec l'hystérie d'une folle furieuse, témoignant sa ferveur fiévreuse et absolue pour celui à qui est destiné ce cri blasphématoire.

Un lothrus volcanique aux yeux incandescents apparut sur le rebord de la fenêtre.

— Ce n'est qu'en contrôlant cette insignifiante bête que tu as finalement pu atteindre cet endroit. Déclara Méréthel vautré sur sa chaise et buvant une coupe de sang. Que penses-tu de la lune Malkasar ? C'est la première fois que tu la vois ainsi, toi que l'on dit pourtant si savant. Cela a dû te surprendre, de voir comme nous pouvons la changer et la force qu'elle nous confère. Nous, futur maîtres de ces lieux.

— Ce que je comprends, c'est que tu es une menace pour mon peuple, que tu as pu passer sous ma vigilance jusqu'à ce soir. Toi qui me narguais dans mon temple, sous mon nez. Je sais aussi que tu as involontairement rendu service à ce monde en pénétrant le sanctuaire de cet hérésiarque et de ses suppôts.

Méréthel éclata de rire.

— Hou, mais c'est que le gentil dragon voudrait mordre. Ce monde appartiendra à mon maître, le sang versé aujourd'hui va y contribuer.

Les murs se mirent à trembler, une prodigieuse force exerça sa puissance sur Méréthel. En réponse à cette attaque du Malkasar, Méréthel pris son masque et s'enfonça le pieu en plein cœur. Son dos s'ouvrit comme une fleur répugnante de chair et de sang qui éclot. Partant des vertèbres, des ailes décharnées en jaillirent. Elle n'eut aucun mal à envoyer au loin le lothrus lorsqu'elle prit place sur le rebord de la fenêtre, et l'attaque du Malkasar ne pouvait qu'à peine la ralentir.

À cet instant, la porte d'entrée s'ouvrit avec fracas, Joseph, Sipom, Charessin et Roland étaient arrivés, mais trop tard. Ils eurent seulement le temps de voir Méréthel s'envoler dans la nuit, ils ne virent non plus le corps de Chisald, car la créature l'avait emporté avec elle.

Trop imbibés et hasardeux pour comprendre quoi que soit, Sipom, Charessin et Roland devront attendre le lendemain matin pour se rendre compte de la vision qu'ils ont eut ce soir-là. Joseph, le seul à être lucide mais ne pouvant être compris que par Sipom, devra lui aussi attendre le lendemain.

Deuxième réminiscence

Ça sentait la mort ici. Les corps posés sur les tables et ceux rangés dans les tiroirs mortuaires empestaient le remugle nidoreux de la décomposition. Les plantes en pot se décomposaient, le repas abandonné du croque-mort sur une table grouillait de mouches et de larves. En dehors de Joseph et moi-même, la mort régnait sans partage ici. Nous étions seuls avec elle dans cette morgue.

Nous inspections tous les corps, lisions tous les noms sur les étiquettes et tirions tous les tiroirs. Le corps de ma femme devait s'y trouver, mais nous ne la trouvions pas.

Quelque chose dans mon esprit m'avait soufflé de chercher en cet endroit, et l'intuition qui me guide me dit que je n'ai pas suffisamment cherché.

Je ferme les yeux et je pense à elle, depuis mon évanouissement je suis de nouveau capable de visualiser son visage qui me manque tant. Rouvrant les yeux, mes pas me guident de suite à bonne destination, je trouve le tiroir où est inscrit son nom.

Ma main tremble, je sais ce qu'impliquerait de la trouver là-dedans, ce souvenir flou de moi lui ôtant la vie, croyant ôter celle du sourire macabre.

Joseph arrive, il me regarde et pose sa main sur mon épaule. Je l'ouvre et j'y trouve le corps atrocement mutilé d'une autre.

Tout à coup la brume de mes souvenirs se lève et je me souviens clairement de ce qui s'est réellement passé.

J'étais rentré chez moi suite à mon évasion de l'hôpital. Perdu dans une folie caligineuse et prêt à en finir avec le sourire macabre ayant dérobé le visage de ma femme.

Face à elle, terrifié en me voyant, je plaçais mes mains autour de son cou et serrais de toutes mes forces. C'est alors qu'au fond de moi se produisit quelque chose, comme un mince rayon de soleil perçant le voile obscur obstruant mon esprit. Je ne m'en souvenais plus, mais à ce moment je recouvrais mes esprits et libérais ma femme de mon étreinte.

Je lui hurlais de tout mon être de s'enfuir loin d'ici, loin de moi. C'était désormais avec ma propre vie que je voulais en finir, avant qu'il ne soit trop tard.

C'est alors qu'elle s'approcha, ayant retrouvé son visage, qu'elle me prit les mains et me regarda droit dans les yeux, comme s'adressant directement à mon âme. Elle me dit : « Je vais partir, et tu me retrouveras, où que je sois, lorsque le mal qui te ronge sera parti. Mon amour. » Puis elle partait.

Je m'assis par terre, ressentant un terrible vide. Je songeais à en finir, mais ses dernières paroles m'en empêchaient. Puis regardant dans un miroir, j'aperçus derrière moi, collé à la vitre, l'inquiétant prêtre au col rouge. C'est là que mes souvenirs changèrent et que je crus avoir tué ma douce ambroisie.

Malgré cette altération de ma mémoire, je ne pus toujours pas renoncer à la vie, les paroles de ma femme, même si je les avais oubliés, continuaient de me maintenir en vie.

« Joseph ! Partons d'ici et allons retrouver ma femme, je la sais être en vie et être quelque part à m'attendre.

Le corps sans vie devant nous commença à être pris de violents spasmes, un liquide spumeux et verdâtre jailli de ses orifices et de ses plaies. Son visage tremblait différemment du reste du corps, l'atmosphère devenait incroyablement oppressante. Tous les corps tour à tour furent pris du même phénomène. Tous arborèrent un sourire macabre et tournèrent leurs têtes aux yeux de mort dans ma direction. Le pire fut que même Joseph était affublé de la tête hideuse.

Un tiroir encore fermé s'ouvrit, une lueur de flamme et une odeur de soufre s'en dégageait. Puis se contorsionnant et se tordant dans tous les sens, le prêtre en col rouge devenu trop imposant pour sortir complètement du tiroir en sorti sa tête. Il me dévisagea. Mon cœur se serrait, comme s'il était directement attaqué, je me sentais faiblir face au prêtre au col rouge.

« Tu sais ce que tu es en train de voir Sipom ? Laisse-moi te le dire, moi qui sais. Ce que tu vois, c'est le stade final du mal qui t'accable. À la fin tu te retrouveras seul, tous ceux que tu verras auront cet aspect, plus aucune de leurs paroles ne pourront t'atteindre. Même si tu cherches à leur échapper, ils viendront à toi, tout autour de toi sera corrompu, plus rien ne pourra te sauver Sipom, pas même cette petite lueur que tu sembles chérir. Après tout, ne vois-tu pas qu'en ce moment elle ne t'est d'aucune aide, qu'elle vient tout juste de t'abandonner, pire, n'est-ce pas elle qui vient de te conduire à moi, cette sournoise lueur ?

« Plus rien pour te sauver mis à part moi, car sur terre j'ai le pouvoir. Pour ce faire je ne te demanderais qu'une simple petite chose, une toute petite formalité. Pose un genou à terre et me prête moi allégeance, en échange ta malédiction s'envolera et ne sera plus qu'un lointain souvenir. Tu retrouveras ta femme et je t'accorderais tout ce que tu désires. »

Je me sentais encore plus faiblir, mes genoux tremblaient et allaient céder. Je m'affaissais, épuisé, alors ma main tomba sur l'épaule de Joseph, cela me permit de me retenir, de me redresser.

Maintenant debout, me tenant droit, c'est empli d'une sainte colère que je m'avançais en direction du prêtre au col rouge. Je lui enfonçais alors mon poing dans la figure. Puis je refermais brutalement le tiroir d'où il avait sorti sa maudite tête. Le silence se fit et les sourires macabres s'estompèrent. À l'exception d'un ou deux qui me signifiait que la malédiction était toujours là.

Bientôt nous partions du village avec Joseph, c'était le point de départ de notre long voyage à venir, le voyage de toute une vie.

Chapitre 9

Déserte et recouverte de neige lors de cette nuit de pleine lune, la deuxième Malkasan a quelque chose de sinistre, seul au milieu de ses bocages éteints.

Chaque hiver, l'on a coutume de dire que les spectres des défunts viennent habiter les lieux lorsque les vivants s'en vont dans le volcan.

Si vous osez vous y aventurer, vous trouverez dans chaque maison des temptalis. Une singulière pierre nacrée que l'on ne trouve qu'aux bords des volcans et dont émane un peu de chaleur. Avant de partir, les habitants posent l'une de ces pierres sur leurs cheminées, afin de réchauffer les spectres qui viendront y habiter. Si vous ne le faites pas, l'on dit qu'à votre retour du volcan votre maison sera sens dessus dessous. C'est un folklore Norg'strydien qui est propre à toute ville proche d'un volcan dans l'immense comté[1].

Appâté par l'odeur du sang des vivants, Méréthel fut attiré dans la ville fantôme. Elle leva la tête et renifla, laissant l'air glacial pénétrer ses narines et envahir ses poumons, c'était revigorant. Elle ajouta le voyeurisme à l'appétence sanguinaire en hissant sa tête au niveau d'une fenêtre

---

1 En dehors de Malkasan, il n'y a pas d'exode hivernal pour les villes du comté. L'on dépose tout de même une pierre de chaleur en hiver et l'on libère une pièce de la maison pour y laisser entrer un spectre le temps de l'hiver. La pièce libérée est alors abandonnée et ne peut être ouverte qu'à l'arrivée du printemps.

embrasée d'une faible lueur. « Je n'ai jamais aimé ce coin en hiver », qu'elle murmurait avant de reprendre sa marche, guidée par son odorat. Elle passa devant la boulangerie aux deux incubes. « Je passerais bientôt les saluer tient, depuis le temps. »

Elle avança encore de quelque pas et s'arrêta, un large sourire aux lèvres, elle se dissimula dans un coin et observa. « L'imbécile vient à moi, s'il savait comme j'ai encore faim. » Depuis le début, le repas nommé Chisald était transporté entre les dents de la nocturne créature. Elle le jeta contre le mur, à l'impact le malheureux toussa légèrement, la peur n'avait finalement pas eu raison de lui. Surprise, Méréthel lui cracha un liquide noir au visage qui s'imprégna au travers des pores de la peau, puis elle se concentra sur son futur repas.

Sur la grande avenue ne tarda pas à débouler un être grotesque, bossu, se déplaçant presque en rampant, respirant très fort et recouvert de lambeaux de tissus. Méréthel ne pouvait savoir de quoi il s'agissait, tandis que nous autres auront reconnu l'un des errants sillonnant ordinairement les rues abandonnées de l'empire Rahmortien.

L'errant eu l'air de trébucher, il s'étala de tout son long dans la neige, face la première, la créature compris que le cœur de sa proie c'était arrêté. Méfiante, elle scruta le corps sans vie quelques instants. Au bout du compte elle fit un pas en avant, un deuxième, prudemment, même une créature de son acabit hésitait à se jeter sur une proie aussi facile, elle sentait quelque chose d'étrange dans l'air, une odeur inédite et malsaine, même pour elle.

Brusquement elle bondit sur le côté. Des odeurs, plein, partout, sur les toits, sous la neige, derrière elle. De tout ces endroits tombaient raides morts d'autres errants qu'elle ne détecta que trop tard. « D'où viennent ces choses ?! », se demanda-t-elle regardant partout autour, sentant les trop nombreuses odeurs.

Un « Pschitt » venant de chaque corps parvint aux oreilles de Méréthel. Elle prit son parti de prendre de la hauteur et de s'en aller. Au premier battement d'ailes un projectile venu d'une hauteur traversa son genou, la clouant au sol quelques secondes. Un gaz ambré s'échappa de la première dépouille, les autres suivirent et un nuage méphitique se forma, infectant toute la zone. Méréthel fut prise de vertige, tituba, prise de torpeur physique et mental.

Elle eut néanmoins encore suffisamment de lucidité pour comprendre qui l'attaquait, caché dans une maison, elle aperçue au travers d'une vitre le prêtre au col rouge. Puis descendant des toits et l'encerclant, une multitude d'hommes affublés de tubes et de masques à gaz, prisonniers de camisoles de chrome firent leur apparition. En dépit de ses facultés, elle ne pouvait les détecter autrement que par la vue. Utilisant ses dernières ressources, elle se rua dans la boulangerie aux deux incubes.

Les forces Rahmortiennes la suivirent, après une minutieuse inspection de la boulangerie abandonnée, ils ne retrouvèrent pas sa trace.

« Sipom ? Enfin réveillé ! Bien dormi ? » Dit Amandine avec un charmant sourire. Sipom, encore partiellement baigné dans les eaux oniriques, vit une silhouette floue chuchoter à l'oreille d'Amandine. C'était Charessin.

— Lui pose donc pas d'questions pareil, tu te souviens donc pas où je l'ai trouvée hier ? Murmura-t-il.

— Mon dieu oui, c'est vrai. Dit-elle en portant ses mains devant sa bouche.

— Qu'est-ce que je fais par terre ? Il s'est passé quoi hier soir ?

— Ça j'peux le dire ! S'exclama-t-elle. Hier soir, je commençais à peine à m'endormir qu'vous êtes parti en expédition chez Chisald dans un brouhaha à réveiller les morts, pour sûr. Z'étiez tellement ronds qu'vous avez mis une éternité pour parvenir à descendre cet escalier d'malheur, ho bon sang je vous aurai tué j'crois bien. Tout ça pour dire que ça m'a réveillé et que je me suis levée pour vous observer par la fenêtre et vérifier qu'vous fassiez pas trop de grabuge. Parce que j'aurais bien voulu vous suivre mais Charessin avait verrouillé l'entrée derrière vous, j'vous ai bien engueulé par la fenêtre, mais z'étiez trop imbibés pour m'écouter.

« Heureusement vous êtes revenu assez vite, à peine monté chez le voisin qu'vous êtes redescendu. Alors là bien sûr ! Faisait-elle en levant les bras. Charessin, qui avait pourtant réussi à verrouiller la porte d'entrée, n'a pas été fichu d'la déverrouiller à votre retour. Je lui ai dit je ne sais plus combien de fois de laisser Joseph s'en occuper, vu qu'c'était le seul en état de lucidité. Mais c'bourricot d'Charessin a refusé jusqu'au bout, et le bon joseph n'a pas eu le cœur de le rudoyer pour lui prendre les clés de force. Il a donc fallu que je le convainque de m'lancer les clés à la fenêtre, et même là c'est pas passé loin du drame.

« Enfin rentré j'commence à vous passer un savon, puis j'abandonne parce que z'étiez vraiment pas en état, puis z'aviez l'air sous le choc. J'essaye donc de comprendre c'que vous baragouinez, mais je pige rien à rien. Y'a bien Joseph qui a essayé comme il a pu de m'expliquer, mais j'ai rien compris. Après c'est allé assez vite. À un moment Sipom, t'as eu un mot de travers envers Roland, il t'a assommé en te mettant un coup sur le crâne et t'es tombé raide sur le dos, t'as tout de suite ronflé comme c'est pas permis. Après c'est l'alcool qu'est venu à bout d'Roland et pareil, il s'est écroulé. Charessin est parti dormir dans la chambre et enfin, Joseph a fini par s'allonger par terre et s'est endormi face contre terre, ce qui m'a surpris d'ailleurs. »

— Ça c'est normal. Notifia Sipom avant de remarquer qu'il allait devoir développer un peu plus. Joseph dort toujours par terre, depuis aussi longtemps que je le connais, il aime pas dormir sur du mou, comme il dit.

— Bon, dans tous les cas, t'es le dernier à te réveiller, Roland est parti sans dire au revoir dès son réveil et Joseph est parti prendre l'air, enfin j'suppose que c'est pour ça qu'il est parti ce matin. Maintenant que t'es réveillé, on a plus qu'à attendre son retour pour savoir c'qui s'est passé chez Chisald hier soir. Parce que Charessin est incapable de me le dire clairement et je suppose que c'est ton cas aussi.

— Je dois avouer que c'est assez flou oui, j'ai les souvenirs d'hier soir qui se mélange avec mes rêves. Un frisson de dégoût lui parcouru l'échine. Vaut mieux pas que j'essaye de m'en souvenir plus clairement, de ces cauchemars.

De là on se posa à table, on mangea et on discuta. Charessin rappela à Sipom que c'était ce matin qu'ils allaient voir Herbert. Il formula son envie de passer par chez lui dans l'autre Malkasan, pour y chercher quelques provisions qu'il avait oublié d'emmener. Pingre comme il est, Charessin espère pouvoir fouiller une ou deux maisons pour y dénicher des denrées que d'autres auraient oubliées.

Joseph fit son apparition peu après, il s'avérait qu'il était effectivement parti prendre l'air. Sipom maintenant réveillé pu traduire les paroles gestuelles de son ami, il leur raconta avec force détail la vision du monstre nocturne s'envolant par la fenêtre et la disparition de Chisald. L'on fit le lien entre le monstre et Méréthel, la danseuse du temple qui accompagnait Chisald hier soir. Joseph fit également rapport de vents ayants attirés son attention durant sa promenade, soufflant quelque chose à propos de la disparition de nombreuses personnes hier soir dont les proches cherchent la trace.

Il y avait de quoi s'inquiéter. Avec les descriptions de Joseph les souvenirs se délièrent des cauchemars pour Sipom. Puis il se souvint à peu près bien de la scène. Il fut décidé d'aller voir le Malkasar pour l'en informer et surtout pour essayer d'en savoir plus, car on se doutait bien que le Malkasar qui a des yeux partout était déjà au courant.

De l'extérieur un sifflement leur parvint alors qu'ils étaient sur le départ. Ils sortirent leurs quatre têtes par la fenêtre. Un nain les héla et leur braya le contenu d'un message : « M'sieur Roland a un message pour messieurs Charessin et… eu… Sipom et Joseph. M'sieur Roland vous attend aux écuries pour aller voir le vieux Herbert, il vous attend tout de suite et a emmené deux chevaux pour messieurs Sipom et Joseph, il vous dit aussi de bien vous protéger du froid. »

Amandine balança une poignée de pièces par la fenêtre que le nain ramassa joyeusement en chantonnant, pour ensuite repartir le sourire aux lèvres. On aimait bien les nains en Norg'strydi, et plus encore dans la capitale. Ils avaient une place toute particulièrement dans la ville et notamment pour Roland, qui en employait beaucoup pour transmettre ses messages, plutôt que de faire comme tout le monde et d'utiliser des pigeons voyageurs. Selon ses dires : « Les nains sont bien plus amusants que les pigeons pour ce qui est d'envoyer des messages. »

Si Roland les attends tout de suite, la réaction fut de ne pas le faire attendre et les trois hommes se mirent en route, bien que deux d'entre eux aient un sacré mal de crâne. Amandine se proposait, de son côté, d'aller faire son rapport au Malkasar.

Une fois dehors, sorti de l'étreinte doucereuse du souffle du Malkasar, l'on était assailli par un froid qui n'était pas loin d'être polaire. Une épaisse et dur couche de neige recouvrait le paysage, le ciel était nuageux, d'un gris clair et froid, une frêle pluie de flocons tombait.

Roland était en face, tenant trois chevaux Norg'strydien par la bride, ces chevaux si déroutant pour les deux Rahmortiens et si éloigné de leurs cousins quadrupède. « C'est pas bon signe ça, vraiment pas », annonça Charessin à la vue de Roland.

Ce dernier portait son armure dont dépassait à quelques endroits des poils duveteux de fourrure. Ce qui interpella Charessin, c'est le drapeau usé et décoloré enroulé autour de son bras droit. On devine en le voyant, que le drapeau était autrefois teinté d'un superbe bleu azuréen. On y voit des tâches, comme s'il fut recouvert de motifs à une époque.

C'est une relique familiale immémoriale que Roland ne sort qu'en cas de danger hautement périlleux. Il l'enroule autour de son bras comme l'on pourrait le faire avec une relique sacrée, qui ensuite veillerait sur son détenteur et ceux présents autour de lui.

— Je suis allé voir le Malkasar tôt ce matin, il m'a mis en garde contre les dangers encourus en sortant dehors. Il compte avertir tout le monde que cet hiver, sortir du volcan implique un grand risque, il cherche un moyen de dissuader les gens de sortir sans pour autant causer une panique générale. Il m'a confirmé que ce danger à un rapport direct avec ce que l'on a vu hier soir chez ton voisin Charessin, il a aussi dit que ce n'était pas la peine de chercher à le retrouver. Dit-il avec gravité.

L'on accueillit la nouvelle à propos de Chisald avec chagrin, cela faisait longtemps qu'il était le voisin respectueux et amical de Charessin.

— Attends attend, pourquoi nous avoir fait sortir si c'est aussi dangereux dehors, vaut mieux rentrer chez nous et attendre que l'hiver passe. Soulignait Charessin.

— Parce que l'histoire des moutons du vieux Herbert pourrait être lié à tout ça, et surtout, car il habite à proximité de la demeure d'Andvari, le Malkasar m'a demandé d'aller le consulter.

Charessin grommela à la mention de ce dernier.

— On est obligé d'y aller ? Je n'aime pas ces cochons de magiciens.

— Aucun de vous n'est obligé de me suivre. Fit-il.

— Magicien vous dîtes ? S'enquit Sipom.

— Oui, on les appelle comme ça par ici, bien qu'ils n'aiment pas être appelés ainsi. Ils sont peu nombreux et disséminés un peu partout dans le comté. Ils nous vendent des potions, des charmes, et passe leurs temps enfermés chez eux à étudier et faire des recherches. Ils leur arrivent de sortir pour approfondir leur savoir, mais c'est assez rare car par chez nous les gens les voient d'un mauvais œil[1].

---

1   À l'exception des apprentis forgerons qui s'instruise auprès d'eux.

— Et on a raison de s'en méfier, mouaip j'vous le dis moi. Ponctua Charessin. Z'en avez pas chez vous dans l'empire ?

— Pas sûr que se soit la même chose. Il y a quelques années, une poignée d'hommes à travers le pays sont partis s'isoler dans des grottes. Aujourd'hui ils en sortent et les gens se rassemblent autour d'eux. Ils portent tous un message qui semble raisonner aux travers des cœurs. Depuis qu'ils sont sortis de leurs antres, l'empire redouble d'efforts pour nous traquer. Comme si la sortie des ermites engendrait un souffle de panique chez nos ennemis. Pour le parallèle avec vos magiciens, disons que nos Hermite sont capables d'exploits que l'on pourrait qualifier de magique, je le pense.

— C'est curieux votre truc, fin' chacun ses problèmes. Et sinon, pourquoi que le Malkasar t'envoie là-bas, peut pas y aller lui-même ? Et qu'est ce qui pourrait nous apprendre ? C'te fichu magicien.

— Si le Malkasar m'envoie là-bas c'est qu'il a une bonne raison de le faire, Andvari n'est pas le plus farouche des magiciens qui plus est, il nous aidera volontiers je pense.

— Bon d'accord, c'est pas clair mais d'accord. D'abord faudra qu'on passe dans l'autre Malkasan, que j'puisse récupérer des provisions, ensuite j'vous accompagne voir Herbert et j'repars.

— Tu sais que c'est une idée stupide Charessin ?

— Pff, j'ai pas peur des histoires de fantômes, et même si c'était réel, vu le gros machin niché sur le volcan, c'est pas quelques spectres qui vont me faire peur.

Voilà qui conclut la discussion.

Tandis que Charessin s'enfonça dans l'écurie pour en sortir son chariot tiré par deux chevaux, Roland présenta les trois montures qu'il avait emmenées. « Je vous présente Terrine-Subtil, Vol-au-Vent et Brise de printemps, je monterais Terrine-Subtil, Joseph Vol-au-Vent et Sipom Brise de printemps ». Brise de printemps ? Cela évoquait quelque chose à Sipom, mais pas moyen de ce souvenir quoi.

Si les chevaux Norg'strydien sont plutôt étranges de manière générale, ceux de Roland avaient quelque chose de comique. Le premier portait un tricorne sur la tête et avait une perruche posée sur l'épaule, le second portait un cache-œil et le troisième avait une jambe de bois.

— Comment est-on censé monter ces chevaux Roland ? Demandait Sipom en regardant les chevaux bipèdes avec circonspection.

— Tu mets le pied à l'étrier, tu lui sautes sur le dos, t'agrippe la bride et tu laisses la gravité faire son office. Ce sont des bêtes intelligentes et facile à guider, même si la position paraît difficile pour voir le trajet qu'on emprunte. Il y a deux trois techniques assez simples pour palier le problème. Et surtout, restez souple, c'est le plus important[1].

Parcourir la plaine Norg'strydienne enneigé de cette façon fut une expérience, certes inattendu, mais pas insurmontable. Joseph pris très facilement en main le contrôle de sa monture, pour Sipom se fut une autre paire de manche. Il s'en tira tout de même. Les deux Rahmortiens furent reconnaissants envers Roland qui leurs permis ce voyage, le bonhomme avait jugé bon d'initier les deux étrangers à l'équitation de Norg'strydi.

---

1 On se retrouve comme couché sur le dos juste au-dessus du sol, cramponné à la bride. On relève la tête pour essayer d'y voir à peu près quelque chose et on prie pour arriver à bonne destination. Torticolis et palpitation cardiaque garantie !

— Nous sommes bientôt arrivés, tu es toujours sûr de vouloir y aller Charessin ?

— Bien sûr, si tu crois que ça me fait peur. Pour de la bonne bouffe qui m'éviterais de manger des vulgues, je vais pas me laisser intimider.

— De quoi parlez-vous ? Qu'est-ce qu'elle a cette ville ? Charessin a parlé de spectres tout à l'heure non ?

— Lorsque nous quittons la ville chaque hiver, les défunts viennent pour y habiter à notre place. Du moins c'est ce qu'on a coutume de dire, et ce que l'on dit aussi, c'est qu'il ne faut pas revenir les déranger avant la fin de l'hiver. Expliqua Roland. Et comme vous voyez, Charessin le pleutre palabre et nous fait montre d'un courage insoupçonné chez lui, pour de simples provisions.

— Les provisions c'est secondaire en vérité. Il y a une chose que j'ai oubliée chez moi, le pendentif d'mon défunt paternel, si j'l'ai pas avec moi j'me sens pas bien. Finit-il par avouer.

— Très bien, alors fait vite, on va contourner la ville, tu nous rejoins à la sortie nord.

Ainsi, les quatre hommes se séparèrent. Charessin désormais seul se faufila dans les larges rues et s'orienta.

Le bruit des sabots frappant le sol résonnait et se répercutait alentours. Il faisait d'un coup plus froid et plus sombre, comme lorsque l'on pénètre dans un bois. Il regarde à droite, à gauche, en arrière, de faibles lueurs verdâtres filtres aux travers des fenêtres. Des bruits étouffés saillissent çà et là, ne manquant pas de faire bondir Charessin qui, bien trop focalisé sur ce qu'on raconte à propos des défunts, angoisse et sursaute au moindre mouvement. Même le plus banal des mouvements, comme l'enseigne du marchand de tissu sur la troisième avenue, qui grince et se balance sous l'effet du vent le fait sursauter.

Il remonta plus loin au nord-est, à trois pâtés de maisons, pour finalement s'arrêter devant la porte de sa maison. Une nitescence verte illuminait l'intérieur, Charessin hésita longuement avant d'oser s'approcher. Finalement son pendentif compta suffisamment pour qu'il puisse prendre son courage à deux mains. Arrivé à deux mètres de la porte, elle s'ouvrit avec violence et laissa paraître la trogne rembrunie d'un spectre olivâtre, les bras croisés il toisait Charessin.

Il s'agissait, et Charessin s'en rendait compte, des retrouvailles du père et du fils. Il le laissa rentrer. Quand le fils après avoir filé en ligne droite, récupéra le pendentif et repris le chemin de la sortie sans même chercher à fouiller dans le garde-manger, le père le regarda en arborant une expression de fierté et d'approbation. Ils se dirent adieu avec les yeux et la porte se referma.

Pour être honnête, il s'agit ici d'un cas exceptionnel. En temps normal, même issu de la même famille, les morts n'accueillent pas aussi bien les vivants[1].

Charessin n'avait plus la tête à voler de la nourriture dans d'autres maisons. Ce qui aurait été de toute façon une très mauvaise idée. Il s'apprêtait à remonter dans son chariot puis s'arrêta net.

« C'est étrange, on dirait des coups de bêche », pensait-il. Derrière les maisons d'où vient le bruit se trouve un jardin, tenu par le vieux Eustache Présalem, et plus globalement par les Présalem de père en fils depuis aussi loin que

---

1 On dit que les fantômes savent reconnaître ceux qui, bientôt, rejoindront leur rang.

les gens vivent à Malkasan. Poussé par un élan de curiosité, il se glissa entre les maisons et jeta un œil.

En effet il y voit quelqu'un de dos en train de bêcher, et ce n'est pas un fantôme, c'est sûr et certain. Il dut faire du bruit malgré lui, car l'homme à la bêche s'était retourné.

Il était hideux, un bataillon d'asticots lui dévoraient la face, il n'avait pas de peau, sa chair se nécrosait et se décharnait. C'était un mort !

Celui-ci salua Charessin de la main, puis sa mâchoire inférieure s'échappa pour aller rencontrer le sol, le mort ramassa son morceau et le recolla. « Sapristi la mâchoire m'en tombe, t'es pas un peu en avance Charessin ? T'es allé rendre visite à ton père j'espère ? Et sinon comment ça va ? Moi je m'ennuie un peu alors je bêche, mon p'tit fils aura moins de boulot à faire après l'hiver, ho et d'ailleurs tu trouves pas ça bizarre toi que l'hiver soit venu aussi tôt ? Même que hier soir il s'est passé des choses bizarres, t'es au courant ? Je suppose que non, c'est pas trop vos affaires à vous les vivants de c'qui se passe ici pendant l'hiver, héhé-hé. Et alors, toujours avec Amandine ? Raconte-moi un peu vos affaires, ce qui se passe dans le volcan, le Malkasar, les forges… »

Charessin s'était enfuie, le vieux Archibald Présalem était triste, et retourna à ses occupations jardinières.

Dans la précipitation Charessin est remonté sur son chariot et a pris le chemin le plus court direction sortie nord. Il fut néanmoins arrêté par un énième événement. Ses chevaux c'étaient arrêtés, se cabrant par affolement au niveau de la boulangerie aux deux incubes.

C'est à ce même endroit hier, que ses chevaux s'étaient arrêtés alors qu'il se rendait à la sortie nord, il y avait rencontré Sipom et Joseph. Cette fois il y rencontrait une

181

femme, nu, ensanglantée, des ailes immondes et décharnées sortant d'un dos ouvert de façon malsaine. Elle rampait, elle hurlait, elle criait à l'aide, l'implorait, pleurait. Ses jambes et ses ailes ne lui servaient plus. C'était une pitoyable créature dont le sort fut scellé lorsque quatre et sombres tentacules l'attrapèrent par les chevilles et la traînèrent vigoureusement à l'intérieur de l'antre turpide.

Trois secondes plus tard le désespoir de la créature c'était mû en force. Elle franchissait la porte et s'envolait maladroitement, haletante et lâchant au-dessus de Charessin une pluie de suppliques pleines d'un déchirant désespoir, avant de disparaître au loin. Charessin avait reconnu le monstre de la veille, celui qui avait emporté Chisald, ce qui ne l'empêcha pas d'avoir un relent de pitié pour elle. La petite Méréthel n'avait pas toujours était ainsi.

« Charessin ! », c'était la voix de Roland qui arrivait au triple galop avec Sipom et Joseph.

Chapitre 10

« Charessin nous devons partir d'ici, et vite ! ».

L'intéressé ne demanda pas son reste, déjà convaincue qu'il était temps de déguerpir. L'on cavala à toute berzingue jusqu'à la sortie nord, on s'éloigna de la ville jusqu'à une distance raisonnable.

— Qu'est ce qui se passe donc ?

— C'est Rahmortia, Sipom et Joseph ont de bonnes raisons de croire que des soldats Rahmortiens sont dans le coin, ou y étaient tout récemment.

— C'est quoi cette histoire-là, c'est quoi vos bonnes raisons ?

— Vous ne connaissez pas cette odeur aussi bien que nous vous autres, mais la ville empeste l'ambrocine. Un sacré paquet a dû être déployé, et sur le trajet, on a aperçu des corps, de ce que l'on appelle des errants chez nous. Ça ressemble à une attaque venant d'une unité spéciale, je ne sais pas quel était leur objectif, mais ils ont employé de sacrés moyens. Expliqua Sipom.

— Qu'est-ce que ça veut dire ? Que la ville a été attaquée ? Ils voulaient quoi ces soldats ? Les défunts ? Parce qu'ils avaient l'air d'ce porter plutôt bien, enfin pour des spectres et cadavres ambulant, ouaip. Dit Charessin. Et tant que j'y suis, faut que je vous dise, au niveau d'la boulangerie au deux incubes, j'y ai vu notre monstre d'hier soir. Elle était dans un sale état, pas beau à voir, elle essayait de s'échapper, mais des tentacules sont sortis d'l'endroit pour la traîner à l'intérieur. Mais elle s'est échappée. Vu ses cris, j'pense qu'on a un problème de moins à gérer. Ouaip, elle est partie mourir dans un coin j'suis sur.

Roland balisa à la mention des spectres et défunts, il frissonna de la tête aux pieds.

— C'est étrange non ? Demanda Roland.

— De quoi ?

— Les tentacules.

— C'est probablement le troisième larron arrivé il y a peu, tu sais, depuis que ça a empiré.

— Ha, oui, cette chose. Je ne sais pas ce qui a élu domicile avec les deux incubes, mais je crois savoir qui. Mon grand-père me parlait d'un type louche empestant la mort qui rôdait régulièrement là-bas. Il faisait peur à tout le monde quand il se mettait à fixer ses mains pendant des heures, avec une sorte de fascination morbide dans les yeux. Il m'a dit qu'un jour il est entré dans la boulangerie pour ne plus jamais en ressortir, alors qu'a l'époque tout le monde finissaient par en ressortir. Et cette foutue boulangerie, à force de repousser chaque fois qu'on l'a détruite, les gens on décidait de ne plus y toucher, mais moi je continue de penser qu'il faut trouver un moyen de s'en débarrasser pour de bon. J'ai le sentiment qu'en la personne de cet troisième entité, un mal profond est en train de grandir et nous jouera de sales tours dans l'avenir. Enfin, revenons au présent, nous avons d'autres priorités, allons déjà voir Herbert. Déclarait Roland.

— D'accord avec toi Roland, ne perdons pas de temps. Simplement, Charessin, tu es sûr que le monstre d'hier soir est mourant ?

— Ouaip, on est tranquille. Enfin après c'est vrai qu'on parle pas d'un sanglier blessé ou d'une autre bête. J'suppose qu'on pourrait être surpris.

— J'en ai bien peur, allé, partons. Conclu Sipom.

Herbert vivait dans une modeste ferme au nord-ouest de la ville fantôme. À seulement deux kilomètres à l'est et cinq au sud du pied des montagnes qui ceinture la région, dans l'angle Nord-Ouest. Autant dire que cela faisait une sacrée trotte depuis la Malkasan estivale qui elle, est presque tout au sud de la région. En allant en ligne droite et à une vitesse relativement soutenue, nos voyageurs allaient arriver sur les terres du vieux Herbert au crépuscule.

Plus ils parcouraient de chemin, plus la neige devenait fine, le ciel était opalescent et le soleil d'or dardait de ses rayons chauds l'après-midi naissant. Avec la fonte de la neige dut au soleil, les chemins de terre émergeaient de leurs linceuls éburnéens pour serviablement mettre nos hommes sur la bonne route. Les odeurs de la terre humide remontaient jusqu'aux narines, une senteur des plus agréables. Le chemin du Caracon leur tenu compagnie quelques heures pour finalement, au détour de la croisée des collines, les envoyer sur le sentier orange.

Il était beau le sentier orange en cette fin d'après midi, la neige avait complètement fondu, bien que le froid soit toujours anormalement rude. On avançait sur un sentier un peu boueux parsemé de petites flaques d'eau. Il y avait un champ sur la gauche où s'y battaient quelques rares oiseaux noirs au cri rauque. Sur la droite nous accompagnait une longue barrière en bois ponctuée de bornes en pierre, derrière lesquelles s'étend paisiblement le bois aux citrouilles où ces dernières y poussent naturellement et en abondance. Cette année-là, la chevelure des arbres était de flamme, ondoyant au gré du vent et illuminée par les apaisants rayons du soleil couchant. Le ciel aussi était beau, avec ses nuages rosés, son bleu sombre et profond.

On tournait la tête, et observant le contraste entre la canopée flamboyante et l'intérieur du bois, on y aperçut avec surprise un petit bonhomme de paille à tête de citrouille, portant un chapeau pointu et se baladant entre les arbres. Il en sortit et s'assit sur le rebord d'une borne en pierre, il se mit à jouer un agréable petit air de musique avec un curieux instrument, sorte de flûte complexe dont le bout s'apparente à la ramure d'un cerf trouer de toutes parts.

L'on fut surpris au début, mais pas effrayé. De l'autre côté dans les montagnes se trouve la demeure d'Andvari, par conséquent le bois aux citrouilles et le sentier orange sont régulièrement témoins de scénettes comme celle-ci.

Quand ils furent assez loin, le bonhomme de paille leur fit au revoir de la main, on le lui rendit et il s'en alla.

On ne mit plus très longtemps avant d'arriver chez Herbert. Passé devant le pâturage de ses moutons, on s'étonnait qu'ils ne soient pas déjà rentrés, et surtout que leur nombre soit aussi réduit par rapport aux mois précédents.

Roland cogna à la porte. Il n'y eut aucune réponse. On essaya d'ouvrir, la porte était verrouillée. « Il est certainement parti, s'il ne revient pas d'ici une ou deux heures nous irons voir chez Andvari. »

Il ne fallut pas attendre une heure pour entendre grincer le chariot de Herbert, tiré par deux vieux chevaux usés et fatigués par les années. Herbert était un vieil homme, petit et trapu, charpenté comme un homme fort, à force d'avoir travaillé la terre et entretenu son potager, à force d'avoir élevé ses moutons depuis toute une vie. Son visage était marqué de nombreuses rides, il était souriant et paisible. Habillé en manche courte malgré l'hiver, le bronzage paysan était devenu le pigment naturel de sa peau épaisse comme du vieux cuir. Il portait une barbe blanche contrastant avec son teint, de même pour ses cheveux, encore solidement accrochés au crâne. Quand il vit qu'on l'attendait devant sa porte il se mit à sourire et les rejoignit.

— Herbert ! Clama Charessin. C'est ti que j'commençais à m'inquiéter, t'était où pardi ! Alors que tes amis venaient te rendre visite.

— Ha, mais comme chaque hiver j'étais parti voir l'ancien Archibald pour causer jardinage et me fournir en légumes, puisqu'il n'y a que lui qui sachent faire correctement pousser quelque chose cette saison.

— Ar, Ar, Archibald ?! Archibald, Archibald, tu veux dire... S'étouffait Charessin en repensant à la carcasse causante de la Malkasan estival.

— Archibald Présalem oui, comme chaque année.

— Mais je croyais que tu me racontais n'importe quoi chaque année moi.

— Et moi je pensais que tu me croyais, puisque j'te mens jamais.

— Mais alors l'ombre chapeauté, la mystérieuse larve du trou qui pue et toutes ses autres choses...

— T'en auras mis du temps avant d'être choqué Charessin, je ne te croyais pas comme ça. Fit-il en riant.

— Mais... J'y pense, nous sommes passés par la deuxième Malkasan avant d'arriver. Tu n'as pas pris ton chemin habituel ? Auquel cas nous nous serions croisés.

— C'est que je suis parti de chez Andvari et que j'ai pris des raccourcis. J'ai pris l'habitude d'aller passer la nuit dans sa chambre d'amis les jours où mes chiens abois trop, et hier, ils ont vraiment beaucoup aboyés. Andvari aime d'ailleurs beaucoup les histoires curieuses qu'il m'arrive. Mais en ce moment il est surtout préoccupé par mes moutons, bien qu'il ne veuille pas me dire quoi que soit à leur sujet. Il se retourna. Bon aller je vous embauche tous, la nuit tombe et faut rentrer les moutons. Il siffla ses chiens qui rappliquèrent aussitôt.

Il ne s'enquit pas de la présence de Sipom et Joseph, faisant comme s'il les connaissait depuis longue date. Herbert était comme ça avec tout le monde.

Les moutons furent rentrés dans la bergerie, les hommes dans le foyer principal. « Installez-vous dans la pièce à vivre, je vous apporte à boire. » Les quatre voyageurs se posèrent alors. Roland et Joseph restèrent debout quand Sipom et Charessin prirent place sur une banquette, face à une table basse où Herbert y posa une bouteille d'alcool et des petits verres qu'il remplit à hauteur de deux doigts.

— Goûtez-moi ça les jeunes, c'est du 'magnac comme c'est écrit sur l'étiquette, même si elle est abîmée. J'ai trouvé ça en farfouillant dans des ruines souterraines. Un de mes bourricots de moutons c'était enfui et c'était faufilé dans une ouverture au pied de la montagne bleu. Moi je le cherche, je crapahute, je le trouve, et là en le récupérant je tombe pas sur les ruines d'un village souterrain. Y'avait des caves remplis de vins qu'avaient tournés au vinaigre, sauf deux bouteilles, je les ai déjà vidées tellement c'était bon. J'vous dis pas, les types qu'habitaient là-bas avant, y savaient y faire avec l'alcool, rien à voir avec nôt piquette à nous. Andvari, y m'a dit que c'était les ruines de l'ancien monde, et que la région elle était posée sur les ruines du royaume le plus franchement exceptionnel. Des fois je me demande d'où qui tire tout sont savoir celui-là, fin' goûtez-moi donc ce 'magnac là, parce que y'avait pas que du vin, fin', vous allez voir.

Le 'magnac était sans doute le meilleur alcool qu'est jamais englouti nos quatre buveurs.

— Hé ! C'est quoi encore c'histoire Herbert, je suis jamais tombé sur de tel ruines moi. Pourtant je bouge beaucoup dans la région avec mon boulot, et je prends pas mal de temps pour glandouiller, fouiner et me prélasser. Tu me rends jaloux avec ta découverte. Déclara Charessin.

— Vous savez, nous aussi dans un coin de Rahmortia, nous avons été amenés à parcourir les ruines de l'ancien monde. Et je crois bien qu'elles s'étendent sous toute la surface terrestre, peut être même sous les mers, allez savoir.

— Hôôô, vous venez de Rahmortia, et alors, vous avez trouvé quoi de beau là-dessous, des bonnes bouteilles vous aussi ? Demanda Herbert avec enthousiasme

— J'y ai trouvé des trésors, mais pas quelque chose d'à proprement dit physique. C'était, je pense, des lieux de culte. Quand on y entrait, nous avions un ressenti assez inexplicable avec Joseph, quelque chose qui se produisait en nous.

Herbert se rapprocha de Sipom.

— Tu devrais aller voir Andvari, c'est un bon gars, il parle un peu comme toi des fois. Vous vous entendriez bien je pense, aujourd'hui d'ailleurs il parlait du monde souterrain et réfléchissait à des liens possibles avec mes moutons morts. Il se leva brusquement. À ce propos ! Faut que je vous montre quelque chose !

— Nous sommes venus pour ça. Souligna Sipom.

Le berger s'arma d'une torche et repoussa l'envahissante nuit de l'extérieur jusqu'à conduire son monde dans la grange, escorté par ses trois gros chiens. Il s'attela à déverrouiller le gros cadenas retenant les lourdes et massives chaînes d'acier forgé au cœur du mont Magnis par Gobannos en personne. Il ouvrit la grande porte en bois. Une odeur pestilentielle imprégnait murs et poutres, de la laine voletait çà et là avant de s'agglutiner dans les coins et recoins. La torche flamboyante créait des jeux d'ombres et de lumières. Rendant plus noir encore les recoins quelque peu cachés par du matériel entassé. Au centre, une figure pâle, un drap blanc recouvrant la curiosité de Herbert.

Soudain les chiens se mirent à japper. La grande porte qui avait été fermé avec soin se rouvrit, un grand courant d'air vint balayer les flammes et la lumière. Plongé dans le noir, Herbert indiqua, comme s'il était habitué : « Cette nuit ce ne sera pas possible, si nous restons plus longtemps dehors nous auron de gros problèmes, se sera plus prudent d'attendre le jour. Faut juste espérer pouvoir fermer derrière nous. »

On ne rétorqua rien et suivi le vieil homme. À l'extérieur, la lune était inchangée à celle de la veille, illuminant comme jamais le paysage nocturne. Permettant de vite se rendre compte que les chaînes et le cadenas s'étaient volatilisés. « Ne perdons pas de temps et rentrons, c'est pour le mieux. » Avant de rentrer, d'assez loin, assis sur une borne de pierre, ils virent une chose similaire à Méréthel. Un être à la peau vert-bleu, habillé de noir, une couronne brisée sur la tête, dégageant la même aura malsaine que la danseuse. Il portait aussi, en regardant bien, les lourdes chaînes d'acier de la grange autour du cou.

La silhouette néfaste déguerpis à toute vitesse et disparu avant d'être rejoint par Roland, qui accourait dans sa direction l'épée au clair, suivi de Sipom les poings serrés et Joseph hache à la main.

De nouveau à l'intérieur, Herbert annonça, avec un regard approbateur :

— Venant de toi Roland je m'y attendais, mais je ne pensais pas que vous étiez de solides bestiaux fait du même bois que lui. Disait-il à Sipom et Joseph. Écoutez-moi bien, tous, je ne me fais pas d'illusion sur le fait que le corps de mon mouton dans la grange ne soit plus là à l'aube. Si on a de la chance, un de mes chiens en tuera un s'approchant trop près cette nuit, car il s'agit d'une nuit où ils s'approchent. Mais si ce n'est pas le cas, je vous propose que l'on s'arme demain, et que la nuit prochaine nous sortions pour aller en débusquer quelques-uns. Que vous puissiez voir de quoi il retourne, comme je vous ai vu prêt à la bagarre, je sais que je peux compter sur vous, et vous verrez de vos yeux le sort qui frappe mes moutons

— Pourquoi pas maintenant ?

— Parce que c'est la première fois que je vois le type qu'a piqué mes chaînes, et parce que la lune est comme hier soir. Andvari m'a dit que c'était pas bon signe. Et comme c'est la première nuit que je passe ici avec cette lune bizarre, je préfère attendre. Demain nous saurons à quoi nous en tenir.

On se fia à la sagesse du vieil homme, comme il est toujours bon de faire avec les hommes de la trempe de Herbert. Cette nuit, on allait d'abord observer.

Par contre, et avant toute chose, un casse-dalle s'impose. Herbert sorti suffisamment de bouteilles pour tenir la nuit et un sacré paquet de conserves qu'il avait confectionné lui-même, côtelettes d'agneau et légumes assortis allaient les accompagner toute la nuit, et peut être la suivante.

Installé confortablement, en train de se remplir la panse. Discutant convenablement et faisant connaissance autour d'un bon verre, d'un bon morceau de viande, d'un bon bout de fromage et d'un bon gros pain bien comme il faut. Un *toc toc* vint faire le malin pour perturber et plomber l'ambiance. Herbert, se levant, dit aux autres de ne pas bouger. Il sortit de sa réserve avec un fusil d'assaut à la main.

— Ça sort d'où cet engin !?

— J'ai pas trouvé que du 'magnac dans les profondeurs. J'ai sorti de leurs boyaux tout plein de ces armes, ce sont celles de l'ancien monde, d'nos ancêtres, y se battaient avec ça. Andvari m'a montré comment m'en servir. Répondit Herbert qui s'en allait d'un pas déterminé.

— Hum, si vous voulez mon avis, ça ressemble au bazar technologique de l'empire Rahmortien. Dit Roland.

Tous étaient d'accord là-dessus. Des coups de feu retentirent et la porte claqua. Herbert réapparu aussitôt.

— Notre bonhomme verdâtre est rentré dans la maison. Quand j'ai ouvert, il était derrière la porte, j'ai pas réussi à contrôler mon arme pour le viser correctement. Il est à peine blessé et a disparu. Je suis sûr qu'il est rentré.

— On fait quoi alors ?! Qu'est-ce qu'on fait ! Brailla Charessin en panique.

— On finit de manger, et dès qu'il se montre, je l'embroche avec mon épée. Répondit énergiquement Roland.

— Tu ne gardes pas ton arme Herbert ?

— Pas la peine, j'ai trouvé beaucoup de ces armes mais pas avec assez de munitions, comme m'a dit Andvari.

L'on finit de manger tout en restant vigilant, ripailler c'est quand même le plus important. Tout le long du dîner l'on ressentait un certain malaise ambiant. L'air était devenu malsain, les ombres ne bougeaient plus comme elles le devraient, le feu dans l'âtre s'agitait d'une façon singulière, les murs de pierres séculaire paraissaient troubles.

Plus la nuit avançait, plus les ombres grandissaient et prenaient le pas sur la lumière. Jusqu'au moment où celles-ci atteignaient, sans qu'ils ne s'en rendent compte, la surface du sol occupé par les pieds du vieux Herbert. Lorsque ce dernier senti le contact froid et mou d'une main invisible lui tenant les épaules, il s'en dégagea, se retourna et colla une énorme gauche dans le vide.

Du vide sailli une érubescence vermeille, du vide émergea l'être verdâtre, le pif enfoncé dans son visage et saignant abondamment. La blessure disparue d'elle-même assez vite, la créature grommela quelque chose comme : « Toujours aussi pénible ceux-là. » Avant de recevoir le lancer de hache de Joseph en pleine tête, puis que Sipom lui colle deux autres bourre-pifs, et que Roland ne l'embroche purement et simplement. « Regardez là-bas, la fenêtre ! » Hurla Charessin terrorisé.

De l'extérieur, les mains collées à la vitre avec un sourire grossier et moqueur inscrit sur la trogne, l'être verdâtre semblait les narguer. Il s'enfonça et disparu dans les ténèbres extérieures. Le corps meurtri se trouvant à l'intérieur fut quant à lui englouti par les ombres. Plus encore, on se rendit compte que les ombres n'en formaient plus qu'une, devenant liquide, comme une terrible mer entraînant dans ses abysses quiconque y plongerait.

Dès lors, tous comprirent qu'il n'y avait aucun moyen de s'échapper de la maison et qu'il faudrait attendre le jour pour pouvoir sortir. « Tenir jusqu'au lever du jour ! » Voilà le mot d'ordre à présent.

Enfermé et encerclé par la mer d'ombre sur laquelle la lumière n'avait plus guère d'effet, on se retrouvait confinés dans un petit périmètre autour de l'âtre. C'était assez impressionnant de voir le mobilier sombrer dans les profondeurs glougloutantes et abyssales.

Soudain les fenêtres s'ouvrirent de concert, on se posa de suite la question, est-ce une échappatoire ou un piège des plus grossiers. Comment savoir jusqu'où s'étend la mer immonde ? S'étend elle aussi à l'extérieur ?

Dans ce combat, nous en sommes à la phase d'observation, il ne fait que commencer. Les hommes pris au piège restèrent vigilants et guettèrent les moindres bruits et mouvements venant de l'extérieur. Tout indice permettant de comprendre ce qui se passe était bon à prendre.

Aucune trace de la bête nocturne, mais petit à petit l'on commença à entendre le bruit des roues des d'un chariot. S'y mêlait peu après des bruissements discrets, des grognements fauves, des bruits de pas étouffés se rapprochant.

Survenant comme le premier direct du match, les aboiements des trois gros chiens de Herbert retentirent, des grognements leur répondirent.

Les aboiements étaient tout près. Ils venaient de sous la fenêtre ! Première faille dans la défense adverse, Herbert hurla : « Attaquez ! » Roland et Sipom saisirent la banquette du salon pour la mettre à l'eau. Joseph, hache de secours entre les dents, s'en servit comme une rame pour traverser l'obstacle et bondir par la fenêtre pour rejoindre le monde extérieur. Sipom voulu suivre mais la banquette se fit happer bien trop rapidement. De plus, comme s'il s'était agi d'une erreur, après l'échappée de Joseph la mer d'ombre monta sur les murs et recouvrit l'intérieur du sol au plafond autour des prisonniers.

De l'intérieur, il était maintenant impossible de savoir ce qu'il pouvait se passer à l'extérieur. L'on entendait plus que les aboiements se perdre dans la nuit, et de bien trop nombreux bêlements sauvage et sépulcral.

Les bêlements, ils n'allaient pas tarder à venir aussi de l'intérieur, lorsque qu'une masse informe émergea des eaux sombres. Herbert et Sipom avaient déjà vue cette chose. L'un en avait caché le cadavre dans sa grange, l'autre l'avait vue dans l'infâme boulangerie de stupre.

Il est temps de vous révéler qu'elle est cette chose, qu'elle est son nom : « Le terrible mouton mort-vivant à dents de sabre ! » Et ils sont légion. La bête immonde bondi sur Sipom. Il saisit les crocs luisants et tomba à la renverse. Le suc et la bave de la bête dégoulinait sur son visage, une odeur de charogne répugnante exhalait de l'antre de mort. Roland enfonça son épée dans le flanc de l'animal obscur avant de l'éventrer, répandant ses boyaux puant et méphitique sur le sol et sur Sipom. Ce dernier se releva et attrapa la machette que lui tendait Herbert.

Il avait caché pléthore d'armes blanche un peu partout dans la maison depuis que ses moutons avaient commencés à disparaître. Lui-même tenait en ce moment une autre machette.

Le petit groupe se réunit autour de Charessin qui était en position fœtale et paralysé par la peur, répétant sans cesse : « Je ne veux pas mourir, je ne veux pas mourir... ». Hors de question d'abandonner un camarade, s'il faut tenir jusqu'au levé du jour, ils tiendraient tous, s'il fallait tenir deux jours, ils tiendraient ; s'il fallait tenir jusqu'à la mort, leurs ennemis devraient alors accuser la plus grosse hécatombe qu'ils n'aient jamais connue.

À l'extérieur ce n'était guère mieux.

Joseph pouvait entendre les cris de bravoure et les paroles vaillantes de ses compagnons. Tandis que lui était encerclé d'une horde innombrable de moutons morts-vivants, dont la dangerosité était égale au ridicule de leur aspect. Les trois chiens avaient naturellement l'avantage face aux moutons, mais la supériorité numérique eu rapidement raison d'eux. Les crocs terribles eurent tôt fait de s'abreuver de leur sang.

Après avoir fendu quelques crânes en deux, Joseph décida de se retirer dans la grange. L'entrée était certes grande, mais il se ferait moins facilement encercler. Pari risqué mais nécessaire, car en l'état actuel il ne pourrait pas tenir une heure. Alors il courut à toute vitesse, entra dans la grange et s'improvisa une barricade en se glissant entre deux caisses de matériels mal rangée. Il fallait maintenant tenir pour lui aussi. Aussi longtemps qu'il le faudra.

Deux heures, deux longues heures c'étaient écoulées depuis le début du siège. Joseph tenait bon, les cadavres s'empilaient devant sa barricade, rendant l'accès de plus en plus difficile pour les assaillants.

À l'intérieur on avait suivi une idée similaire, avec le mobilier restant on avait confectionné des barricades de fortunes. Qui ici avaient l'air de digues. L'eau sombre agitée par les hordes qu'elle vomissait venait s'y heurter avec une rage écumante. On avait aussi fait par endroit des piles de cadavres pour empêcher la progression de la mer d'intérieur, dans un décor d'absurde horreur.

En y plongeant le regard, c'était comme si le fond de cette mer donnait sur un gouffre de malveillance, dégueulant tout son fiel sur terre en cette terrible nuit.

À force de vaillance, les attaques ennemies diminuaient en volume fréquence et intensité.

La créature verdâtre c'était montré durant ces deux dernières heures. D'abord pour inciter les braves luttant avec hardiesse à se rendre. Ensuite se présentant sous le nom d'Arkto et se lançant dans une tirade pompeuse. Il dévoila sa personnalité irascible, trompeuse et mesquine, en promettant mille et une horreurs et supplices à ses ennemis.

Il leur promit un temps de répit et la mort effroyable suite au repos.

Alors les attaques, comme dit, diminuèrent d'intensités pendant un temps. En vérité elles furent simplement plus sournoises, guettant le moindre dodelinement de tête, la moindre baisse de vigilance, pour sortir de l'ombre et attaquer.

Pour faire baisser leur vigilance, l'espace entre deux attaques pouvait varier de cinq à trente minutes. L'imprévisibilité jouait sur les nerfs.

Les heures passaient, tous tenaient bon, mais l'endurance et l'énergie commençait à faire défaut. À l'intérieur on se préoccupait de savoir combien de temps le feu faiblissant dans l'âtre allait tenir. L'aube ne tirant toujours pas son dardant premier trait de lumière. Aux alentours de sept heures du matin, des bruits sourds s'échappèrent de la grange.

Les moutons venaient de briser les barricades de fortunes. Joseph fit une dernière saillie héroïque. Hache brandit en l'air, il courut avec toute sa vigueur restante. Ignorant les bêtes féroces, il sortit en trombe de la grange, fonçant droit sur le chef ennemi. Il était poursuivi par la horde sauvage piétinant et faisant trembler le sol derrière lui.

L'une des bêtes immonde lui sauta sur le dos avant qu'il n'atteigne son but. Les autres suivirent tel un raz-de-marée, ensevelissant le fier homme à la stature léonine.

Quand les moutons du dessus de la pile s'en allèrent, il restait bien trop de carcasses ayant cédé sous le poids de leurs congénères. Arkto s'approcha du charnier, jubilant, il retourna quelque corps, voulant trouver celui sous lequel était Joseph.

Mais trop impatient de venir provoquer ceux toujours dans la maison, il arrêta bien vite les recherches.

— Tu viens ici pour affaiblir notre moral, vil créature des profondeurs, mais sache qu'avec cette dernière provocation tu t'assures encore un peu plus de ta mort prochaine l'aube venue. L'invectiva Roland.

— L'aube ? L'aube !? Il explosa de rire. Nous verrons ça. J'ai bien assez de temps pour jouer encore un peu avec vous. D'autant que, et je vous le promets, mes nouvelles troupes arriveront avant l'aube. Vous allez subir une dernière attaque, d'une ampleur comme vous ne la soupçonnez même pas. À moins que votre feu ne tienne pas jusque-là et que la mer vous engloutisse. Car vous avez dû le comprendre, le peu de lumière qu'il vous reste est la seule chose endiguant réellement la mer d'ombre.

Arkto disparut dans les abysses, son rire continua de siffler depuis l'extérieur.

— Ne t'inquiète pas, il a dû comprendre que ton ami ne pouvait pas parler. Il nous fait croire qu'il est mort, car il sait que nous n'avons aucun moyen de savoir où il est et ce qu'il fait. Dit Herbert pour rassurer Sipom.

— Puisses-tu dire vrai. Et je le crois aussi, Joseph est encore bien vivant là dehors.

— Peu importe qu'il dise vrai ou non, s'il a trépassé, alors nous le rejoindront dans l'au-delà tôt ou tard. Ne soyez pas effrayés par la mort mes amis, nous avons bien vécu et nous entreront avec fracas dans l'autre monde. Intervint Roland.

À partir de là les attaques cessèrent complètement et les choses bougèrent à l'extérieur.

De plus en plus de chariots aux roues grinçantes faisaient échos dans cette nuit sans fin. Des sons distincts de machines, d'air s'échappant de système complexe et incompréhensible, de sombres murmures. Ho oui, de bien sombres murmures, un chuchotement constant et menaçant qui se termina par un sinistre : « Oui maître. », de la bouche d'Arkto. Un vrombissement sourd suivi, la grosse machinerie que l'on devine à l'extérieur vient de se mettre en branle.

Un nuage nébuleux se forma sur la surface de la mer d'intérieur et envahi l'espace clos en un instant. De l'atmosphère caligineuse jailli quelques sonates sibyllines, éructé par des cordes vocales inaptes à cet usage. Une lugubre et sinistre nitescence étincela dans la brume. Les digues de cadavres se mirent à tressaillir et, un à un les moutons revinrent à la vie. Tandis qu'une masse informe, funeste, se tenait non loin de la rive, derrière le brouillard.

Les bêtes revenus à la vie avaient quelque chose de viciés, bien plus qu'auparavant, elles chargèrent aussitôt.

Très vite on se rendit compte que les tuer une deuxième fois ne les empêchaient pas de revenir une troisième fois à la vie, guéri de leurs blessures mortel. Il est évident que la masse informe barbotant dans l'eau y est pour quelque chose, mais impossible de l'atteindre. D'autant que de nouveaux moutons émergent de l'eau et que le brouillard de mort s'intensifie, s'épaissit, lentement, mais assurément.

« Il est déjà 9 h là ? » Sorti Charessin de manière candide, tout en émergeant de sa torpeur panique.

Attendez, 9 h ?! Et il fait toujours nuit noir ! « Le feu ! » Cria Sipom. Il n'était réduit qu'à une dernière braise vacillante.

Tandis que l'éclat de rire d'Arkto résonnait de l'extérieur, les ténèbres s'épaississaient, l'eau obscure rampait et gagnait du terrain. C'en était fini. Roland brandi son épée, dont le reflet de la lame capturait la dernière lueur de la flamme vacillante de l'âtre, dernière lumière dans cette noirceur corrompue et avilie.

« Joseph ! Hurla Roland. Si tu es toujours vivant là dehors ! Pourfends la créature et couvre de gloire notre mort ! »

Il se tourna vers ses frères d'âmes.

« Il est temps de mourir comme des hommes. »

Roland, Sipom et Herbert brayèrent un féroce cri de guerre à l'unisson avant de se jeter dans l'ultime mêlée.

À l'extérieur, caché dans le monticule de cadavre, le corps enfoui dans le ventre d'une bête. Joseph guettait depuis longtemps qu'Arkto entre dans son angle de visée pour lui décocher un dévastateur lancer de hache. Il pensait avoir là sa meilleure chance d'en finir. L'occasion ne s'était toujours pas présenté lorsque Roland hurla depuis l'intérieur. L'homme à la crinière de lion rugit de toute son âme. Couvert de sanie de tripes et de bile, il sortit du ventre corrompue de l'ignoble bestiole et accouru.

Dès qu'il put il envoya sa hache se loger dans le buste d'Arkto. Ce dernier, pris au dépourvu, laissa à Joseph l'occasion de le soulever et de l'envoyer violemment à terre. Le féroce guerrier se laissa tomber avec élan, avant-bras en avant, pour s'écraser de tout son poids sur la hache incrustée dans le poitrail adverse. Il redoubla de violence, enfonçant furieusement ses poings dans la gorge d'Arkto.

Il saisit la tête de l'ennemi entre ses mains et l'éclata à plusieurs reprises sur le sol.

De la gorge alors broyée et entrouverte sortait un râle gargarisant et sanglant. De la gorge pulvérisée et déchirée sorti une main de sang qui enveloppa tout le visage de Joseph et le souleva du sol, le noyant par la même.

Arkto se releva et retira la hache de sa poitrine. Lorsque la blessure à sa gorge fut suffisamment guérie pour parler :

« Pourriture, dépêche-toi de mourir. Je t'ai cru mort et j'ai omis de mentionner ton existence au maître, dépêche-toi de disparaître, que mon erreur n'en soit plus une. » Joseph gigotait à peine. À l'intérieur, ce n'était plus qu'une question de secondes avant la fin.

Ce fut discret, mais parmi le vacarme, de bonnes oreilles auraient perçu un son bien singulier, celui du verre qui se brise contre une surface dur. La maison de Herbert prenait feu dans la foulée. Une deuxième salve de verre brisé fit flamber les vêtements d'Arkto.

Arrivé en compagnie de l'aurore, premier éclat doré et salvateur du jour. Le magicien Andvari arrivait à point nommé. Des hourras s'échappaient de la maison lorsque l'un des murs s'effondrait.

Arkto en proie aux flammes, ne parvenant pas à s'en défaire, avait lâché Joseph. Il tentait vainement d'éteindre le feu du magicien avec sa main de sang.

« Jeune homme ! Prends ta hache et achève-le tant que le feu l'affaibli ! » Cria Andvari.

Joseph réagi de suite et parvint à achever la créature en la tranchant en deux au niveau de la taille. Le monstre expira son dernier soupir. Car cette fois ce n'était pas un clone ou un quelconque autre maléfice. Malgré ses capacités de guérison, Arkto succomba et fut renvoyé d'où il venait.

C'était la fin, c'était la victoire des hommes contre les forces du mal. Après avoir détruit l'étrange machinerie et après s'être mis hors de portée du feu, tous étaient à l'abri du danger.

Le magicien retira son capuchon et ce fut un étonnement de plus pour Sipom et Joseph.

Il portait une robe nacrée, avec une prédominance des couleurs rouge et orange. L'étoffe part elle-même, de part son aspect changeant et drastiquement différent des autres tissus, semblait magique.

La robe du magicien c'était une chose, le fait de se trouver face à un homme sanglier, s'en était une autre. Un pelage brun et épais recouvrait tout son visage, deux belles défenses ornaient son faciès. Il avait le regard droit et fier du haut de ses deux mètres cinquante. Autre singularité, deux fioles remplies d'un liquide carmin, tel du feu liquide, étaient enfoncées dans son groin, maintenues par de fines chaînes pleines de minuscules runes sibyllines.

— Andvari ! Crièrent joyeusement Charessin Roland et Herbert.

— Le destin vous est favorable, je suis arrivé pile à temps.

— Comme toujours mon cher Andvari. Lui répondait Roland.

— C'est vrai. Du moins le mérite en revient en partie au Malkasar. C'est lui qui est venu m'avertir. Il a vu la nuit s'éterniser ici et s'est dépêché de venir en ma demeure.

— Pouvez-vous nous dire ce qui se passe ici ?

— Pourquoi le dirais-je ?

— Car nous comptions venir vous consulter en votre demeure.

— Alors vous me consulterez en ma demeure. Finit-il avant de s'entretenir quelque minute avec Herbert et Roland.

Plus tard il remontait à cheval et repartait au triple galop sous l'aube de ce nouveau jour.

La petite troupe ne tarderait pas non plus à se mettre en route pour la demeure d'Andvari.

Troisième réminiscence

Cela fait cinq ans que je voyage avec Joseph. Tout a radicalement changé en Rahmortia depuis notre rencontre. Nous nous trouvons dans un coin désert dans l'ouest, une zone encore sauvage et inoccupée, loin de tout.

Depuis cinq ans que nous cherchons ma femme, nous n'avons rien trouvé, pas la moindre piste. Mais déjà cette quête m'a fait grandir. Joseph m'a appris à me débrouiller seul en pleine nature, grâce à lui j'ai acquis l'autonomie, la liberté par les efforts au prix du confort.

Ce que ses deux anciens compagnons lui ont appris il me le transmet à son tour, je lui suis redevable et compte bien le lui rendre un jour.

Pour ce qui est de ma malédiction, du poison qui me ronge, comme le prêtre au col rouge me l'avait dit, ça a empiré. Depuis trois mois je ne vois plus aucun visage humain, seulement des sourires macabres. Le dernier à s'être fait dérober son visage fut Joseph. Nous pouvons continuer de communiquer par la langue des signes, et c'est à cause de la progression de ma malédiction que nous avons choisie de partir nous isoler du reste du monde. Le temps de combattre et vaincre le mal qui m'accable.

Tss, même les animaux sauvages n'ont plus de visage.

Je garde espérance malgré tout. En faisant silence, en priant, il arrive que je revoie la bonne vielle trogne de mon ami et mentor l'espace de quelques secondes.

Les jours passèrent, nous nous enfoncions toujours plus loin dans les terres sauvages de l'ouest Rahmortien. Évoluant dans les bois, nous marchions encore et encore. À ce stade même les arbres changeaient d'aspect à mes yeux. Plus nous avancions et plus il faisait sombre.

Bientôt les arbres, le règne végétal, venait à être remplacé par le règne minéral. À la fin nous plongions dans les boyaux d'une grotte.

Nous suivions un chemin guidé par une file de bougies. Puis le corridor s'élargissait pour arriver dans un espace bien plus ouvert. Une dizaine d'hommes et de femmes s'y trouvaient, ainsi qu'une poignée d'enfants. Quelques errants s'y trouvaient également, se traînant par-ci par-là.

Joseph serra dans ses bras une jeune femme, à ce moment je voyais leurs visages joyeux, bien que ce fut bref. Le visage macabre revenant inlassablement.

La jeune femme vint vers moi et Joseph, grâce aux signes, pu me traduire ce qu'elle me disait : « Joseph m'a tout raconté, il t'a amené ici pour t'aider à guérir de ton mal, plus encore même. Si tu le désires, enfonce-toi plus loin dans la grotte, seul, et restes-y.

« Tu sauras quand revenir ici. Nous veillerons sur toi et te sortiront des profondeurs si besoin est. Sache également qu'une épreuve difficile t'attend. Tu devras combattre ta malédiction autant que tes propres ténèbres. Le combat sera difficile, mais puisque Joseph t'a amené ici, c'est que tu dois être prêt. Rien ne t'oblige à passer cette épreuve, use de ton libre arbitre et fait ton choix en âme et conscience. »

Je choisis de m'enfoncer dans la grotte. Il va être difficile désormais de décrire ce qui est arrivé.

Je suis resté deux semaines entières dans les entrailles de la grotte.

J'eus l'impression d'y rester une éternité. De temps en temps je trouvais de quoi boire et manger, le strict minimum nécessaire à la survie, toujours posé au même endroit.

Il n'y avait pas de lumière, avoir les yeux ouverts ou fermés ne changeait rien, la perception du temps et de l'espace se troublait rapidement.

Bien vite, les évènements précédant ma rencontre avec Joseph cinq ans plus tôt remontèrent. Je revécus en pire toutes les sensations, les émotions, les douleurs de cette période. Il me fallut tenir bon. Je pense que cette première partie dura un quart du temps que je restais dans la grotte, mais je ne peux en être sûr.

Passé ceci, je me sentais plus léger. Au bout d'un moment c'était comme si un poids c'était subitement levé, j'avais les idées claires, je le savais, la malédiction du prêtre au col rouge ne me menaçait plus. Pourtant je restais sur place, il n'était pas encore temps de sortir. Alors je m'asseyais, avec calme.

Les choses devinrent plus personnelles, plus intimes, c'est un passé plus lointain qui faisait de nouveau surface, remontant jusqu'à l'enfance parfois. Des souvenirs oubliés me revenaient en tête, des aspects de ma personne que j'avais choisie d'ignorer, d'écarter, se mettaient à déborder. Mes travers s'emballaient, à tel point que je ne pouvais plus les ignorer.

Je n'irais pas plus loin dans la description de ce voyage intérieur, ce sont là des choses bien trop intimes.

Je suis entré moribond dans cette grotte, puis j'y suis mort, et finalement, après avoir trouvé le Silence, je renaissais. Ce qui me permit de comprendre quand partir, ce fut lorsqu'au bout des deux semaines d'isolement, j'eus la sensation que mon cœur débordait d'un sentiment absolument ineffable.

De retour dans la grotte, Joseph vint vers moi. Nous nous échangions alors, sans mot, une poignée de main et un regard.

La jeune femme m'ayant envoyé dans la grotte vint aussi, elle s'appelait Clothilde.

À l'époque où Joseph vivait avec la religieuse, qu'il avait accompagné jusqu'à sa mort, ils se rendaient régulièrement dans cette grotte. Il y avait rencontré Clothilde, et tout deux s'aimaient. Après la mort de la religieuse, Joseph était resté quelque temps ici. Il m'expliqua qu'il avait eu un enfant avec Clothilde, mais l'enfant mourut en venant au monde.

Suite à ce drame il était parti pour vivre seul dans la nature, plusieurs années avant de croiser ma route.

Je comprenais que lui aussi avait eu son lot d'épreuves.

Je regardais les errants présent ici, rampants et pathétiques. La pitié me venait au cœur en les voyant ainsi.

— Que font-ils ici ? Ils ont plutôt tendances à s'agglutiner dans les villes non ?

— C'est le cas pour la plupart, mais ceux-là sont différents. Ceux-là sont les victimes d'expériences sordide mené sur l'ambrocine. Ce sont de braves gens comme nous, qui n'ont pas accepté de se soumettre à Vulcain II. Mais ils se sont fait capturer, puis ils leur ont injectés de l'ambrocine dans le corps contre leur gré. Nous cherchons encore un remède.

Je me penchais vers l'un d'eux et lui retirait sa capuche avec précaution. Ses yeux étaient comme deux tristes pierre d'ambre, sa respiration rauque et saccadé, et son visage était couvert d'écorchures à force de ramper et de trébucher. Il avait des pustules d'ambrocine sur la face. Le pire de tout, c'est qu'il était facile de voir que par instant, il avait encore conscience de lui-même, qu'il savait dans quel état il se trouvait, et qu'il ne pouvait rien faire. Même si le simple fait d'avoir trouvé cette grotte et d'y rester témoigne qu'il garde espoir d'un jour guérir du poison ambré.

Difficilement, il leva une main et pris la mienne. Je vis l'éclat de conscience derrière ses yeux d'ambre s'éteindre avant qu'il ne s'écroule, inerte. Il avait perdu espoir.

Un autre vint à ma rencontre, le voyant, je fus pris d'hésitation, mais sentant que je devais faire face à la réalité, faire face au sort de ces gens, issu du même peuple que moi, je lui retirais sa capuche.

L'espace d'un instant, elle me sourit. Je reconnus de suite son sourire melliflue, celui de ma douce ambroisie. Je la pris dans mes bras, et lui murmura, la gorge prise et les yeux embués : « À mon tour de te sauver, de te guérir d'un poison mortel, ne perd pas espoir, attend mon retour, aussi longtemps qu'il le faudra. Si je dois chercher encore cent ans un remède, alors je te fais la folle demande d'attendre autant de temps. »

Une larme coula de ses yeux, que je ramassais avec un bout de tissu. « Je conserverais cette pierre précieuse, elle m'accompagnera durant mon voyage à venir. »

La nuit suivante je fus l'hôte d'un songe. J'y voyais une masse grouillante de moutons difformes agglutinés au pied d'une montagne. Je voyais un arbre aussi flétri que fleuri trônant dans un endroit désert, un heaume de métal posé devant lui.

Chapitre 11

Le soleil est au midi, son éclat frappe la falaise abrupte, le vent chaud souffle légèrement, venant caresser les visages, les étreignant de ses bras doucereux. Herbert découpe quelques tranches de saucisson, Joseph est assis dans le chariot avec Charessin. Sipom marchant pour se dégourdir les jambes s'approche de Roland, se tenant au bord du précipice. Un son délicat résonne depuis l'intérieur de l'armure, suivi d'un ricanement : « Un orage se prépare. » Dit gravement Roland en pointant l'horizon du doigt. Sipom regarda, le ciel était noir au loin, et s'illuminait de funestes éclats.

Sipom resta les yeux rivés sur l'orage lointain, il s'assit sur le rebord de la falaise, au bord du gouffre.

— C'est beau tu ne trouves pas ? Demanda-t-il.

— C'est plutôt un mauvais présage, cet orage semble nous menacer directement, il se place comme notre ennemi, je le sens, c'est un vent courroucé qui le pousse.

— Je le trouve plus apaisant que sinistre.

— Ha oui ? Pourquoi ?

— Je ne sais pas, tu as dit le sentir comme un ennemi. Je ne le pense pas, et comme tout autre orage, il a autre chose qui m'apaise en dépit de tout. Peut-être, car c'est une force naturelle, amoral. Tant que nous autres, êtres naturel, nous nous accordons à son diapason, pourquoi cette force de la nature serait-elle notre ennemie ?

— Hum, je peux comprendre, puisses-tu avoir raison et cet orage puisse-t-il nous aider, sait-on jamais.

— Nos ennemis ne sont-ils pas contre nature après tout ?

— Bonne question, au premier abord je dirais que oui. Mais peut-être qu'eux aussi ont un rôle à jouer et font partie de la nature. Leur intention par contre, il suffit d'avoir des yeux pour le voir, sont contre nature, je te rejoins là-dessus. Nous-mêmes, sommes-nous véritablement des êtres entièrement naturel ? Je n'en suis pas sur, et avec ce que tu m'as déjà raconté, je pense que toi non plus.

— C'est vrai, je choisis mal mes mots. Ce sont nos intentions qui s'accordent au diapason de la nature dans cette histoire. Et, entièrement naturel ou non, notre être est différent de celui de nos ennemis, ce qui jouera en notre faveur si notre volonté reste celle de faire au mieux.

Sipom se retourna et regarda Herbert Joseph et Charessin.

— Pourquoi passons-nous par la falaise ? De ce que j'ai compris en discutant avec Herbert, nous pouvions passer par le bois orange pour arriver plus rapidement chez Andvari.

— Tu comprendras un peu plus loin. Indiqua Roland.

— Pourquoi autant de mystères ?

— Pour ne pas gâcher l'effet de surprise, et au point où on en est ça n'a plus aucun intérêt de te le dire, car nous y voilà bientôt.

Plus loin, le panorama offrait une vision sur une vallée, bordée de modestes montagnes aux pics pointus et biscornus. Roland et Herbert demandèrent à tout le monde de s'approcher du bord et d'observer.

— Voici la vallée Vespérale. Commença Roland. Il y a deux chemins pour trouver la demeure d'Andvari se situant sur cette montagne. Un premier passage en passant par le bois orange, et ce deuxième rarement emprunté, car dangereux. Le magicien nous a demandé de prendre ce chemin, car il est le seul à donner vue sur la vallée vespérale.

— Si vous regardez bien. Reprit Herbert. Vous pouvez deviner les toitures du château d'Eldainfut. D'après Andvari, le mal auquel nous devons l'hiver plus que précoce se nicherait entre ces murs abandonnés depuis des lustres.

On ne pouvait voir en détail, mais cette vallée, la mention du château d'Eldainfut et l'orage menaçant, bigre que cela était sinistre. D'autant plus pour les autochtones, qui connaissent les histoires que l'on raconte à propos de cette partie honnie et délaissée de la région.

Pas besoin de se triturer la tête pour comprendre ce que voulait le magicien. C'est à partir d'ici que le nom de la vallée prend son sens. Car la nuit arrive, ainsi que ses ténèbres. C'est le dernier moment où il est encore temps de rebrousser chemin.

Seul Charessin voudrait bien retourner chez lui. Mais depuis la nuit précédente, il est bien trop épouvanté par l'idée de faire un si long chemin tout seul. Il est le seul à continuer le périple, malgré lui.

L'orage est au-dessus des têtes, il fait sombre, il pleut à torrent, le terrain devient boueux glissant et dangereux. Par deux fois le chariot manque de peu de tomber dans le précipice. Fort heureusement la demeure est en vue au détour d'un ultime virage.

Sous la pluie battante apparaissent deux flammes agenouiller tel le puissant Atlas, portant sur leurs larges épaules la maison du magicien. Les deux flammes statufiées regardent le sol de leurs yeux figés où luit un éclat de contrition et de responsabilité. La demeure est une tour, coincée entre deux formidables arbres de pierre gris, dont le lacis des vénérables branches s'entrelace et enlace la tour de leur amour figé dans le temps.

Un escalier rocheux conduit jusque dans l'antre dont les portes sont grandes ouvertes. Un frémissement parcourt les échines lors de la montée, en passant entre les deux flammes inextinguibles. De la vapeur crépitante s'échappent des deux Atlas.

Leurs regards aussi figés que vivant fascinent les voyageurs. Comme l'est tout homme face à ces antiques hommes de pierre, façonnés par des génies nombreux dans l'ancien temps, capable d'insuffler la vie dans leurs œuvres. Au point où l'on pourra penser que les dites œuvres ont leur propre vie, indépendamment de la volonté de celui qui les façonne. Comme si l'artisan n'était que le médium d'une volonté plus haute ce manifestant dans l'art.

Les deux gardiens impressionnent, car Andvari est capable de sculpter les flammes comme les hommes façonnent la pierre. La flamme de gauche, Andvari l'a nommé Luc, celle de droite il l'a nommé Samson. Pour le magicien, ces deux flammes sont vouées à ne jamais s'éteindre. Elles sont un phare sur la montagne, figé dans le temps, chassant les ténèbres et guidant les voyageurs perdus dans ses hauteurs.

À l'intérieur de la tour, les murs sont de couleur olive et mordoré, incrustés de losanges rouges disposés asymétriquement. Le dallage au sol, fendu par endroit, est de céramique rouge et terne. Les tableaux accrochés aux murs présentent tantôt de sinistres paysages, tantôt de flamboyants êtres vêtus de grâce, ou bien montrent des choses résultant du mélange entre homme et objet du quotidien. Par exemple : Un homme en panique ayant des fourchettes à la place des yeux, un bras famélique incrusté de tiroirs, une commode recouverte de cuir brun avec de grandes oreilles. Et ainsi de suite disséminés un peu partout dans la tour et le creux des arbres de pierre.

Le bureau du magicien est l'endroit où l'on a le plus de chance de l'y trouver, il y passe le plus clair de son temps, il se situe dans le creux de l'arbre rocheux de droite, posé contre l'oreille de Samson.

Plus l'on descend dans l'arbre, plus les tableaux arborent des couleurs éclatantes, et plus les paysages sinistres se change en simple bizarrerie. Comme celui, plus vrai que nature, d'un bois peuplé de châtaigner monté sur pattes, se jetant du rebord d'une île volante recouverte de petites boules rose ruisselant en cascade dans un lac de lave.

Au bout d'un corridor, on pénètre une salle aux murs blancs, couverte d'innombrables horloges accompagnées de leurs rutilants *tic tac*. « Asseyez-vous, il ne faut pas le déranger. » Conseilla Herbert. Tous s'assirent sur les petites banquettes teintée d'un bleu vif. La porte du bureau était en pierre, la tête d'un sanglier implacable y était gravée. La porte s'ouvrit d'un coup et la trogne du magicien se présenta : « Vous êtes en avance, patientez. » Fit-il d'un ton sec avant de claquer la porte.

Trente minutes plus tard ressort du bureau un homme au crâne dégarni et au visage creusé. Son crâne est gras et luisant, vitrifié même, au point de pouvoir y observer son reflet.

Des gargouillis assaillent son estomac continuellement et un sourire narquois orne son visage.

Tout à coup une odeur indescriptible aborde les narines de tous. La pièce s'assombrit et une sorte de dôme gazeux envahi la pièce. Pour tous, ce fut le néant de l'inconscience.

À leur réveil, Andvari se tient au milieu de la pièce et annonce à ses invités qu'ils sont restés dans le coma pendant deux heures, puis les invitent à le suivre dans son bureau.

Le bureau du magicien consiste en une pièce cubique dont une grande fenêtre. Celle-ci donne sur le brasier qu'est l'oreille de Samson, illuminant formidablement la pièce, ses poutres, ses arches et ses reliefs finement ouvragés. Tout un tas chose y est entreposé, car le bureau est vaste. Des étagères vertigineuses sont plaquées contre les murs, plusieurs tables sont envahies de parchemins pour les unes, d'alambics, de potions, de fours et d'ingrédients pour les autres. Certains ouvrages sont stockés ici, comme des poupées, à l'instar du bonhomme citrouille du bois orange. Elles reposent un peu partout dans un bazar émerveillant les pupilles des uns et des autres.

Andvari prend place derrière son bureau principal. Entre un crâne déroutant et trois fioles spumeuses il pose ses bras et toise du regard ses invités en attendant qu'ils se mettent à parler. « Nous somme venue vous consultez au sujet de l'attaque d'hier soir Andvari. » Bredouilla Herbert. Le magicien grimaça.

— Il va falloir être plus précis, vous me posez beaucoup de questions tout en pensant n'en poser qu'une. Que voulez-vous savoir d'abord, soyez précis je vous prie.

— Qu'elle était la nature de cette créature à la peau verdâtre. Demanda Sipom.

— C'est mieux, néanmoins je ne vous répondrais pas de suite.

— Pourquoi qu'vous pouvez pas répondre ? Lance Charessin à son tour, visiblement mal à l'aise.

— Parce que je vous fais marcher Charessin, et peut être parce que je cherche à gagner du temps. Enfin, je sais très bien ce que vous voulez, et vous l'aurez rassurez-vous. Installez-vous confortablement je vous prie.

Andvari s'affala dans cette chose gélatineuse et incongru qui lui servait de chaise, il écarta les jambes et posa les mains sur son ventre rond. Puis bus une potion à l'aspect surprenant, une fiole remplie d'une fumée noir et liquide.

Ce fut d'abord une discussion d'une fluidité des plus agréables. C'était Andvari qui d'abord posait des questions sur l'attaque de la veille. Il s'intéressa ensuite au cas de Sipom et Joseph. Ses questions étaient suffisamment précises pour deviner qu'il connaissait déjà en partie l'histoire des deux Rahmortiens. Cela aurait pu être surprenant, mais quelque chose chez le magicien dans sa façon de parler, aussi direct que sincère, mais également avec une certaine hauteur, faisait que l'on ne s'étonnait pas de ses connaissances et que l'on ne lui posait pas de questions sur ses sources.

C'est au même moment que le Malkasar se dévoila, sous la forme d'une belette contrôlée à distance. Ceci expliqua d'où Andvari tirait sa connaissance de l'histoire des deux Rahmortiens, le Malkasar qui entend tout dans sa montagne le lui aurait confié. On le remercia chaudement d'avoir averti le magicien la veille.

— Malkasar ! Tout porte à croire que des troupes Rahmortiennes sont ici.

— Je le sais. Répondit le Malkasar au travers de la belette. Je suis ici pour chercher les réponses qu'Andavari m'a promis.

— Et je les ai obtenus. Grâce à mon ami que vous avez eu la chance de voir sortir de ce bureau. Soyez patient et écoutez-moi.

« Nous avons affaire ici à deux terribles ennemis. L'un contrôle l'empire Rahmortien sans dire son nom. L'autre apporte le froid ici et se nourrit de notre sang, de nos âmes, de tout ce qui nous fait Homme. Ils sont nos ennemis, mais ils ne sont pas alliés pour autant. Ils sont divisés, l'unité leurs est inaccessible et c'est notre chance. Avec mon ami, nous n'avons pu voir en détail l'avenir, mais les augures nous sont néanmoins favorable.

« Se sera dur, quelques tragédies surviendront probablement. Mais messieurs ! avec l'espérance tenace et bien accroché à nos cœurs nous viendront à bout des obstacles. Une nouvelle ère se profile à l'horizon, battons-nous pour en faire une ère propice à notre épanouissement, ne laissons pas nos ennemis s'en emparer. Car c'est là qu'est le véritable enjeu.

C'est sans plus de détail qu'Andvari clos la conversation. Chacun ayant été confronté aux ennemis en question, tous comprenaient en leur for intérieur les paroles du magicien, et tous comprenaient leur rôle. Certain l'acceptant, d'autre l'ayant accepté depuis longtemps, et d'autre encore, hésitant, seront amenés à faire un choix en leur âme et conscience.

Plus tard Andvari demandait à tous de monter jusqu'au sommet de la tour pour aller ripailler.

La salle à manger faisait aussi office d'observatoire. Le magicien passait bien des nuits à scruter le ciel, quand on lui demande pourquoi il répond toujours ceci : « Le ciel est une véritable mine d'informations pour qui sait l'observer. Les astres en eux-mêmes sont aussi de bons conseillés, pour qui sait les écouter. »

En dehors de la partie observatoire, une grande table de bois et ses chaises attendaient les convives.

La nourriture ici était fluorescente. Il y avait des morceaux d'on ne sait quoi baignant dans des jus bigarrés, l'arme du crime étant le contenu des fioles spumeuses du magicien, faisant office de sauce. Ce n'était, comme on put s'y attendre, pas de la grande cuisine. Ce fut cauchemardesque même. En particulier lorsque le ragoût bleu de Roland le suppliait de ne pas le manger, arguant qu'il avait une femme et qu'elle était enceinte. Puis qui arrêta de geindre lorsqu'il mourut de chagrin en entendant les pleurs de sa femme mastiquée sauvagement par Andvari. Le magicien disait que le ragoût avait l'habitude de mentir et de feindre la mort pour survivre. Il y eut aussi ce gâteau ayant la couleur du crépuscule qui failli tuer le pauvre Charessin en lui sautant à la gorge, mais qui fut sauvé par Herbert qui venait de négocier avec son verre d'alcool pour qu'il ait meilleur goût, une belle affaire rondement menée. Herbert réussi d'ailleurs à manger correctement, puisqu'il en avait pris l'habitude à force d'aller souper chez le magicien.

Sipom et Joseph, comme avec les vulgues, purent manger tranquillement sans être confrontés au moindre problème. Ils parvinrent, à l'étonnement d'Andvari, à manger plus que correctement. Que se soit le vermicelle dont le reflet révèle les pires cauchemar du buveur, ou la pintade hurlante, ils se laissèrent manger sans même chercher à embêter Sipom et Joseph.

Roland aussi fini par s'en tirer. Après son ragoût, il affronta du regard une tête de poulet nimbée d'étoiles, sans jamais y toucher. Par une miraculeuse chance ce fut la chose à faire, car soudainement il sentit son ventre se remplir. La tête de poulet avait reconnu la force de Roland. Un profond respect naquit entre les deux, ce qui parut étrange pour les autres, même pour Andvari.

Ce dernier, avec malice, avait pris plaisir à regarder ses invités se débrouiller comme ils le pouvaient, prêt à intervenir tout même, au cas où la situation dégénère.

Ceci fait, ils partirent dormir, tous d'un lourd et réparateur sommeil. Car demain il fallait partir à l'aube pour la vallée Vespérale.

Quoi que juste avant d'aller dormir, Andvari vint à la rencontre de Sipom et lui donna un flacon.

« Roland m'a confié que c'était la raison pour laquelle vous êtes venu dans notre pays avec ton ami. Le Malkasar a confirmé que le remède c'est avéré efficace sur les réfugiés Vulcotropesiens, les effets de l'ambrocine ont été effacés. Tu peux partir maintenant avec cette fiole, où rester encore un peu avec nous pour nous prêter main forte. Si tu restes, je t'apprendrais comment fabriquer le remède, tu as le choix. »

Sipom lui répondit simplement qu'il n'était pas possible pour lui de repartir.

Chapitre 12

Dans un édifice au sein de la vallée vespérale, dans une pièce plongée dans le noir, un homme vêtu de blanc est assis, les yeux clos. Il écoute et déchiffre un message reçu en lui même. Bientôt il se lève, récupère une épée de lumière, et s'en va pour le château d'Eldainfut accomplir son destin.

« Il est temps d'y aller, nous irons dans la vallée vespérale à pied, car il est impossible de convaincre ou de forcer un cheval à s'engouffrer là-dedans. » Annonçait le magicien.

La marche commença. Cette nuit, un peu de neige c'était déposé ici et là, sur les branches d'arbres et les rochers, occupant de petites zones au sol. Hier les arbres revêtaient leurs flammes automnales, aujourd'hui ils s'adonnaient à leur nudisme hivernal. Ces derniers jours tout était chamboulé, que se soit la météo, les saisons, la faune ou la flore.

Malgré tout, ce matin nous avions quelque chose d'à peu près cohérent, en dépit de la date. Un froid polaire, un peu de neige, des arbres nus, ici et là un merle noir au bec orange, un rouge gorge piquant la terre à la recherche de nourriture, prenant ensuite son envol pour aller se nicher au cœur des friches sauvages.

La nuit pas tout à fait fini, sur la route l'on put observer l'éphémère tableau matinal. Où le ciel devient gris bleu, avec d'un côté l'aube et son ciel opalescent, et de l'autre, le ciel plus sombre et sa lune disparaissant peu à peu. Puis avec l'aube l'érubescence du ciel, la lisière d'or sur l'horizon dans laquelle vient se perdre le vol lointain de grands oiseaux. Les nuages prenaient de magnifique teintes, des nuances d'ors d'ivoires et d'argents. L'un d'eux, immense, prenait la forme d'un oiseau titanesque teinté de rouge par l'aurore matinal.

« Hô détestable été, méprisable saison à la sordide chaleur putride, et toi arrogant et minable soleil éblouissant. De tout mon être je vous exècre. Je me déclare haut et fort votre ennemi. Luttons et mourront de la main du maître qui choisi ce que bon lui semble. Aujourd'hui le froid m'étreint et la lune arrive bientôt. Le maître gagnera et la nature deviendra éternellement belle. Étreins-moi pour toujours doux hiver, et je serais enfin comblé. »

Un nouveau monstre se tenait ici, semblable à Méréthel et Arkto, se tenant debout sur un grand rocher, s'extasiant et vibrant. Son corps était couvert d'un habit singulier, en une pièce, non pas fait de tissu ou de cuir, mais de neige immaculée. Ses cheveux étaient longs et blanc, extrêmement bouclé, si long qu'ils lui tombaient aux chevilles. Son visage triangulaire et anguleux sous tous les aspects était couvert de symboles d'un bleu glacial. Sur le côté droit de son visage se trouvait un ornement en forme de croissant de lune. Du givre suintait de ses pores et tandis qu'il souriait, il montrait ses dents faites de glace.

Sans prévenir, Andvari lança une fiole de feu sur le nouvel ennemi, ce dernier esquiva de justesse et s'abrita derrière le rocher sur lequel il était perché.

— Non mais ça va pas de m'attaquer comme ça, sans aucune preuve de mon hostilité. Cria-t-il outré.

— Tu comptais nous attaquer sans prévenir dès que l'on aurait été assez proche, j'ai simplement pris les devant, misérable créature. Il se mit à parler à voix basse. Roland, contourne le rocher et manœuvre de façon à ce que je puisse le brûler ou que tu puisses l'embrocher.

— Quoi ?! Même pas vrai d'abord, je comptais vous prévenir avant d'attaquer. S'insurgea la créature. Parce que figure toi mon cochon, qu'après avoir bellement clamé mon amour à l'hiver, j'avais l'intention de vous provoquer en duel en vous lançant quelques vers que j'ai composés exprès pour l'occasion. Mais non ! Il faut croire que les vilains ne connaissent jamais les bonnes manières. Bah vous savez quoi, bande de misérables, je ne suis même pas en colère. Je vous le dis, vous n'aurez pas ma haine, seulement mon indifférence. Moi Rumiel, je reviendrais plus tard pour vous trucider, mais en ayant rien à faire de vous, je ne serais ni triste ni heureux, et ça vous le verrez, l'indifférence ça fait mal.

— Andvari ! Braya Roland.

— Quoi ?

— Notre bonhomme avait l'air de préparer quelque chose, il a disparu quand il m'a surpris en train de le contourner.

— Tant pis, continuons d'avancer. Son heure n'était pas venue.

— Il avait pas l'air bien dangereux cet hystérique, de toute façon. Lança Charessin.

— Ne t'arrête pas aux apparences Charessin, les choses auraient pu très mal tourner s'il avait décidé d'attaquer. Distoi que celui-ci a une force au moins équivalente à celle de celui qui vous a attaqué hier soir, ou de cette Méréthel dont vous m'avez parlé.

Charessin en eu des frissons. La marche continua, et plus tard ils étaient prêts à s'engouffrer dans la vallée. Non sans appréhension.

Les deux rangées de montagnes qui cernaient la vallée les accueillaient. Avec leurs pics pointus, leurs roches sèches et friables et leurs proximités rendant intimidante l'étroitesse de la première partie du chemin.

Le sentier était en friche et un peu enneigé. Le soleil se levait pile entre les deux rangés de montagnes, à l'ouest étrangement, chassant toutes les ombres biscornus que pourrait projeter les pics menaçants. À pied, il faut un peu moins de deux jours de marche pour atteindre le château.

Après quelques heures, arrivé dans de hautes herbes, la petite troupe fut agressée par les cris stridents de petits animaux ne vivant qu'au sein de la vallée. Andvari qui était un habitué expliqua aux autres qu'il s'agissait de bestiole de la taille de gerbille qui physiquement, se trouvait être entre le ragondin et le criquet. À l'intérieur les bestiaux étaient faits comme des insectes, à l'extérieur comme de petits rongeurs. Leur chant est similaire à celui des criquets, en plus sonore, ce sont des ectopilins. Ici dans les hautes herbes, ils sont près de deux milliers[1]. Andvari conseilla de se boucher les oreilles. Se sentant courageux Charessin brava le premier les hautes herbes et revint bien vite.

— Ils m'ont croqué les mollets !

---

1   Les ectopilins vivent en colonie. 2000 individus correspond à la taille moyenne d'une colonie.

— Un oubli de ma part, en plus du chant, il faudra supporter les morsures.

La traversée des hautes herbes se fit dans la douleur, sauf pour Roland, dont l'armure c'était montré des plus utiles.

Loin du bruit et des coups de dents intempestif, l'on s'arrêta dans une zone dégagée. Ici les deux rangées de montagnes s'écartent pour laisser place à une vaste étendue de terre vallonnée. Face à eux se trouve un bois sur une colline, ils s'y arrêtent pour prendre une pause.

Notre petit groupe se revigore à l'aide d'un repas frugale. Pour une raison inconnue, l'on dévore les fruits avec une certaine intensité, les trognes sont renfrognèrent, les yeux lancent des éclairs et le silence est pesant. Oui le silence, ce bois l'est également, pas même le vent ne fait bruisser les feuilles.

Andvari fini par se lever et emmène la troupe sur le versant nord de la colline, tout en restant dans l'ombre de la canopée. « Nous allons là-bas quérir de l'aide. », fit-il en pointant du doigt le flanc de l'une des montagnes où se nichait une sorte de cathédrale. Encore un bijou architectural inconnu du plus grand nombre, perdu au milieu de nulle part.

— Attends un peu Andvari, demanda Roland, cet endroit ce ne serait pas…

— À moi ! Aidez-moi ! Hurla Charessin qui disparaissait dans l'ombre des arbres.

Puis ce fut Herbert qui fut brusquement happé.

— Cette odeur ! Ce sont des morts ! Comme les moutons d'hier soir. Vite, aux armes !

Roland dégaina son épée, Andvari également. Pour Sipom et Joseph, l'un brandissait une masse à pointe et l'autre une hache, toute deux donnée par Andvari. Chaque arme étaient recouvertes du feu du magicien, dont lui seul parvenait à changer les propriétés. Ici c'était un feu durci et collant. Ils s'enfonçaient au pas de course en direction des cris, Sipom et Joseph vers Charessin, Roland et Andvari vers Herbert.

Bruyant comme il est, Charessin fut rapidement retrouvé. Il était en sanglot, faisant face à deux cadavres ambulants qui venaient de s'arrêter. L'une était une femme chauve, à la peau grise et aux cils suffisamment long et épais pour entièrement cacher ses yeux. L'autre était un homme de grande taille, une plaie en travers du torse glapissante comme du lard sur une poêle brûlante, ses membres étaient longs, bien trop long. Sa face était aussi verte de pigment que de rage.

— Mais tu vas la fermer sombre chiure de cloporte constipé ! Il hurla de douleur en touchant sa plaie. Rha mais ça me brûle tellement fort, personne ne peut faire ça normalement ! Non d'une pipe !

— À l'aide ! Pitié je veux pas mourir ! Fit Charessin, laissant chuter une cascade de larmes de ses yeux.

— Mais ferme-la ! Tu comprends ! Gueula le mort en saisissant sa victime par les épaules et en lui postillonnant dessus. Tu comprends pas que j'ai d'autres soucis à gérer là. Je t'ai capturé afin de me revigorer avec ton sang, qui m'avait l'air tout à fait appétissant, et voila que t'es en train de me couper l'appétit, petit galopin de mes deux !

— J'vous le jure j'ai si mauvais goût, pitié monsieur, il y a plein d'autres gens moins bruyant et avec plus de goût, je vous en supplie.

— M'en fiche, même si je te mange pas je te tuerais quand même. Juste parce que tu m'embêtes. Et mince alors, ce que j'ai mal !

— Mais pourquoi ?! Clama Charessin avec ses dernières larmes.

— Rah explique lui toi ! Ragea le mort.

— Oui bah c'est que en fait...

— Mais quelle galère, je vais encore mourir ! Et taisez-vous les asticots ! Dit à nouveau le macchabée bien impoli.

Suite à cette bruyante algarade, Joseph tomba du haut d'une branche pour enfoncer sa hache dans le crâne du mort en sursis. Sipom profita de la confusion pour sortir des fourrés et brutalement dégommer la deuxième. Charessin fut plus reconnaissant que jamais. Puis Andvari Roland et Herbert arrivèrent.

— Nos ennemis étaient déjà à moitié morts, mais leurs blessures ne ressemblaient à rien que nous puissions connaître. Raconte Roland

— Elles étaient comment leurs blessures ? Demanda Sipom.

Andvari lui expliqua.

— Comme pour celui-là alors. Je peux vous dire que ça ne ressemble pas non plus aux blessures que peuvent laisser les armes Rahmortiennes, si toutefois elles fonctionnent sur ces choses.

Les blessures glapissantes des morts restait donc un mystère.

— Attends un peu Andvari, coupa Roland, maintenant que le danger est écarté, l'endroit que tu nous as montré juste avant. C'est, je le crois bien, l'ordre de lépreux cannibale de la vallée vespéral. Les sombres gardiens dont parlent nos légendes les plus noires.

— Ce ne sont que des histoires pour tenir éloignés ceux qui n'ont rien à faire ici. Ce sont des gens très bien, tu le verras. Ils n'ont aucune sorte de maladie et suivent un régime alimentaire qui peut paraître curieux, mais qui n'a rien à voir avec l'anthropophagie. Au contraire ! Ils mangent peu et sainement.

« Il y a bien des choses à expliquer sur cet ordre, mais nous n'avons plus le temps. Nous avons croisé de premiers ennemis, de plus puissants et plus nombreux pourraient ne pas tarder, alors filons d'ici.

On fit confiance au magicien. La route était encore longue. Ils descendaient de la colline et suivaient un sentier tout tracé, censé mener à la cathédrale de la vallée Vespérale.

Au bout d'un moment, une fumée noire montant d'un cercle de pierre au sommet d'un monticule fut aperçu. Des flocons de cendre se mêlèrent à la neige, parfois encore rouge et transportant une odeur de feu de bois.

Se rapprochant, car Andvari savait ce qu'il se passait, la vive lumière du brasier commençait à inonder les alentours. La nuit déjà présente, et bien avant l'heure, tissait sa toile crépusculaire. Retenant prisonnières les milliers d'étoiles scintillantes dans ses filets. Les étoiles étaient comme les yeux d'innombrables mort scrutant avec attention le monde des vivants. Voilà ce qu'est la nuit en ces temps troublés et ce qu'elle dégage.

Une puissante mélopée jaillie du sommet du monticule. Des silhouettes blanches et purs s'y dessinèrent distinctement, lumineuses. Andvari grimpa seul jusqu'au sommet. Aucune parole ne fut échangée, le magicien fit simplement signe, au bout d'un moment, de grimper pour le rejoindre.

Au sommet se trouvait la source des flammes. Un grand bûcher où brûlaient d'atroces créatures, aux dents longues et fourchus, entourés par les ombres blanches chantant dans la nuit. Une phrase est souvent prononcée pour évoquer la vallée Vespérale : « La nuit dans la vallée, les fantômes sortent, et les gardiens blancs veillent. »

Puis soudainement, la lueur du bûcher s'estompa. En face des différents regards braqués sur l'horizon, le soleil se levait à nouveau. Avec une vitesse prodigieuse il rejoignit la lune à son zénith pour s'y figer et changer la nature du ciel, la changer en une éclipse perpétuelle.

La situation était à n'y rien comprendre, les Rahmortiens comme les Norg'strydien étaient éberlués. L'éclat funeste n'avait rien de naturel, tous comprenaient instinctivement qu'il s'agissait là du fait de leurs ennemis. Tous comprenaient un peu plus le féroce combat qu'il allait falloir mener, contre ces forces dotées d'une puissance sans comparaison parmi les Hommes.

C'est pourtant une flamme de vaillance, un éclat combatif qui s'allumait au cœur des prunelles. L'éclipse était comme un message de l'ennemi : « Soumettez-vous face à ma puissance écrasante, ou combattez malgré la mort que je vous réserve. »

Les six gardiens blancs se remirent à chanter, d'un ton grave et solennel.

Tapis dans les profondeurs de la vallée
Les bêtes se disputent une trop grande couronne
Viles créatures à la langue fourchue
Voilant le cœur des Hommes

À la guerre nous partons, notre cœur comme bouclier
Sa lumière comme arme, nous avançons
Nos paroles de flammes, soufflé par le vent

Immergés dans les eaux, nous foulons cette terre
Bientôt le dénouement arrive, l'ascension commencée
Nous gravirons la montagne

Non sans Ton aide

C'est au rythme de divers chants que notre groupe avança, entouré des six gardiens. Petit à petit l'on s'oubliait, plongé dans une transe silencieuse par l'écoute des voix mélodieuses.

Sans même se rendre compte du temps passé, tous se retrouvaient au sein de la Cathédrale de la montagne.

À l'intérieur les étrangers en la vallée recouvraient leurs sens, ils se trouvaient dans une salle destinée à la prière. Sipom Roland et Joseph s'y attardaient tandis que le magicien s'entretenait avec l'un des gardiens.

D'un autre côté, Herbert et Charessin sortaient en passant par la porte de derrière, qui s'ouvre sur un petit champ et un pâturage où vivent paisiblement de grasses vaches aux longues cornes. Herbert parti de suite discuter avec celui qui s'occupe de la ferme, le gardien Bertrand d'Artagon.

— Alors comme ça, vous venez d'Artagon vous ? Fit Herbert.

— Tout à fait. Répondit tranquillement le gardien Bertrand.

— C'est donc pour ça que vos bêtes elles ont les grandes cornes incurvées, je comprends mieux. Et qu'est ce qui pousse par ici, dites-moi donc ?

— Recule Herbert ! Braya Charessin qui se tenait à distance.

— Qu'est qu'il y a Charessin ? Demanda Herbert.

— Recule ! T'a donc oublié ce qu'a dit Roland ?! C'est un lépreux cannibale le type à qui qu'tu causes !

— Mais non, Andvari a dit que c'était juste une ruse.

— Nan, j'suis sûr qu'il a dit ça pour nous tromper, faut pas faire confiance aux magiciens, y sont fourbes !

— Non monsieur, je vous assure que personne ici n'est atteint de la lèpre, c'est réellement une ruse, je vous l'assure. Et ce que nous mangeons vous l'avez sous les yeux, nos vaches, leur lait, l'eau du puits et les légumes et céréales devant nous.

— D'accord pour le régime alimentaire, mais enlève donc ta capuche pour voir si t'es pas lépreux !

— Je ne peux pas, si je l'enlève je ne serais plus gardien, tel est le serment que j'ai prêté. Fit Bertrand.

— Ha ! Je le savais ! Jt'ai coincé ! Je suis trop intelligent pour toi ! Dépêche-toi de me rejoindre Herbert ! Tu vois bien que son mensonge est trop grossier, c'est un lépreux !

Bertrand semblait bien embêté que Charessin soit si résolument têtu. C'est alors qu'un homme vint les rejoindre, boiteux et amaigri. Charessin reconnu Chisald.

— Ce sont de braves gens Charessin, ils m'ont soigné alors que j'étais moribond, sans eux je ne serais plus de ce monde.

— Bah mince alors, je te croyais disparu pour de bon. Fit Charessin les larmes aux yeux.

— Méréthel m'a emmené dans la deuxième Malkasan. J'étais à peine conscient, blessé et empoisonné. Quand elle a disparu, j'ai rampé dans la neige, un cheval est venu à moi, je m'y suis accroché et il m'a conduit jusque dans la vallée, puis les gardiens m'ont trouvé.

Les mots de Chisald surent apaiser le cœur de Charessin.

— Merci de dissiper le malentendu Chisald.

— C'est chouette tout ce que j'entends là. Interrompit Herbert. Mais maintenant que ça va mieux, moi ce qui m'intéresse c'est de savoir ce que sont les étranges outils plein de terre là-bas, et de savoir comment vous les cultivez vos légumes.

— Je vais me faire un plaisir de vous l'expliquer, Herbert.

La conversation entre les quatre continua encore un moment.

Pendant ce temps, Andvari Roland Sipom et Joseph étaient sortis de l'autre côté et observaient le paysage au loin. Andvari sorti de son sac une longue vue de sa confection, elle permet de percer le brouillard de la vallée.

— Regardez ces feux de camps, ce sont les troupes Rahmortiennes, Sipom, Joseph, que pouvez-vous nous dire de ceci ?

— Que ce n'est pas bon du tout. Je m'explique, je reconnais ici le blason et l'uniforme du chapitre du loup carmin, une unité d'élite de l'empire. Éclaireurs et assassins compose le chapitre. Ils sont chargés des missions les plus périlleuses. Et de ce que je vois grâce à votre extraordinaire longue vue, ils ont enrôlé des goules d'ambrocine, d'énorme brute de la nouvelle Fouistal appartenant à la famille Vartrides. Les seules goules à véritablement coopérer avec l'empire. Ce sont des monstres génétiquement modifiés par l'ambrocine, leur force est titanesque et leur psyché malléable à souhait. Ils sont incroyablement loyaux envers ceux qui les ont éduqués suite à leurs changements physique et mentaux.

« Je vois aussi des créatures comme celles que nous avons croisés dans le bois sur la colline plus tôt, enfermés dans des cages. À tous les coups, le chapitre du loup carmin a eu pour mission de les capturer, et comme toujours avec l'empire, ils doivent gaver ces choses d'ambrocine.

— Merci, et voilà qui est inquiétant.

— Une dernière chose Andvari. À propos du chapitre du loup carmin. Ils sont toujours envoyés dans une région quelques mois précédant une attaque. À l'heure qu'il est, une armée à du trouvé un moyen d'arriver jusqu'ici sans se faire repérer et se prépare à attaquer Malkasan. Du moins c'est ainsi qu'ils ont l'habitude de procéder.

— Bien, j'avertirais le Malkasar, je vais lui dire de redoubler de prudence.

Revenons du côté de Charessin Herbert Chisald et du gardien Bertrand.

Charessin s'était éloigné des trois autres, se baladant dans le champ doré et chatoyant. Malgré l'éclipse tout en haut du ciel, les rayons de la lune de jour se reflétaient sur son crâne flétri par les années. Tout était bizarre autour de lui, mais cela restait l'un des rares moments de répit qu'il sut trouver ces derniers jours. Il repensait au fantôme de son père, tandis qu'il s'allongeait au milieu du champ. Il faisait froid, mais il s'en fichait, il voulait seulement être loin de tout, seul avec lui-même.

Comme si le sort avait décidé de s'acharner sur lui, il se mit à faire drastiquement plus froid. Les blés perdirent leur éclat pour s'obombrer et se draper d'une nitescence crépusculaire. Un vent mauvais se leva, charriant avec lui de nombreuses spores violacées, presque invisible dans l'obscurité diurne. Comme un épouvantail prenant vie, une forme hideuse pris forme au loin, et se rapprocha en un clignement d'œil. C'était Méréthel, visage nue, toujours les yeux criant à l'aide et le sourire carnassier déployé. Elle s'adressa à Charessin d'une voix lascive et lancinante.

— On s'est déjà vue non, au niveau de la boulangerie ? N'est-ce pas ?

— Mé... Méréthel ? Balbutia-t-il dans un murmure étouffé.

— Méréthel tu dis ? Fit-elle en mimant grossièrement l'incompréhension.

Charessin avait les yeux prêts à sortir de leurs orbites. Les genoux pliés, les fesses encore au sol, il reculait tandis que l'autre s'approchait lentement. Méréthel fit un bond, se rapprochant subitement elle saisit la main gauche de Charessin, qui la levait vainement pour se défendre. Un bruit sourd, un craquement brusque et le poignet fut brisé comme une vulgaire brindille. Un cri muet de douleur s'échappa du pauvre homme, et la démone lui cracha un liquide noir et spumeux directement dans la bouche. Une déglutition funeste brûla la gorge du malheureux.

L'espace d'un instant la peur s'envola. La douleur de ses boyaux se tordant sous l'effet de brûlure lui fit oublier sa terreur.

Ayant perçu le changement d'atmosphère, Herbert Chisald et le gardien Bertrand arrivèrent. Trouvant Charessin recroquevillé sur lui-même, les bras ceinturant son ventre, au pied de Méréthel prête à bondir sur sa proie.

— Charessin ! Hurlait Herbert.

— Méréthel ! Suivait Chisald.

— Méréthel !? Fit la démone cette fois-ci en colère. Toi qui l'a connu dans les derniers instants de conscience que je lui ai accordé, ne vois-tu pas qu'à présent elle n'est plus !? Ne vois-tu pas, sombre idiot, que je suis face à toi et que c'est moi qui possède son corps ! J'ai dévoré son âme et me suis emparé d'une coquille vide. Toi qui devrais être mort à l'heure qu'il est, ne le comprends-tu pas ?!

Les yeux de la créature devinrent jaunes, elle chancela, presque trébuchant. La main plaquée sur le front elle murmura ceci : « Encore les effets de cette brume jaunâtre, je dois récupérer plus de force. » Ses ailes décharnées se déployèrent, saisissant Charessin au passage, elle parvint à s'enfuir plus loin dans la montagne.

Herbert commença à courir dans sa direction, il s'arrêta pour dire aux deux autres de le suivre. Mais ceux-là ne l'entendirent pas.

— Chisald, tu as ton remède à porter de main ?

— Oui, juste ici. Dit-il en sortant une petite fiole de sa poche.

— Parfait, votre ami en aura besoin.

— Et pour Méréthel ? Maintenant que tu l'as vu. Demanda Chisald.

— Je n'ai jamais été confronté à un cas allé aussi loin. Je ne te promets rien, mais je vais essayer de faire sortir la créature du corps de la jeune fille. Pour cela nous devrons d'abord l'immobiliser.

— Alors essayons !

— Et si cela ne fonctionne pas ? Si le monstre l'englouti complètement, es-tu prêt à faire ce qu'il faut ?

— Si la lueur que je perçois encore dans ses yeux vient à s'éteindre, alors ce ne sera plus qu'un monstre à abattre.

Bertrand scruta longuement les yeux de Chisald, puis il partit à la hâte récupérer tout ce dont il avait besoin. Il revint rapidement avec un grand sac sur le dos.

Courant aux travers des blés, guidés par leur haute intuition, chacun des trois hommes, sans même se voir, allaient dans la même direction. Une force invisible leur montrait le chemin. Herbert suivait le souffle du vent, Chisald avançait sans réfléchir, la tête vide de toute pensée ou émotions, conduit par une indéfinissable sensation. Bertrand quant à lui, semblait suivre quelqu'un que lui seul pouvait voir.

La course effrénée à travers champs fini par les conduire à la lisière d'un petit bois.

Ils y trouvèrent Charessin agonisant loin du reste. On lui administra l'antidote pour contrer le poison de la démone. Et l'on vit cette dernière plus loin, en plein combat contre une unité Rahmortienne. Une dizaine de cadavres, soldat et goule d'ambrocine, jonchaient le sol, abreuvant et souillant le sol de leur sang putride et ambré. La créature dont toutes les veines ressortaient gonflées et prêtes à exploser, éclatant en gerbes de sang pour certaines, arrachait à mains nue la tête du dernier soldat encore en vie.

Le sang vicié du soldat aspergea la créature, qui se révéla couverte de blessures.

Transpercée en de nombreux endroits par les canons Rahmortiens, ses plaies eurent du mal à se résorber. Ce fut l'occasion de passer à l'attaque ! Herbert et Chisald se saisirent de Méréthel dont les forces la quittait, affaibli par l'ambrocine et ses derniers efforts.

Les yeux sont le reflet de l'âme, et celle de Méréthel était loin de s'être fait dévorer comme le disait la démone. Bertrand fit alors ce qu'il avait à faire. Après de minutieux préparatifs, il entra dans une transe immobile tout en récitant quelques paroles incompréhensibles pour les deux autres.

De la sueur perla sur son front, alors qu'il était en transe, des traces de griffures et de morsures apparurent sporadiquement sur son corps et sa trogne. De leur côté, Chisald et Herbert employaient toutes leurs forces, et plus encore, pour parvenir à maintenir immobile le corps de la jeune fille animée par la force de la démone.

Ce fut une lutte éprouvante, dont il fut impossible pour les trois hommes d'évaluer le temps.

Subitement Bertrand rouvrait les yeux et se ruait sur son sac, pour en sortir un nécessaire de soin. Il dit alors ceci : « La créature n'est plus à l'intérieur, elle est partie se réfugier plus loin. Si vous voulez que cette jeune fille s'en sorte, vous allez devoir combattre le temps que je soigne ses blessures, car elle revient ! ».

À peine eut-il fini qu'un grognement sailli de la forêt. Un ours immense en sorti, la bête devenue folle chargea. Sur une détestable fréquence, l'ours articula un grognement proche du langage humain : « Maudit ! » Répétait-il en boucle.

Un coup de griffe atteignit Chisald dans la lutte, Herbert au même moment enfonça sa machette dans l'une des pattes arrières, l'autre patte suivi. L'ours fut stoppé dans son élan furieux et Chisald lui enfonça son épée dans le corps, loupant de peu le cœur.

Avec un craquement horrible l'ours se dressa sur ses pattes arrières brisées et voulu en finir avec Chisald.

Une détonation résonna, la balle d'un canon Rahmortien vint se loger entre les deux yeux de la bête qui s'effondra, renvoyant pour de bon la créature là d'où elle venait.

Anxieux, Herbert et Chisald se retournèrent. Charessin c'était rapproché, adossé contre un vieil arbre, un canon encore fumant posé à côté de lui.

« Maintenant que vous avez fini, que l'un de vous vienne ici, j'ai besoin d'aide pour soigner cette jeune fille. »

Herbert le rejoignit, et Chisald parti s'asseoir avec Charessin.

— Bah dit donc, tu saignes vachement, tu devrais plutôt rejoindre les autres là-bas, histoire d'commencer à soigner ta blessure. Puis se serait bien qu'tu puisses voir la p'tite Méréthel à son réveil. Fit Charessin d'une voix chancelante.

— Et toi donc, si t'essayais de lutter un peu, le remède ne fonctionnera jamais si t'y met pas un peu de volonté. Quant à moi, je suis mort à mon retour dans la Malkasan estival, au moment d'être séparé de Méréthel. J'ai simplement continué jusqu'ici pour la sauver. C'est la mission qui s'est révélé à moi alors que je mourrais à moitié enseveli dans la neige. Maintenant je peux partir.

— Moi aussi, j'ai compris que j'ne survivrai pas quand j'ai revu mon paternel. J'ai eu peur, comme jamais avant, mais son regard plein d'fierté, il est resté dans ma tête. Au final, j'me suis résigné, et je suis content d'avoir pu vous aider à la toute fin. Et j'sais aussi qu'avec ce qu'on vient de faire là, on restera pas coincés ici comme les autres fantômes. J'sens déjà la présence de mon père, il a pris de l'avance et m'attend plus haut.

— Voisin jusqu'au bout alors. Voulu conclure Chisald.

— Ça m'embêterait que tu t'laisses partir comme ça. T'es encore jeune, si tu crois avoir fait tout ce que tu as à faire tu t'trompes. À mon avis tu pourrais encore venir en aide à la p'tite Méréthel là-bas. Donc écoute bien.

« La mort tu dois pas la chercher, c'est elle qui vient quand l'moment est venu. Tu sais, j'pense au fond qu'la mort est comme un cadeau qui nous est fait à la naissance, pour donner toute sa valeur à la vie. Toi qui peux survivre tu t'dois de l'faire coûte que coûte.

« Puis si tu t'laisses mourir, qui ira dire à Amandine que nos chamailleries et autres disputes bien entendus me manqueront une fois trépassé ? Ouais, ces p'tits jeux me manqueront c'est certains. Aussi, qui lui dira que se fut un plaisir d'la côtoyer ces dernières années ? T'as une idée de qui pourrait le faire si tu t'dévoues pas ?

— Vieux renard, je n'ai plus d'autre choix que de vivre maintenant, tu m'ouvres les yeux et me donne une bonne excuse pour rester ici encore quelque temps. Si je m'y attendais à celle-là. C'est à peine si je te reconnais, à t'entendre parler comme ça.

— C'est pas faute de l'avoir souvent dit, que je suis pas aussi nigaud que j'en ai l'air. Mais j'tends veux pas, trouillard comme je suis, ça à toujours été plus facile de jouer les andouilles plutôt que d'me montrer sous mon vrai jour. Même si j'ai eu la chance de tomber sur des gens comme Herbert Roland Amandine et d'autres, qui ont bien compris mes faux semblants, et qui ont joué le jeu avec moi. Voilà mes derniers mots, Chisald, je te souhaite de toi aussi trouver des gens qui te comprendront, avec qui tu pourras avoir mille conversations sans dire un mot. Je te souhaite de pouvoir partir le sourire aux lèvres quand tu regarderas ta vie au moment de t'en aller.

Charessin expirait son dernier souffle, adossé au rocher, les jambes étendues et les mains jointes posées sur le ventre, le sourire aux lèvres.

Charessin parti, Méréthel revint à elle.

Chapitre 13

Nous somme de retour à la cathédrale de la vallée. Si-pom Joseph Roland et Andvari sont à table avec quatre gardiens, autour d'un repas bien simple, mais ô combien bon. Chaque ingrédient étant cultivés ou élevés directement sur place avec un savoir faire qu'on ne retrouve nulle part ailleurs.

— Nous venons d'envoyer le gardien Martial chercher vos camarades et le gardien Bertrand. Ne vous faites pas d'inquiétude, il les retrouvera à coup sûr, c'est un homme compétant. Rassurait le gardien chef George.

— Et nous vous remercions George. Rétorquait Andvari.

Le repas se fit dans le silence, malgré la disparition des quatre hommes une certaine quiétude régnait. Le lieu était apaisant.

— En Rahmortia, j'eus souvent l'occasion de me recueillir dans de petites églises, mais ici, je sens quelque chose de différent, de plus profond, cet édifice à quelque chose de spécial n'est-ce pas ?

— En effet, nous ne nous sommes pas retirés ici sans raison, nous avons été appelés à venir ici. À force de méditation en ce lieu, nous avons fini par comprendre ce qui le rend spécial. Il s'agit de la montagne où il a été bâti et la façon dont il a été construit. Il est bien plus efficace de méditer ici qu'ailleurs. Cet endroit nous permit de trouver nombres de réponses, et de recevoir certaines révélations quant aux évènements que nous traversons et ceux à venir. Pour ma part, ma tâche sera d'un jour partir d'ici, de transmettre le fruit de nos expériences lorsque les cœurs seront à nouveau prêts à recevoir ces nombreux messages. Dit le gardien chef.

— Mais comment pouvez-vous savoir tout cela ? De quoi parlez-vous au juste ? J'ai beau fermer quotidiennement les yeux à la recherche de réponses, jamais rien ne m'est venu pour autant. Coupa Roland.

— Et que cherchez-vous exactement ? Le savez-vous ?

— Je cherche le Roi, mais le dragon m'empêche de l'atteindre, je ne peux pas l'affronter.

— Oui c'est vrai, Andvari m'en a parlé de cette histoire. Vos aïeux étaient des sages en avance sur leur temps. Êtes-vous sûr d'avoir bien compris ce qu'ils voulaient vous transmettre en parlant de Roi ?

— Oui bien sûr, je le sais ! S'exclamait Roland.

— Et pourtant vous ne parvenez toujours pas à rejoindre ce fameux Roi ?

Roland se tut et Andvari se mit à rire.

— Laisse-le donc, il est encore jeune.

— Oui j'en ai bien assez dis comme ça. Répondait George en souriant.

— Et dis-moi George, je n'ai pas vu Jean depuis qu'on est tombés sur vous six, où est-il ?

— Il est parti combattre. Il nous a dit qu'il le devait, c'est sa mission.

— Lui qui est si doux et paisible d'ordinaire, voilà qui est surprenant.

Un grand bruit retenti et une voix résonna.

— Nous sommes de retour, venez vite nous aider, nous avons des blessés !

C'était la voix du gardien Martial.

L'on accueillit avec tristesse la mort de Charessin. Il fut enterré dans la nuit. Herbert et Roland étaient ceux accusant le plus le coup, ils venaient de perdre un précieux ami. Ce fut aussi le cas pour Sipom et Joseph.

Méréthel continua de recevoir des soins. Elle était frappée d'amnésie, le chemin de guérison sera long et difficile pour la jeune fille. Jusqu'alors elle vivra avec les gardiens. L'hémorragie de Chisald fut stoppée, lui aussi restera quelque temps chez les gardiens.

Bien des heures plus tard, Sipom Joseph Roland et Andvari, accompagnés des gardiens George et Martial, quittaient la cathédrale en direction du château d'Eldainfut.

Sur la route ils tombèrent sur Denis, le Vulcotropesien qui c'était vaillamment battu contre Roland.

— Denis, que fais-tu là ! S'exclamait Roland.

— Roland ?! Ça pour une surprise. Je me retrouve ici par une incroyable suite de coïncidences. Sentant que ça n'avait rien à voir avec le hasard, j'ai décidé de suivre l'espèce de chemin qui se dessinait face à moi, et voilà que je vous trouve au milieu de nulle part.

— Viens avec nous alors, toute aide sera la bienvenue, peu importe le rôle que tu joueras. Disait sèchement Andvari sans s'arrêter de marcher.

— Vous ! Je vous ai vu dans un rêve la nuit dernière.

Andvari ne répondit pas. Il y avait beaucoup de chemin à parcourir et le plus vite possible.

Sur la route, Denis se montra être un homme curieux bavard et jovial. Il trouva de bons compagnons de route en la présence de Sipom et Joseph. Roland ne disait pas mot, plongé dans ses réflexions.

Sur la route l'on tomba sur les restes d'une bataille, entre un troupeau de moutons monstrueux et une horde de goules d'ambrocine, dont le sang jaunâtre coulait encore frais.

— Encore ce poison de l'empire Rahmortien, d'où ça vient cette horreur ? Lançait Denis.

— C'est de la gelée, sécrété par une reine Féliot, un peu comme la gelée royale de la reine des abeilles. Enfin, si ça n'était que ça. Réponds Sipom.

— Il y a quoi de plus dans ce poison ?

— De puissants agents addictifs, de la poudre d'insectes ayant subi des mutations en laboratoires, des tissus humains, du sang recueilli sur les morts suite à certaines batailles choisies sans hasard, et il faut y ajouter tout un processus de rituel malsain.

— Et c'est du travail d'amateurs qui plus est, ce qui rend la choses plus dangereuse encore, quand on sait qui est notre ennemi. Ajoute Andvari.

Au bout d'un certain temps, le groupe arriva à la croisée de plusieurs chemins. La vallée vespérale ayant subi certaines modifications de relief dut aux évènements récents, impossible de savoir par où passer. Il fut décidé de s'arrêter une petite demi-heure, le temps de manger et de se reposer après les nombreuses heures de marche. Les deux gardiens restaient entre eux, Denis restait avec Sipom et Joseph et Roland s'approchait d'Andvari. Le ciel était noir et orageux, quoi que l'éclipse restait visible, les nuages se dissipaient en passant devant elle.

— Andvari, j'ai à te parler.

— Fais donc.

— Je suis un imbécile, je ne sais rien sur rien et pourtant j'agis comme s'il en était autrement. J'ai compris que j'ai été aveuglé par mon orgueil. Moi, fonder un ordre et transmettre un savoir et une expérience que je n'ai pas ! Quel imbécile. Depuis quelque temps je commençais à me poser des questions, et les mots du gardien George m'ont fait percuter hier. Andvari, laisse-moi devenir ton élève je t'en prie, apprends-moi ce que tu sais, et ce que je dois savoir !

— Ce n'est pas à toi de décider tout cela, j'ai mon mot à dire. Je te dirais seulement de continuer le chemin que tu viens d'emprunter et d'apprendre par toi-même dans un premier temps. Apprends à te connaître, tes forces tes faiblesses, tes travers, les puissances qui t'animent et qui te font avancer. Tu veux apprendre à mes côtés sans savoir si tu y es appelé. Prends conscience de ta destinée, à ce moment tu pourras savoir s'il est pertinent de venir me revoir.

« Mais prends garde, ce ne sera pas de tout repos, tout le monde y laisse des plumes là-dedans. Enfin, continue de fermer les yeux et de faire le vide à la recherche de ton Roi comme tu as l'habitude de le faire. Tu finiras peut-être par comprendre. Andvari le fixa droit dans les yeux. N'oublie pas que tu pourras toujours venir me parler si tu en as besoin. Je t'aiderais comme je le peux.

Une poignée de main scella la conversation dans les cœurs du magicien et du guerrier.

Au même moment, Sipom et Joseph s'éloignaient du groupe pour emprunter l'un des trois chemins. Alors qu'ils conversaient avec Denis, ils virent derrière un rocher le prêtre au col rouge les narguant de loin puis s'enfonçant dans un bois. Scène familière pour les deux Rahmortiens, ils comprirent, car eux seuls l'avaient vu, qu'ils devaient emprunter le chemin boisé. Eux deux et personnes d'autres et peu importe où ce dernier mène.

— Vous partez où comme ça ? Les interpella le gardien Martial.

— Nous devons emprunter ce chemin tous les deux, on vous laisse les deux autres. Faites nous confiance je vous prie.

— Très bien, on vous fait confiance, mais soyez prudents tous les deux. Fit le gardien George.

Et les deux hommes partirent.

— Mais enfin ce n'est pas prudent, au vu du danger, nous devrions rester groupés, ou au moins décider tous ensemble de qui ira où. Imaginez que se soit un piège !

— Du calme Martial, tous autant que nous sommes, nos cœurs sont tel des forteresses, nos ennemis ne peuvent nous duper avec leurs illusions et leurs fourberies.

— Et j'ajouterais que Roland viens tout juste de partir du côté du sentier rocheux, après avoir entendu un intrigant grognement. Pour ma part j'eus dit un ronflement. Ajouta Andvari. Nous quatre prendront le chemin restant, le sentier vallonné.

Le puissant rugissement du Malkasar retenti, aussi lointain qu'éloquent.

— Alors Rahmortia s'attaque au mont Magnis, ça y est.

— Ils ne doivent pas être trop nombreux, le Malkasar et les habitants s'en sortiront. Disait Andvari.

— Tout de même, comment ont-ils pu arriver jusqu'ici sans se faire arrêter, comment leur armée, même en petit nombre, a pu traverser le pays ? Et n'est-ce pas étrange de se diviser sur deux fronts, ici et à Malkasan ? Demande Denis.

— Comment ont-ils traversé le pays ? Je ne sais pas. Par contre je sais, nos amis gardiens également, que l'attaque sur Malkasan est du fait de Vulcain II. Tandis que l'attaque sur la vallée, est du fait de celui qui dirige réellement l'empire Rahmortien. La bataille la plus importante de toute est ici.

Retournons du côté de Roland voulez-vous.

Le guerrier en armure avait entendu un grognement et c'était engagé parmi les roches, suivant son chemin à l'oreille. Ce qui le conduisit à faire face à une ouverture dans la montagne. Il avait devant lui un grand renfoncement caverneux.

Roland se hasarda à y faire quelque pas. Lorsqu'il y vit un grand œil rose et lumineux, même le hardi guerrier sorti de la grotte en trombe, pour s'abriter derrière une grande roche monolithique posé ici depuis bien longtemps.

Le ronflement qu'il prenait pour un grognement devint un rugissement bestial et sauvage. Une grande tête noire aux yeux rose sorti de la montagne. Derrière suivait un corps immense, monté sur quatre pattes et pourvus sur son dos de deux gigantesques ailes, chacune plus grandes que la créature elle-même. Au bout de l'animal se trouvait une longue queue fourchue oscillant comme une anguille nageant dans un cours d'eau.

Le terrifiant animal était entièrement recouvert d'une épaisse fumée noire que seul l'éclat des yeux traversait.

Roland tremblait derrière le monolithe, se disant en lui-même : « Ai-je peur ? » « Non impossible, je suis sûr de tuer cette chose si je l'affronte. » Poussé par son assurance et son orgueil il se montra à la vue de l'animal, épée au clair, et lui lança un regard de défi.

Un simple coup de patte suffit à balayer et blesser, aussi bien le guerrier lui-même, que son assurance crâne. L'animal furieux et violent s'agitait en tout sens, pulvérisant les roches sur sa route, soulevant la terre sous ses pattes, embrasant le ciel de son feu, fouettant l'air de ses ailes cyclopéennes et exhalant une épaisse vapeur caligineuse de son corps. C'était une force aveugle, indomptable et inarrêtable, c'était de la puissance à l'état brut.

Pourtant l'assurance et le dangereux orgueil du guerrier s'emparaient de lui à nouveau, encore plus fort qu'avant, s'aveuglant plus encore sur sa véritable force. Il était tiraillé par une peur tout aussi grande, croissant de paire avec sa suffisance.

Inéluctablement, Roland fut balayé de nouveau, avec une blessure plus importante que la précédente, accompagné d'une grave brûlure à la main.

Et à nouveau son assurance revint. Il n'était pas mort après tout, l'animal ne devait pas être si fort que ça. Et la peur gagna en intensité.

Parti pour répéter ce schéma jusqu'à la mort, il s'arrêta net. Fixant les yeux roses de la bête, c'était comme si le temps c'était arrêté. D'où lui vient cet orgueil démesuré ? A-t-il toujours été en lui ?

Et cette peur, de quoi a-t-il vraiment peur ? Du dragon de fumée ? Il avait l'impression de voir tout ce qu'il y avait de pire en lui ressortir tout d'un coup. Impossible de continuer de la sorte, que faire ?

Roland fini par fermer les yeux. Plutôt que de chercher à vaincre seul le dragon de fumée, intangible aussi bien en dehors qu'en dedans, il demanda l'aide du Roi. Il s'en remettait au Roi dont le château se trouve dans le cœur. Il lui demandait humblement de l'aide, s'en remettant lui, s'il le voulait bien. Roland acceptait son sort quel qu'il soit.

Pendant ce temps, Denis Andvari et les deux gardiens étaient aux prises avec une dizaine de déroutants moutons morts vivants.

Les quatre compagnons en vinrent à bout sans peine et avancèrent encore. Le sentier vallonné était parcouru par de nombreux fantômes verdâtres.

— Messieurs, tous ces spectres de défunt, que font-ils ici ? Il n'y a rien de tel chez nous.

— C'est aussi comme ça chez vous, croyez-moi. Le monde entier subi ce phénomène. En nos temps troublés peu de morts trouve de suite les portes de l'au-delà menant au jugement dernier. Bien trop, dut à la vie qu'ils ont menée, reste coincé ici avec nous autres. La route est bloquée pour eux et il leur faut du temps avant de véritablement mourir. Explique le gardien George.

« Et chez vous comme partout ailleurs les morts restent. Peut-être d'une façon différente qu'ici, peut être le phénomène est contenu par un groupe restreins et discret comme le nôtre, je ne saurais le dire.

— Messieurs. Dit Andvari qui était quelques dizaines de mètres devant, au sommet d'une petite colline. Je me dois de vous interrompre, car nous arrivons à destination.

Devant eux s'étalait une grande plaine, ainsi qu'un cours d'eau gelé. Une neige abondante tombait sur eux en une pluie d'immenses flocons. La taille d'un seul flocon correspondant à la moitié d'un homme moyen.

— George ! Démarrons le rituel. Denis et Martial, restez près de nous et faites en sorte qu'il ne nous arrive rien d'ici la fin de l'invocation.

— Que comptez-vous faire à un moment pareil ? Nous ne voyons plus rien, si on nous attaque maintenant nous vous perdrons forcément de vue à un moment donné. Criait Denis.

Andvari retira les deux fioles remplies de feu liquide de son groin et traça un cercle de flamme inextinguible.

— Problème de vision réglé et préparatif du rituel entamé. Fit-il en reniflant du groin. Nos ennemis sont dans les parages, je les ai surpris en train de se dissimuler ici et là en montant sur la colline. Protégez nous le temps que nous appelions du renfort.

George psalmodia une mélopée. Sa voix vibrante accompagnait celle du magicien dans un concert spirituel ayant pour but, de faire appel à un allié au-delà des conceptions humaines du monde naturel.

Mais alors qu'ils partaient tous deux sur un autre plan, les grognements commençaient à se faire entendre ici et là.

Un mouton traversa le blizzard, propulsé par une grande force, en direction des flammes. Martial l'attrapa au vol d'un bond et fut projeté un peu plus loin à cause de l'impact, il l'acheva d'un rapide coup de poignard bien placé et regagna le brasier.

Un rire moqueur résonna, un être vil se présentant de nouveau sous le nom de Rumiel, montra son visage en une multitude d'illusions à travers le blizzard. Sa tête était partout à la fois, racontant une chose et son contraire, insultant et flatteur à la fois, provoquant ainsi un brouhaha insupportable.

Denis fit exploser le crâne d'un mouton avec son poing, tandis qu'un deuxième parvint à lui mordre la jambe en arrivant dans son dos. Un pic de glace traversa la tempête et vint se loger dans son épaule avant qu'un troisième mouton ne soit propulsé directement sur sa tête. Il parvint à s'en sortir avec l'aide d'un bras, mais déjà les blessures s'accumulaient pour le sculpteur.

Martial, rompu au combat, s'en sortait mieux. Le moine guerrier avait de la ressource et tout un arsenal sous son ample robe blanche. Mais ça, Rumiel le remarqua et vint en personne régler le problème. L'être de glace traversa littéralement le blizzard, passant au travers des flocons comme s'ils n'avaient pas de réelle consistance pour lui.

Il tenait des deux mains une grande hallebarde, sur la lame pendaient de petites stalactites. D'un grand balayage il parvint à surprendre Martial qui esquiva le coup de justesse. Il n'esquiva pas cependant le mouton gueule grande ouverte qui lui goba le pied.

Il n'eut pas le temps de s'en défaire, qu'avec une force phénoménale Rumiel parvint à lui trancher l'autre jambe, avec une série de coups de hallebarde portée à la cuisse. Le mouton lui, avant de se faire tuer, réussi à mordre suffisamment fort la cheville de Martial, pour que ce dernier ne puisse pas même se tenir débout sur sa jambe encore entière.

Rumiel ne daigna pas de l'achever. Il était visible qu'il avait grand peur du rituel de Andvari et George. Face aux flammes inextinguibles il brandit haut sa hallebarde, prêt à l'abaisser sur le crâne du magicien.

À cet instant Denis débarqua en courant, la main de son bras encore vigoureux plongée dans le brasier. Il enfonça son poing couvert de flammes dans la poitrine du monstre qui hurla de douleur avant de disparaître dans la tempête. Denis, quant à lui, serra les dents. Le feu sur sa main ne pouvait pas s'éteindre, et le comprenant il dut trancher au niveau du poignet. Tandis qu'il souffrait en silence, les cris de douleur de Rumiel résonnaient encore dans le blizzard.

Rapidement Martial fit un garrot au poignet de Denis. Alors déjà moribond et n'ayant aucun moyen efficace d'endiguer le flot de sang coulant du reste de sa cuisse, la balle électrique d'un fusil Rahmortien vint se loger dans sa poitrine, tuant Martial sur le coup.

Le blizzard c'était levé, étrangement, il n'y avait qu'une fine couche de neige au sol. Devant les yeux ahuris de Denis, toute une escouade du chapitre du loup carmin lui faisait face. À côté d'eux se trouvait Rumiel, le visage déformé par la douleur, pointant du doigt le cercle de feu. Soupirant d'un ton désespéré, le Vulcotropesien eut ce langage : « Ils n'étaient pas censés s'entre-tuer ceux-là ? Je fais quoi maintenant ? »

L'épaule où c'était logé le pic de glace était violette, il n'avait plus aucune sensation dans le bras. Mais comment put-il alors écarter les bras et faire barrage de son corps comme il l'a fait ? Qu'animait donc cet homme dans une pareille situation ? Pourquoi continuait-il de vouloir protéger George et Andvari ?

Car c'est un homme bon. Sans même penser à la possible arrivée d'une aide quelconque lié au rituel, il ne pensait qu'à une chose. Protéger ceux lui ayant confié leurs vies, se battre jusqu'au bout contre le fléau de ce monde, ne pas renoncer, ne pas céder une seule miette de son cœur au noir et glouton désespoir. Il fait de son mieux.

Une balle fusa, puis une deuxième, ratant leur cible. Une troisième se logea dans le pic de glace, puis une arme s'enraya, une seconde, une troisième, toutes s'enrayèrent. Les soldats se regardèrent, regardèrent Rumiel, ce dernier regardait le ciel, silencieux, et tous regardèrent le ciel.

La lune se mit à bouger, dévoilant le soleil entier. Comme sorti de l'astre flamboyant, un être céleste apparut. Il était impossible de pouvoir bien le voir, lui qui se tenait devant le soleil. Ce que l'on distingue, c'est le casque antique qu'il porte, l'armure si lumineuse qu'on ne voit que son éclat, le trait de flamme qu'il tient dans sa main levée, et la multitude de grandes ailes blanches sur son corps.

Un nom résonna dans la tête de tout ceux l'ayant aperçu, *Aziel*. Alors le trait de flamme vint bannir de ce monde les êtres vils que sont Rumiel et les soldats Rahmortiens. Les renvoyant là d'où ils venaient.

Puis l'être céleste disparu.

Chapitre 14

Tout au fond de la vallée Vespérale, là où les montagnes cessent de border le chemin, le château d'Eldainfut apparaît.

Nombres de spectres verdâtres se tiennent au bord du chemin, immobile et silencieux, regardant simplement Sipom et Joseph avancer.

Plus ils avancent, plus les spectres changent, plus ils deviennent rouges, plus encore leur face est déformée par la tourmente. Et plus de leur corps, suintent du sang épais.

L'orage noir gronde et illumine le ciel. Les spectres de sang y répondent comme à un appel et s'envolent vers les hauteurs du sombre château.

Derrière les murs, les tours, les fortifications, semble s'étendre un grand vide. De la nuit des profondeurs au large ciel, il ne semble rien avoir, pas même la terre ne semble avoir sa place là-derrière.

Se tenant dans la cour du château, l'air est polaire, le sol verglacé, les arbres nus sont drapés de glace. La brume transportant les morceaux d'hiver scintille à la lueur du soleil et de la lune. Les deux astres viennent de se séparer dans le vaste ciel.

Face à la gigantesque porte d'entrée à demi ouverte ils s'engouffrent.

L'intérieur, plongé dans l'obscurité, s'éclaire peu à peu via les myriades de feux follets flottants partout autour, aussi bien en l'air que dans les murs où sous le sol.

Les ténèbres y sont si épaisses que les deux hommes en sentent le contact en marchant. Comme si cette noirceur se situait exactement entre l'eau et l'air sur un plan horizontal, mais bien plus bas sur l'axe vertical.

C'est une sensation horrible d'avancer dans cette demie mélasse squalide.

Au centre du grand hall se tient une immense colonne et un escalier taillé pour des géants, qui s'enroule autour d'elle comme un serpent. Les ténèbres déguerpissent dès qu'un pied se pose sur la première marche.

C'est une longue ascension jusqu'au sommet, chaque étage débouche sur de nombreuses pièces, mais les deux hommes ne s'y arrêtent jamais, continuant de monter toujours plus haut.

Au dernier étage, il ne reste plus qu'une porte menant à une salle unique.

Il s'agit d'une vaste pièce, entièrement vide, habité par un silence surnaturel. Le même silence que l'on trouve en fermant les yeux. À cet instant Sipom et Joseph eurent la même sensation. Une présence derrière eux, ne se montrant pas et pourtant bien présente. Qui les enlaçait entre ses bras avec un amour sans égal.

Tout au bout, un dernier escalier, à taille humaine cette fois, et menant sur le toit.

Se tenant sur le seuil, avant d'ouvrir la dernière porte, un éclair d'effroi frappa les deux hommes. Un dernier moment d'hésitation avant la fin, un dernier test de courage. Ils le sentent, derrière la porte se trouve un immense péril.

Alors une dernière fois ils raffermissent leurs volontés, poussent la lourde et dernière porte, conduisant au cœur des ténèbres profond.

Là dehors il pleut à torrent, une pluie glaçante. Le ciel orageux est tel une formidable tempête envoyant ses terribles rafales ébranler les hommes. L'œil du cyclone est au-dessus du château, dans son giron se trouvent lune et soleil, côte à côte, sans que la lueur solaire n'efface celle plus faible de la lune.

Accompagnant les bourrasques, une nuée de spectres ensanglantés tourbillonne dans la tempête.

Sur le rebord, de dos, le nouveau maître du château contemple le vide. Il attend ce qui doit en émerger.

Sentant la présence de Sipom et Joseph il se retourne. Voilà une grossière créature de plus. La moitié droite du corps est femme, l'autre est homme, les yeux et cheveux sont de couleur pêche, la peau est grise comme la cendre. La créature, imposante, est deux fois plus large et grande que Sipom. Ce vulgaire simulacre d'homme et de femme, de part la grossièreté de son apparat, a tout d'un démon. « Prosternez-vous devant le maître de la prochaine ère », lança le maître des lieux avec mille et une voix. Sipom et Joseph brandirent masse et hache en guise de réponse.

« Allons du calme, petits êtres violent et barbare. Écoutez donc ce que j'ai à dire. »

Le démon claqua des doigts, un nuage de spectres s'agglutina autour des deux hommes pour les immobiliser.

« N'allez pas croire que je suis un mauvais parti, avec moi la prochaine ère sera sous l'égide de l'égalité en tout point. Prosternez-vous et je mettrais fin à l'altérité ici-bas, car pourquoi attendre l'au-delà pour retrouver l'unité ? Alors que je peux vous l'offrir ici même, vous libérez de la malédiction de l'incarnation. La lune et le soleil qui brillent du même éclat au-dessus de nos têtes est un aperçu de mon projet pour l'avenir. Principe féminin et principe masculin seront identiques, uni. Et à mon image, je ferais de vous les androgynes de la fin des temps, car mon règne sans fin sera le dernier. Toutes choses seront égales, tous règnes seront égaux, minéral végétal animal humain, tout. N'en rêvez-vous pas ? Un monde où toute chose est semblable, la fin des conflits, des malheurs, non plus de vicissitudes tortueuses, mais une linéarité bienheureuse. Prosternez-vous et nous tous seront égaux ici-bas, le paradis promis vous sera donné de votre vivant ! Prosternez-vous, je vous prie… »

Le démon fut interrompu par un lancer de hache qui lui effleura l'épaule, Joseph et Sipom s'étaient libérés de leurs entraves.

« Tu nous parles d'unité pour décrire uniformité. Tu nous parles d'un jardin peuplé d'une seule espèce de fleur, fleur qu'on ne verrait ni pousser ni faner, car figé dans une forme toujours égale. Tu nous promets pour ainsi dire de retirer tout intérêt à la vie, qui donc serait assez fou et corrompu pour se prosterner devant une aussi grotesque créature ? Nous façonner à ton image dis-tu ? Mais pour qui te prend tu ? misérable et tortueuse créature. De tout ce qui se dégage de toi je suis sûr d'une chose, tu incarnes un mal, une noirceur avide de lumière, tu veux nous plonger dans une nuit sans fin, sans étoiles, au fin fond d'abîmes insondables. Je suis sûr de ceci, tu es notre ennemi et nous devons te combattre quoi qu'il advienne. »

Tandis que Sipom occupait le démon, Joseph avait discrètement récupéré sa hache et frappa le démon à l'arrière du crâne. Le coup laissa une belle entaille mais ne fut pas létal. Alors il se retourna, faisant jaillir des griffes de sang de ses doigts. Il voulut se débarrasser de Joseph, qui parvint à se défendre. Le temps de cette action, Sipom en profita pour frapper avec sa masse le dos du démon, qui mugit de douleur.

Avec une célérité surhumaine, l'ennemi parvint à mettre un coup de pied à l'un et à l'autre, les éloignant via des trajectoires opposées. Il claqua de nouveau des doigts et un nouveau nuage de spectres descendit de la tempête pour s'attaquer au deux hommes.

Ce qu'il y avait d'étrange avec les spectres, c'est que les armes les touchaient nullement. De même, les spectres ne faisaient pas de dégât à proprement dit physique, c'était plutôt comme s'ils s'attaquaient directement à l'âme. Sipom et Joseph l'avaient compris lorsque ces derniers avaient cherché à les retenir juste avant. Ils avaient aussi compris que pour les repousser, il fallait le vouloir. Le cœur tel une forteresse inviolable, avec une détermination sans faille, ils étaient capables de les éloigner.

Comme en résonance avec cette détermination, un rugissement explosa alentours. Un dragon de fumée aux immenses ailes déployés vint balayer les nuages de spectres. Installé fermement sur le coup du dragon se trouvait le chevalier Roland.

Par cette intervention, le combat des hommes face au démon pu reprendre. Mais la lutte était fort inégale, le démon les gratifia de pléthore d'entailles, toutes aussi profondes les une que les autres. Alors que Roland et le dragon s'occupaient toujours des spectres, le démon avait mis à terre les deux hommes et s'apprêtait à les achever.

Soudainement une grande lumière apparut. Une lumière ineffable, partout à la fois, elle apparut aussi bien devant que derrière chaque œil, depuis l'extérieur aussi bien qu'au for intérieur de chacun.

Elle mit en lumière le corps du gardien Jean Epuflamme, qui avait combattu le démon, et son épée de lumière, dissimulée dans un recoin et recouvert d'un épais brouillard noir.

Un éclair foudroyant vint frapper de plein fouet le démon, l'immobilisant sur place. Sipom et Joseph se saisirent tout deux de l'épée et l'enfoncèrent dans la poitrine du démon. Le nouveau maître du château fut banni de ce monde comme le furent ses séides avant lui.

Dès lors que le démon fut terrassé, les spectres sanguins verdirent, reprenant leur couleur d'origine. Ils se figèrent tous, immobile et silencieux. Lune et Soleil regagnèrent leurs places et rôles respectifs. Le cyclone devint simple orage. Une éclaircie illumina un point du gouffre de néant bordant le château.

Désormais un étroit chemin de pierre suspendu dans le vide reliait le château au pied d'une montagne blanche.

Sipom et Joseph s'approchant du gouffre furent surpris d'y voir et d'y reconnaître la forme qui courait à toute allure sur l'étroit chemin, le prêtre au col rouge.

Roland les déposa au pied du château. Le dragon ne pouvant aller plus loin, les trois hommes partirent en direction de la montagne blanche qui avait émergée du néant.

Là-bas les notions de temps et d'espace n'étaient plus les mêmes. Aussi bien l'ascension pour eux fut rapide. Tout là-haut ils trouvèrent le prêtre au col rouge, agenouillé et se lamentant.

« Comment ont-ils pu te trouver maudite lumière ? J'ai tout fait pour te cacher à leurs yeux, la grande majorité s'est prosternée à mes pieds ! Pourquoi les aider quand je les ai tant détournés ! C'est impossible qu'ils aient pu te trouver, que c'est injuste ! Plus je resserre mon emprise sur eux et plus forte devient leur résistance, pourquoi donc je ne parviens jamais à corrompre les derniers ?! Tu gagnes encore maudite lumière, mais je reviendrais avec toutes les âmes que j'ai volées, et la prochaine fois je corromprais tous les cœurs sans exception ! »

Pris d'une sainte colère, face à ce vil discours sorti de la bouche d'une créature pleurnicharde, les trois hommes s'en saisirent et la brandirent au-dessus de leurs têtes. Un éclair jailli du ciel et ils jetèrent le démon du haut de la montagne, car il n'avait pas sa place en cet endroit.

Aussitôt les nuages se dissipèrent, laissant place au lever du soleil.

L'aube et l'aurore marquaient la fin des profondes ténèbres.

Les portes de l'au-delà se révélèrent aux spectres stagnant à travers le monde. Il n'y avait plus d'obstacle enfermant les morts sur terre.

C'est quand elle ne fut plus, que les gens se rendirent compte de la lourdeur de l'atmosphère des derniers siècles. Un vent léger souffla sur le monde, un vent rafraîchissant empli de renouveau.

Roland descendit de la montagne blanche. Sipom parti rejoindre Joseph qui s'était assis sur un banc de pierre. Il contemplait le paysage, le noir néant avait laissé place à un vaste océan où chaque goutte y étaient confondus, baigné dans l'ineffable lumière.

« C'est trop tôt pour nous, nous devons redescendre de la montagne. Il nous reste toute une vie à vivre avant de revenir ici. » Il sortit la fiole d'antidote donné par Andvari.

« Il y a loin d'ici deux femmes qui attendent notre retour, alors ne les faisons plus attendre mon ami. »

Fin

© Mickaël Fourmachat, 2025
Édition : BoD · Books on Demand, 31 avenue Saint-Rémy, 57600 Forbach, bod@bod.fr
Impression : Libri Plureos GmbH, Friedensallee 273, 22763 Hamburg (Allemagne)
ISBN : 978-2-8106-2864-3
Dépôt légal : Mars 2025